安徽省省级重点学科教育学原理资助项目

安徽省省级重点学科课程与教学论资助项目

教育学博士文丛

道德判断与道德教育

——基于中国传统道德教育思想范式的研究

DAODE PANDUAN YU DAODE JIAOYU

—JIYU ZHONGGUO CHUANTONGDAODE

JIAOYU SIXIANG FANSHI DE YANJIU

辛治洋 著

安徽人民出版社

图书在版编目（CIP）数据

道德判断与道德教育：基于中国传统道德教育思想范式的研究/辛治洋著．—合肥：安徽人民出版社，2010.3
ISBN 978－7－212－03834－2

Ⅰ．道…　Ⅱ．辛…　Ⅲ．德育—研究—中国　Ⅳ．G41

中国版本图书馆CIP数据核字（2010）第045037号

道德判断与道德教育

——基于中国传统道德教育思想范式的研究

辛治洋　著

出版发行：安徽人民出版社
地　　址：合肥市政务文化新区圣泉路1118号出版传媒广场8楼
发 行 部：0551－3533258 3533268 3533292(传真）邮编：230071
组　　编：安徽师范大学编辑部 电话：0553－3937079 3883579
经　　销：新华书店
印　　制：芜湖新欣传媒有限公司
开　　本：965×1270　1/32　印张：9　字数：210千
版　　次：2010年3月第1版　2010年3月第1次印刷
标准书号：ISBN 978－7－212－03834－2
定　　价：22.00元

内容摘要

解决道德教育实效性低的各种策略都忽视了主体道德理性的发挥，不能从根本上解决问题。主体的道德理性实际上存在三个层次：自然层次、原则层次和实践层次。主体的道德理性是在道德判断的过程中形成的，我们至少可以区分出四种不同的道德判断范式。道德教育需要正视道德理性和道德判断的上述特征，在道德判断的过程中促进主体的道德理性发展。

自然概念本身的丰富内涵为从哲学自然到道德自然的转化提供了可能与途径。从“天命”、“天道”、“天理”到“天演”的转换进程，改变了道德的自然展现方式，但却一直在论证着道德的自然正确性。在道德的自然判断过程中，道德理性一直面临着信仰对自身的挑战。道德教育只有处理好信仰与理性之间的难舍关系，道德理性才能自然而然地在主体身上形成。

如果说自然为道德的存在价值与运用提供了终极依据，那么美好生活则为道德提供了次极的理由和范本。而道德的原则性存在又为美好生活的实现提供了可能。在中国社会的历史长河中，道德先后出现了君子、系统、天理、契约等四种判断范式。在不同的道德判断范式中，道德理性努力实现和谐的人际秩序和主体德性之间的沟通与统一。道德教育惟有从这两者之间的和谐一致着眼，道德理性才具有外合于理、内合于性的生长空间。

道德的原则性存在是一种价值存在，道德价值需要在具体的实践生活中才能体现。本研究认为，实践层次的道德判断需要解决的主要是小群与大群、我群与他群的复杂性群际关系。“义”、“权”、“义（宜）”、“辨”等核心词随着时代情境的不同而发生转换，但究竟我在与哪个群体共享道德生活，我能与哪个群体共享道德生活，我该与哪个群体共享道德生活的问题却一直是道德理性在道德实践时所需要考虑的。道德教育应该明了这层关系，在强调规则、习惯的重要性的同时，凸显主体理性在道德判断中的作用。

三层次的道德教育虽然在现实中存在，但却忽视了主体的道德理性的运用和发展，并出现了严重的错位现象。道德判断范式的转移是随着人类道德认识和历史条件而改变的。道德判断和道德教育虽然出现了范式的转换问题，但这并不意味着是一种道德虚无主义的主张。在当今历史条件下，公共理性作为道德理性的主要内涵，并由此产生分层的道德判断和道德教育，不失为道德教育的应然选择。

Abstract

Each kind of strategy, which cannot fundamentally solve the problem, account for low – lying substantial results of moral education has all neglected development of moral reason of the subject. There are three aspects in the moral reason of the subject in fact: natural aspect, principle aspect and practice aspect. The moral reason of the subject is formed in the process of moral judgment; we may differentiate four kind of different moral judgment paradigm at least. The moral education needs to face up to the above characteristics of moral reason and moral judgment, promotes the subject's moral reason development in the process of moral judgment.

The rich connotation of natural concept itself provided possibility and approach for the transition of philosophical nature to moral nature. The transformation advancement from "Tianming", "Tiandao", "Tianli" to "Tianyan" changed the exhibition way of the moral nature, but continuously was proving the natural right of moral. The moral reason is facing the continuously challenge of belief in the natural moral judgment process. The moral reason to be able to form naturally on the subject no other than the moral education disposes correctly of the correlative connection between the belief and the reason.

If the nature has provided the ultimate basis for moral existence value and its practice, then good life has provided the order extremely reason and model for moral. Moreover, principled existence of moral has provided the possibility for the good life realization. Moral appeared four kinds of judgments paradigms: the man of honor, the system, the justice of nature, and the contract successively during the Chinese society's historical perpetual flow. In different moral judgment paradigm, the moral reason realizes communication and unification diligently between the harmonious interpersonal order and the subject virtues. Moral reason has the growth space only when moral education based on the harmony of interpersonal order and subject virtues.

The existence of moral in the principle aspect is a kind of value existence, which needs to be manifest in the concrete practice life. This research believed that, the moral judgment of practice aspect needs to solve mainly is the complex inter – group relations between the small group and the big group, my group and his group. The core words, such as "Yi", "Quan", "YI (appropriate)", "Bian" and so on, is different along with the time situation. But actually which community do I share the moral life with? Which community can I share the moral life with? Which group should I share the moral life with? All these questions should be considered when moral reason put into moral practice. The moral education should understand these relations and reveal the importance of subject reason in the moral judgment, at the same time emphasis the significance of rules and customs.

Three aspects moral education although exist in the reality, but has neglected the utilization and development of the subject's moral reason actually, and appeared serious dislocation phenomenon. The moral judgment paradigm changes along with the changing cognition of human morals and the historical conditions. Although paradigm transformation is appearing in moral judgment and moral education, but it doesn't mean advocating moral nihilism. Under the historical conditions of nowadays, the public reason formed the main connotation of moral reason. Leveled moral judgment and moral education should become the choice of the time.

目 录

内容摘要 …………………………………………………………… 1

Abstract …………………………………………………………… 1

引 论 ……………………………………………………………… 1

第一节 实效性问题：排斥主体理性的道德教育 ……… 2
第二节 关键词分析：道德理性与道德判断 ……………… 7
一、道德理性 …………………………………………………… 7
二、道德判断…………………………………………………… 14
三、道德判断：形成道德理性的功能意义………………… 22
第三节 研究假设：道德理性的三层次与道德判断的
四范式………………………………………………… 24
一、道德理性的三层次…………………………………… 24
二、道德判断的四范式…………………………………… 29
三、研究假设与方法论说明……………………………… 34
第四节 研究现状：作为道德教育的道德判断…………… 35
一、道德判断的伦理学研究……………………………… 36
二、道德判断的教育学研究……………………………… 38

第一章 道德的自然判断与教育 …………………………… 44
第一节 道德自然：道德的终极存在 ……………………… 44
一、“道德自然”的“自然”概念 ……………………… 44
二、自然何以成为道德自然 ……………………………… 48
三、自然如何成为道德自然 ……………………………… 52
第二节 “知天命”“为君子”：孔子的道德自然判断与教育 ……………………………………………… 57
一、西周的道德自然判断与教育 ………………………… 58
二、孔子“知天命”的道德自然判断 …………………… 63
三、孔子道德自然的教育特点 …………………………… 66
第三节 “三纲可求于天”：董仲舒的道德自然判断与教育 ……………………………………………… 71
一、“天”：道德自然的存在判断 ………………………… 72
二、“天道”：道德自然的途径判断 ……………………… 74
三、董仲舒道德自然的教育特点 ………………………… 78
第四节 “穷天理，明人伦”：朱熹的道德自然判断与教育 ……………………………………………… 81
一、从“天”到“理”的自然转换 ……………………… 81
二、“天理”的自然存在判断 …………………………… 84
三、“人伦”的自然可能判断 …………………………… 86
四、格物穷理与道德理性的养成 ………………………… 89
第五节 “宗天演”“阐人伦”：严复的道德自然判断与教育 ……………………………………………… 91
一、“人伦”之“天理”判断的坍塌 …………………… 92
二、“宗天演阐人伦”的道德自然判断 ………………… 96
三、归纳求知法与道德理性的形成 …………………… 101

本章小结 …………………………………………………………… 104

第二章　道德的原则判断与教育 ……………………………… 108

第一节　道德：配享美好生活的原则要求 …………………… 108

一、个体与群体的美好生活 ………………………………… 109

二、道德：配享美好生活的原则要求 ……………………… 112

第二节　“仁”德“君子”：孔子的道德原则判断与教育 …………………………………………………… 116

一、“安”：孔子“求仁”的缘由判断 …………………… 116

二、“仁”“君子”的道德原则判断 ………………………… 120

三、君子德性与道德理性的教育 …………………………… 126

第三节　“循三纲”“可谓善”：董仲舒的道德原则判断与教育 ………………………………………………… 130

一、历史对接：用“纲”（系统）解读道德 ………………… 131

二、问题梳解：“纲”表述道德的系统特征 ………………… 134

三、“三纲”教化：性情紧张与仁义理性 ………………… 138

第四节　“性即天理”：朱熹的道德原则判断与教育 …………………………………………………………… 141

一、“天理”：原则判断的抽象与实现 ……………………… 143

二、“天理”：原则判断的人伦与人性 ……………………… 146

三、“理”性养成与醇儒人格 ……………………………… 149

第五节　“必以约为之基”：严复的道德原则判断与教育 ………………………………………………… 152

一、灾国难民与“特操”德性 ……………………………… 152

二、“特操”德性与“契约”原则判断 ……………………… 155

三、“新民德”的德性解释与道德教育 …………………… 163

本章小结 ……………………………………………………… 165

第三章　道德的实践判断与教育 ………………………… 170
第一节　群际生活：道德实践判断的基点 ………… 170
一、道德实践的复杂性 ………………………………… 171
二、道德实践的群际特征 ……………………………… 173
三、道德实践判断的群际选择 ……………………… 181
第二节　“君子义以为质”：孔子的道德实践判断与教育 ……………………………………………… 184
一、“义”：道德的实践判断 ………………………… 185
二、“义”：以“利”为内容的实践判断 ………… 191
三、“义”的道德理性与教育 ……………………… 194
第三节　“有经有权”：董仲舒的道德实践判断与教育 ……………………………………………… 197
一、从“权”：生命共同体的道德诉求 ………… 197
二、“三纲”之“道”：从“权”判断的道德依据 ……………………………………………… 200
三、从“权”的道德理性与教育 …………………… 204
第四节　“天理之所宜”：朱熹的道德实践判断与教育 ……………………………………………… 207
一、情是性之用：“义”判断的心理机制 ……… 208
二、理欲还是公私：“义”的实践判断对象 ……… 212
三、“理”性发展与道德教育 ……………………… 215
第五节　“善恶之辨”：严复的道德实践判断与教育 ……………………………………………… 218
一、国群内契约伦理的辨明 ………………………… 219
二、国群间契约伦理的辨明 ………………………… 222
三、有机共同体与契约伦理的辨明 ……………… 225

四、国民自治与公共理性的习得 …………………… 227
本章小结 ………………………………………………… 229

结　论 …………………………………………………… 234

一、道德理性要求道德正位的道德教育 ………… 235
二、道德判断坚持道德相对的道德教育 ………… 246
三、道德教育应成为公共理性的教育 …………… 253

参考文献 ………………………………………………… 262

后　记 …………………………………………………… 271

Content

Forward ··· 1

Ⅰ The Problem on Actual Effect: Excluding Reason Moral Education as Main Part ··· 2

Ⅱ Key Words Analysis: Moral Reason and Moral Judgment ······ 7

Ⅲ Research Hypothesis: Three Levels of Moral Reason and Four Patterns of Moral Judgment ··· 24

Ⅳ The Present Situation of Research: Moral Judgment, Which is Regarded as Moral Education ··· 35

Chapter Ⅰ The Natural Judgment and Education of Moral ······ 44

Section Ⅰ Moral Nature: the Ultimate Existence of Moral ··· 44

Section Ⅱ "Knowing Social Mission", "Being a Main of Noble Character": KongQiu's Opinion of Natural Judgment and Education of Moral ··· 57

Section Ⅲ "Seeking Three principles from Nature" Dong Zhong shu's Opinion of Natural Judgment and Education of Moral ······ 71

Section Ⅳ "Finding out the Principles of Nature and Discovering the Human Moral Relationships" Zhu Xi's Opinion of

Natural Judgment and Education of Moral ·························· 81
Section Ⅴ "Elaborating the Moral Principles of Human Relationships according to the Evolution Principles of Nature" Yan Fu's Opinion of Natural Judgment and Education of Moral ····· 91
The Brief Summary of Chapter Ⅰ ································· 104

Chapter Ⅱ Moral judgment in Principle and Education ········ 108
Section Ⅰ The Requirements in Principle of Enjoying Happy Life ··· 108
Section Ⅱ "Virtue" Morality, "a Man of Morality": Kong Qiu's Opinion of Moral Judgment in Principle and Education ··· 116
Section Ⅲ "Complying with Three Moral Principles can be Regarded as Good Morality" Dong Zhong Shu's Opinion of Moral Judgment in Principle and Education ····························· 130
Section Ⅳ "Human Inherent Qualities are Nature Principles": Zhu Xi's Opinion of Moral Judgment in Principle and Education ··· 141
Section Ⅴ "The Basis of Morality must be a Moral Contract": Yan Fu's Opinion of Moral Judgment in Principle and Education ··· 152
The Brief Summary of Chapter Ⅱ ······························· 165

Chapter Ⅲ The Practical Judgment and Education of Moral ··· 170
Section Ⅰ The Life of Mass: the Foundation of Moral Practical Judgment ·· 170
Section Ⅱ "The Loyalty of Moral Persons is Human Quality":

Kong Zi's Opinion of Moral Practical Judgment and Education ······ 184

Section Ⅲ "Being Restrained by Six Ancient Classics of Confucianism and Weighing the Pros and Cons in Practice": Kong Zi's Opinion of Moral Practical Judgment and Education ······ 197

Section Ⅳ "Suitable for the Principles of Nature": Zhu Xi's Opinion of Moral Practical Judgment and Education ······ 207

Section Ⅴ "Distinguishing Good from Evil": Yan Fu's Opinion of Moral Practical Judgment and Education ······ 218

The Brief Summary of Chapter Ⅲ ······ 229

Conclusion ······ 234

Ⅰ Moral Reason Requires Moral Education in Correct Position ······ 235

Ⅱ Moral Judgment Insists Moral Relative Education ······ 246

Ⅲ Moral Education should be Public Reason Education ······ 253

Reference ······ 262

Postscript ······ 271

引 论

什么是道德，如何讲道德，为什么要讲道德?① 这些都是道德主体在实际生活和实践中需要判断的问题。之所以成为问题，那是因为我们并没有一个既定的答案，或即使某部门或舆论有某种标准答案，但由于人们对该答案合理性本身争论不休，从而消解了该标准答案的权威性。道德本身的复杂性带来了道德教育的困难。在困难面前，道德教育并没有取得人们期待的结果。通常的说法把原因归结为四个“过度”：（1）过度政治化倾向，把德育等同于政治教育，窄化了德育的功能。文革后，道德教育上的这种思维定势一时仍未完全打破。（2）过度理想化倾向，把德育等同于理想教育，从而使德育完全脱离社会生活实际。（3）过度绝对化倾向，把德育仅仅等同于集体主义教育。将“大公无私”作为核心的德育目标，将此推向一个极端而完全无视个人的存在，从而违背了集体主义的道德原则——促进每个人全面而自由的发展。（4）过度知识化倾向，把道德简化为道德认知，把德育等同于一般的知识性教育，最终结果

① “什么是道德”、“如何讲道德”和“为什么要讲道德”是一种笼统的说法，主要包括：人怎样做到有道德的行动？人该有怎样的道德？人为什么应该有道德生活？人为什么应当有道德地行动？道德生活要靠道德行为来体现，做道德行为的生活就是道德生活。可参考万俊人：《人为什么要有道德》，载《现代哲学》，2003 年第 2 期、第 3 期。

就是道德教育的实效性低靡。[1] 这些归因具有一定的代表性，并且也部分地反映了现实中的道德教育的实效性问题。拿在公交车上让座为例：传统的道德教育把让座行为的意义过度政治化，上升到社会制度层面；把实际的道德问题理想化，悬空了道德的生活性；把让座行为的道德要求绝对化，导致空着的专座都无法坐，身心疲惫的年轻人必须给精神矍铄的老人让座；把让座作为规则知识化，被教育者缺乏对为什么让座的理性思考。

第一节　实效性问题：排斥主体理性的道德教育

为解决实效性低下的问题，道德教育研究和实践领域出现了几种相应的说法和做法：（1）“回归生活”。“回归生活”是目前新课程实验的基本理念，它所针对的是以往课程在相当程度上的脱离日常生活甚至背离日常生活的倾向；（2）信仰教育。信仰不仅比道德更为根本，而且信仰本身具有更为强大的道德功能。道德必须以信仰为基础，道德信仰既是对道德的信仰，又是对善的终极追求；（3）情感教育。以道德情感培养为突破口，提高思想品德课教学的效果，促进学生知、情、意、行的协调发展；（4）习惯养成教育。道德行为是经由习惯化而转化为内在德性的；道德习惯是道德行为的驱动者、定向者和维持者。通过日常的礼仪、纪律、规范等的习染，道德在个体

① 可参考葛喜平：《高校德育过程实效性低的理性分析与对策研究》，载《学术交流》，2004 年第 9 期，第 169 页；杨淑平：《论道德教育实效性低下的内在原因》，载《山西大学学报（哲学社会科学版）》，2004 年第 4 期，第 118 页；闻富强：《学校德育为什么失去实效》，载《人民教育》，2005 年第 5 期，第 14 页；巢桂芳：《道德教育实效性探讨》，载《教育理论与实践》，2003 年第 24 期，第 59 页；戴木才：《关于道德教育危机及其根源的反思》，http：//philosophyol. com/ethics/shownews. asp？newsid＝201. 发表时间：2003－11－22 14：09：26.

身上自然生成。等等。[①]

以“回归生活”为主题，《道德与生活》、《道德与社会》紧紧围绕小学生的生活体验，从“自我保护的卫生习惯”、“怎样做父母的好孩子”、“怎样做好邻居”到“节水节能的环保”、“身边的法律”的顺序，逐步拓展学生的生活视野。这样的教科书编写原则体现了发展心理学的循序渐进原则，具有历史性的进步。但这样的进步仍无法解决道德的“应该”与日常生活的“事实”矛盾，也可以说是无法处理道德的日常生活与非日常生活之间的矛盾。[②] 举例说，“不给同学起绰号”，这说的是日常生活中的事情，回归了生活，它取代了“对待同志要像春天般的温暖”这样的脱离生活情境的高尚口号。但为什么不能给同学起绰号？如果把理由简单地停留在“因为别人可能报复我，报复的手段包括给我起绰号；可能伤害了别人；这样就搞不好同学关系，而良好的同学关系对于我来说是必要的”等生活经验层次上，我们很难相信在这些生活经验之外，“不给别人起绰号”会被该学习者坚守着。比如：在被起绰号者并不知道是我给他起的情况下？也就是说，日常生活只是道德行为的居所而不是为什么讲道德的原因。“回归生活”作为道德教育的行动指南只具有过程的合理性，而无法提供道德行为的最终依据和动力。

① 以上几点是根据相关资料总结出来的。可参考：鲁洁：《回归生活——“品德与生活”“品德与社会”课程与教材探寻》，载《课程·教材·教法》，2003年第9期；杨乐强：《道德信仰化与信仰对道德的本体论价值》，载《浙江社会科学》，1998年第4期；魏长领：《道德信仰简论》，载《伦理学研究》，2003年第4期；吴俊：《道德习惯简论》，载《玉溪师范学院学报》，2004年第10期；张光富：《小学思想品德课道德情感培养的研究》，载《课程·教材·教法》，2001年第8期。

② 龙柏林：《道德教育：在日常生活与非日常生活之间》，载《学术交流》，2003年第10期，第19页。

“信仰对道德人格建构有论证、聚合、圣化与提升的作用。要提高中国德育的实效就必须落实地开展信仰教育”，“确认信仰教育在整个教育系统中的独立地位，使之成为整个教育活动的终极目标或灵魂”。[①] 在某种意义上，这种说法揭示了现代道德困境的深层原因：信仰缺失。但缺失了的东西是否可以追补回来？在一个“上帝死了”的年代里，无论什么信仰，如果要用它教育人的话，总感觉有些“别有用心”：作为终极目标，它不具备终极目标所要求的普适性，无法回答诸如“我凭什么要用你设计的终极目标作为我的终极目标”；作为教育手段，它丧失了信仰所要求的超越性，无法解决“有用就用、无用就丢”的市侩心理。正因为如此，如果信仰是道德的终极目标，它只能让道德学习者感受到另一种谎言；如果信仰是道德人格建构的手段，它只能让学习者感觉到换一种方式的侮辱。如果是谎言，那么这种谎言就是想取代遥远的跟自己生活不着边际的、曾经导致无数青年狂热追求的高尚谎言；如果是侮辱，那么这种侮辱不过是取代了把学生当成接受器而不是人的填鸭式教学的侮辱。可见，信仰对道德的支持是有限度的，那就是“必须以其现实的客观性为基础，不断接受理性的拷问”[②]。

“情感教育”论证者的观点可以归纳为五句话：（1）归属——道德情感是品德结构的重要组成部分；（2）来源——伴随着道德认识而产生的内心体验；（3）性质——既反映了人们的道德需要，又表现为人们对客观现实是否符合自己的道德需要而产生的一种态度体验；（4）功能——道德情感是促进青少年

① 檀传宝：《信仰教育与道德教育》，北京：教育科学出版社，1999 年，第 197、202 页。

② 任建东：《道德信仰的两重规定及其限度》，载《伦理学研究》，2004 年第 1 期，第 41 页。

把道德概念转化为道德行为的中介，是人们道德意志和道德行为的内驱力，是个人道德发展与健全人格形成的重要保证；(5) 教育——应以自尊心、同情心、责任感和羞耻感为小学道德情感的培养内容。[①] 情感教育的提法抓住了把道德简化为知识的实际问题，主张从学习者的主观意愿和体验出发，具有一定的现实意义。但它也有自身无法回避的问题：首先，情感不一定具备道德含义。比如，羞耻感既可以让人对不耻之事望而却步，也可以让人恼羞成怒做出违背道德要求的举措来。因为"越把评价作为情感并强调其消极性一面，就越容易认为评价是当下和'本能式的'，越容易认为我们的行为是非自愿的。"[②] 其次，情感只能表达需要，却不一定表达道德的需要。第三，情感是主体随着道德认识而内生的一种感受，它无法作为客观内容进行培养。归根结底，也正如论证者字里行间所表达的，情感只是伴随着认识而产生的内心体验。不同的主体有不同的内心体验，教育者无法用机械来进行控制；道德情感虽然对道德认知、道德意志、道德行为等意义重大，但它终归只是一种催化力量。这正如麦金太尔所言："痛苦不是我的行为的理由，因为只是由于我有完全不同的理由，我才易于感到那特定的痛苦。"[③] 一般而言，道德行为是否出现，这取决于主体的道德认知的成熟度（是否意识到这是一种道德行为）和道德意志的坚定性（我是否去做道德的事）。这正如信仰一样，情感只有在理性热情的限度内，才具备对道德发展的积极意义。

---

① 戴艳、刘海燕：《小学道德情感教育的理论与实践探索》，载《中国教育学刊》，2004 年第 7 期，第 20 页。

② R. S. Perters, Education and development of reason. P. 473. 转引自彼得斯著，邬冬星译：《道德发展与道德教育》，杭州：浙江教育出版社，2000 年，第 219 页。

③ 阿拉斯代尔·麦金太尔著，龚群译：《伦理学简史》，北京：商务印书馆，2003 年，第 302 页。

习惯养成教育的提倡者认为教育就是习惯的培养。当孩子养成各种好的习惯后，自然就等着收获成功。如果我们对这种说法做些整理加工，那就是：（1）道德内隐为主体的价值选择；外显为一系列的行为习惯，背景思想是亚里士多德的德性养成过程论；（2）学生特别是小学生不可能深刻地明晰道理，所以进行习惯养成是很有必要的，背景思想是彼得斯的理性与习惯矛盾论；（3）道德教育的现实却是让我们的孩子从小就学会了高喊着空洞的、离自己相当遥远的理论和口号，而对身边自己能够轻易做到的小事却往往视而不见。所以从行为习惯入手进行道德教育，不失为一条科学的途径。背景思想是柯尔伯格的道德认知水平阶段论。从教育实际和学生的心理发展来开展道德教育，这在理念上没错。但在实际操作上，我们看到的却背离了理论者的理论视野。突出的问题有二：第一，习惯养成变成了机械训练。下面这段话很有代表性："真正的教育不是说教，而是在于训练，可以说没有训练就没有习惯。""训练必须严而又严。训练就要有狠劲，不见实效不收兵，有些家长溺爱孩子，总下不了狠心，孩子一求饶，一掉眼泪，这边心就软了。但只有经过痛苦的磨练，才能养成好习惯。"① 第二，习惯养成变成了烦琐的规范遵守，堵塞了理性思维的空间。在中小学校，习惯已经不仅仅是生活起居的习惯了，它包含着日常行为的一切规范，并且是以名目繁多的《中（小）学生守则》、《中（小）学生日常行为规范》、校规、班规等出现。符合规定的就是好习惯，不符合规定的就是坏习惯。这里面没有理性思考的空间，只有服从遵守的要求了。

① 关鸿羽：《教育就是习惯的培养》，http：//edu. beelink. com. cn/20040803/1644949. shtml2004－08－03 21：34：00.

在某种意义上，以上各种道德教育改革思路的意义更多是教育手段上的革新，而不是对道德以及道德教育本质的回归。在这些思路中，道德是一个既定的客观存在。它可以以某种方式给某人，使某人也具备道德所体现的品质——品德。“以某种方式给”统称为“教育”，被给予道德的那人能够接受道德的教育。不管他是否出于意愿，也不管他的意愿是否等同于施与者的意愿。归根结底，他接受了。

更进一步地说，上述道德教育及改革思路都忘记了道德形成与发展的本质要求：道德主体是通过自身的道德理性在道德判断的过程中逐渐形成的，道德教育问题关键是主体道德理性的形成与发展问题。缺乏道德主体理性判断的道德教育把人当成了容器。虽然道德主体可能暂时地接受某种行为规则，但他终归是缺乏行为的心理趋向，具体情境的选择能力和对为什么如此生活的理性思考。这样的道德教育仍然无法解决道德的实效性问题。

那么，什么是道德理性和道德判断呢？

第二节　关键词分析：道德理性与道德判断

一、道德理性

（一）道德理性应为道德学习的目标

如前所述，传统的观点认为道德学习是指个体对道德的接受，即个体把外在于主体的道德要求转化为主体内在需要的过程。所谓道德学习，就是个体在社会环境和实践中产生着个体道德学习的需要，接受着道德的影响和熏陶，选择着道德模仿的榜样，接受着个体行为的道德评价，完成并完善着自我的道德学习。[①] 该道德学习观蕴涵着两个基本的假设：首先，道德是一种普遍的客观的存在；其次，道德学习就是对这一客观对象的把握。在这种形式的道德学习观念中，道德脱离了生活者而变成了外在的规范，道德学习就是对规范的接受，道德教育就是道德规范的植入。

该道德学习观对主体理性有两种态度：一是排斥。道德是人和人类追求一种美好生活的必然方式，对"什么是道德，如何讲道德，为什么要讲道德"的追问，其实也就是对一种美好生活的必要性、可能性和合理性的追问。该道德学习观把道德简化为纲要或守则形式的行为规范。道德学习就是对该纲要和守则的学习，从而排斥主体对道德本身的思考。二是工具化。主体理性仅仅变成了获得道德规范的认识能力。该观念下的道德教育关注的是道德认知的能力，道德教育研究关注的是职能化的技能和知识而已。"道德认识能力并不是辨别善恶的能力，它仅仅是一种个人偏好的选择，仅仅是在特定场合和环境中选择偏好或有利的行动的能力。"[②] 排斥理性或工具化理性的道德观和道德教育带来了道德的困境。人们不知道为什么要做道德的事情，为什么要过道德的生活，怎样的行为和生活才是道德的行为和生活？

理性是人的灵魂的本质。柏拉图在《理想国》中把人的灵魂分为三个部分：一个是人们用以思考推理的，称之为灵魂的理性部分；另一个是人们用以感受爱、饿、渴等物欲之骚动的，称之为欲望部分；最后一部分是激情，也就是我们藉以发怒的东西。正义就是各种品质各起各的作用，从而使整个心灵保持

① 蓝维：《道德学习：德育研究与实践领域的时代命题》，载《首都师范大学学报（社会科学版）》，2002 年增刊，第 28 页。

② 金生鈜：《规训与教化》，北京：教育科学出版社，2004 年，第 291 - 292 页。

一种和谐状态。理性是智慧的，它为整个心灵的利益而谋划。所以它在灵魂中起到领导作用。[①] 理性的领导作用表现为人对自己的目的、世界的目的以及美好生活的追问和把握。所以说，理性是灵魂的本质，灵魂的其他部分应该服从理性的指挥。灵魂有了理性的指挥，就能使人的内在主体要求和外在秩序相协调，思想和行为有合"理"的根据。

道德理性是理性的一种，道德学习就是把主体灵魂中的理性牵引出来，以至形成比较成熟的道德理性。"理性不仅给个人提供了自我认识的可能性，不仅提供了关于善的知识，而且理性也给予个人治理自我的技术和实现善的方式。"[②] 之所以把道德学习的目标定位为道德理性的形成，是因为一方面主体凭借道德理性，能够追问"为什么要讲道德"，从而形成对道德的本原性探讨，也就是建构和理解道德自然；另一方面，道德理性能在具体的生活情境中追问"什么是道德"和"如何讲道德"，为主体提供了具体的道德生活目的和判断标准。从而使一个人的道德生活成为可能。也就是说，只有道德理性才能追问和正确回答道德生活所需要追问和回答的问题——什么是道德？如何讲道德？为什么要讲道德？

（二）道德理性是合理的人性

罗尔斯认为，"理性的"与"合理的"两者的区别可以追溯到康德。康德对绝对律令和假设律令的区分正好表现了他对"理性的"和"合理的"两者的区分。前者代表纯粹实践理性，后者代表经验实践理性。[③] 这种区分其实是对理性适用范围的

① 柏拉图著，郭斌和、张竹明译：《理想国》，北京：商务印书馆，1986 年，第 165 – 169 页。

② 金生鈜：《规训与教化》，北京：教育科学出版社，2004 年，第 36 页。

③ 罗尔斯著，万俊人译：《政治自由主义》，南京：译林出版社，2000 年，第 50 页。

区分。所谓“理性的”就成了无条件适用一切人类范围内的理性，或称为“理性的公开运用”；而所谓“合理的”就成了有条件地适用于某小群的理性，或称为“理性的私下运用”。但它们都是属于理性的范畴，都属于人的一种灵魂状态。因为它们都属于人的某种品质，所以用“理性”与“合理性”（即“合乎理性”）的对应取代“理性的”与“合理的”的对应可能更合适些。

理性作为一种灵魂状态，它需要一个外在的客观的评价标准。这个标准就是“理”，只有合乎“理”的才是理性的。所谓合乎“理”的，就是合理的。“吾人所谓理性，即能显理顺理之性，亦可说理即性”①。“理”在中国，它是相对于“物”而言的概念。“理者，成物之文也。”② 理是万物的构成原理。相对于普遍法则的“道”，理就是“事”、“物”的秩序领域而开始确立的观念领域。“天之所付与之谓命，禀之在我之谓性，见于事业之谓理。”③ 也就是说，事物自身存在的理由与理路为理，合乎“理”的灵魂叫做理性。

在理面前，人也是物，称为“人物”。人物的道理或称为人性，或称为人情④，合乎人性或人情的理性叫做“道德理性”。它实际上包括两个方面的内容：在人与人关系层面上表现为规范理性；在身心关系上表现为人格理性。这种划分，实际

① 唐君毅：《文化意识与道德理性》（一），桂林：广西师范大学出版社，2005 年，第 16 页。

② 《韩非子·解老》。

③ 《河南程氏遗书》卷六。

④ 这里的人情不能做狭义的理解，如理解为私人之间的偏好情谊；而应该理解为“人之常情”，即作为人所应该普遍具备的性情主张，它是人心思作用的产物，而非出于本能的欲望、情绪状态。当我们把物观上的理区别为物理的时候，人情上的理就是情理。参见：梁漱溟：《中国文化要义》，上海：学林出版社，1987 年，第 129 页。

上是把理性一分为三，除了上面关于道德理性的两个层面外，还有就是表现为人与自然关系层面上的工具理性。[①]

这样一来，我们就对广义和狭义的道德理性的涵义做了区分。狭义的道德理性主要是西方哲学的主张，它有两个重要特征：第一，道德理性在本质上外在于感性的情感欲望，并与后者保持着严峻的张力；第二，道德理性的原则具有普遍性的特征，可以适用于一切具有理性本质的人之间的一切伦理关系。按照这个标准，儒家的道德理性就成了血亲情理。[②] 而新儒学代表人物梁漱溟等显然不同意这种狭义上的理解。在梁漱溟那里，理性表现为“心思作用”，是人类的基本特征。“心思作用”常有两面，“知的一面曰理智，情的一面曰理性”，但“西洋偏长于理智而短于理性，中国偏长于理性而短于理智”。[③] 就梁漱溟而言，他其实是把前论者理性与情感并置的关系转变成了理性为情感之本、情感为理性之用的表里、体用和先后关系。正是从这一核心区别开始，道德理性扩张了其内涵，这一点正如反驳者所说的：“一些学者之所以把孔子与苏格拉底的伦理观都说成是‘道德理性’，主要是因为他们都试图为人们的道德行为和伦理规范寻找某种终极性的‘理’（理由根据和基本原则），却忽视了他们所强调的‘理’在实质上存在着情理之‘理’与理性之‘理’的深度差异。”[④] 上面的分析表明，广义的道德理性所包含的内容至少有：理解和信奉道德终极“理”存在与作用形式的道德理性；推理明晰道德的原则性存在与表

---

① 曹刚：《论道德理性》，载《唐都学刊》，2003 年第 2 期，第 54 页。

② 刘清平：《儒家伦理：道德理性还是血亲情理》，载《中国哲学史》，1999 年第 3 期，第 37 页。

③ 梁漱溟：《中国文化要义》。上海：学林出版社，1987 年，第 127－128 页。

④ 刘清平：《血亲情理与道德理性的鲜明反差——孔子与苏格拉底伦理观之比较》，载《孔子研究》，2001 年第 1 期，第 45 页。

现方式的道德理性；在实际生活中凭借道德原则而理智应对具体事件并做出道德选择的道德理性。

(三) 道德理性决定情感的道德含义

如此表述理性在道德中的决定作用的时候，我们有必要解释一下道德理性与道德情感之间的摩擦。有学者就认为情感才是道德的最终决定力量，如休谟就说："理性是、并且也应该是情感的奴隶，除了服务和服从情感之外，再不能有任何其他职务。"① 之所以如此说，休谟说他主要出于两点考虑：第一，理性要么判断事实，要么判断关系。但善与恶既不是关系也不是事实；第二，道德唤起了激情，并产生或阻止了行动。而理性自身在这里是完全无能为力的。所以，"道德宁可以说是被人感觉到的，而不是被人判断出来的。"②

在我们区分道德理性属性论与休谟道德情感属性论之前，我们有必要分析一下两者之间的共同点，那就是都认为人自身有一种本性（或者是理性的，或者是情感的），该本性与道德是同构的。如果人能由该本性主导自己的生活，那么他就是道德人。也就是说，人的灵魂自身已经具备了道德本性，区别在于该道德本性的主导力量是来源于理性还是情感？也就是说，休谟与道德理性本质论者都共同继承了来源于柏拉图的人类灵魂"知－情－意"传统。如果说道德属于意志的范畴的话，那么道德理性本质论者就把意志的决定力量给了理性，而休谟却把它和"直接的激情"归为一类，同属于情感的支配并充当了情感的内容。

① 休谟著，关文运译：《人性论》（下册），北京：商务印书馆，1980 年，第 453 页。

② 休谟著，关文运译：《人性论》（下册），北京：商务印书馆，1980 年，第 510 页。

休谟道德情感属性论是他“人学”思辨体系的重要组成部分，在理论上是自足的。之所以能自足，那是因为它始终坚持规范判断与事实判断的区别，把真假判断归为理性，而把善恶区分归为感受，前者是认识论，后者是心理学。这是道德理性属性论者所不能接受的，因为在他们看来，道德不仅是一种主观的感受，更是一种客观的认识。对于道德而言，主体理性功能主要表现为三个方面：首先是对一种客观事实的认识。道德在生活中是具体的，只有主体理性意识到一种具体情境中的道德含义，它才可能具备道德感与发生道德行为；其次是对一种客观关系的判断。道德的含义是在人际中生成的（也有人把道德推至动物身上），道德源于主体理性对合理的人际关系的判断；再次，主体理性不仅赋予了道德产生的基础和动力，它还是道德的主要构成。如果缺乏理性的正确判断，主体就可能无法合理地处理具体生活群体与人类生存群体之间的道德存在。

由此，道德理性属性论者与道德情感属性论者分道扬镳。之所以本研究排斥后者，原因除了上面分析的道德理性属性论的三点主张外，还在于道德情感属性论无法避免的两大问题：问题之一是，既然情感区分并决定了道德，那么休谟如何保证大家都有正确的情感？休谟自己也承认，尽管道德是趣味之事，但还是存在正确和错误的趣味。所以这需要选取“与那些其品质被评判的人有着直接联系的人的着眼点”来评价和修正人们的品质，“但一个源自于实际情形的情感如何能为一个源自于假设情形的情感所克服呢?”[①] 休谟想到了同情概念，他说，“（一）同情是人性中一个很强的原则，（二）它对我们的美的

① 施特劳斯等著，李天然等译：《政治哲学史》（下），石家庄：河北人民出版社，1993年，第631－632页。

鉴别力有一种巨大的作用，（三）它产生了我们对一切人为的德的道德感。”① “同情”在这里显然成了先验的概念，这与休谟一贯的道德经验主义是背道而驰的。我们可以断言，如果没有道德理性的参与和主导，人与人之间共同本性无法正常沟通和相互作用。问题之二是，休谟把个人价值归为“对自己或他人有用的或令自己或他人愉快的心理品质”②，但我们无法得知他将如何处理“既对自己有用也对他人有用”、“既令自己又令他人愉快的”的两难困境。在对他人有用或者愉快的品质中，休谟提到了公正、仁爱等等品质，我们无法得知他将如何实现“那些社会性和公共性的原则”？因为原则越具备普遍性就越丧失经验性，而这又是与休谟提出的道德起源于具体的生活情感的观点所不相容的。

所以说，情感在人的灵魂中尽管具备道德意义，但这种道德意义却是理性所赋予的。只有道德理性，才是道德产生的主导力量，并由此构成了主体灵魂的主要内容。

二、道德判断

道德理性是道德主体在实际生活过程中面对具体道德情境，进行道德判断（moral judgment）的过程中形成的。通过道德判断，道德主体能在实际生活中逐步形成自己稳定的道德观念和行为。道德判断是关于“什么是道德，如何讲道德，为什么要讲道德”的理性判断，这一判断是在实际生活的道德冲突中产生的。

---

① 休谟著，关文运译：《人性论》（下册），北京：商务印书馆，1980 年，第 620 页。

② 休谟著，曾晓平译：《道德原则研究》，北京：商务印书馆，2001 年，第 121 页。

（一）道德判断产生于道德冲突

不可否认，道德作为一种社会性的存在，永远都具有某些客观的属性。[①] 但无论如何，道德的客观性都无法摆脱这样一个事实：道德是人自己制定的。虽然我们可以拿出自然法或“天道”等等来分析制定的依据，但这并不排斥将之看作是依靠自然正当或自然正义来达成的某种约束和规定。也就是说，道德是人自由选择的产物。我们可以对这个“人”进行分析：他可以是一种广义上的人。作为道德先知，他能够把当时当地人们的客观道德需要比较充分地表达出来，从而形成了具有普遍意义的道德观念；他也可以是单子式的个人。他凭借他自己对客观世界的认识和参考道德先知的结论，形成自己的道德判断并由此产生出符合自己道德认知的行为。对于这样的两类“人”的统一关系，我们可以做出这样的假定：道德先知的道德答案可能是一种具有普遍性的答案，能够被个体的道德理性所认识到；个体的道德回答可能是一种合乎实际情境和道德要求的回答，他的道德判断接近先知的道德理性活动。于是两者能够和谐统一，形成了比较稳固的、属于不同的特定历史时期的、不同社会形态的道德观。

然而，这种统一仅仅是一种历史性的统一。如果我们具体到某一截面的历史和社会中，就会发现统一本身所蕴涵的矛盾冲突。在矛盾冲突面前，我们完全可以把道德先知和单子个人

① 有学者把这种客观性归纳为五点：（1）道德的客观结构：由“行为事实”与“道德目的”两种客观事物构成；（2）道德优劣的客观标准：符合、促进道德目的的道德是优良的、正确的、好的道德；（3）优良道德制定的客观过程：一方面取决于对行为事实如何的客观规律的认识的真假，另一方面取决与对道德目的的认识之真假；（4）优良道德的客观本性：可普遍化；（5）道德优劣的客观规律：人类社会的道德的发展变异必然越来越优良。见王海明：《新伦理学》，北京：商务印书馆，2001 年，第 129 - 131 页。

合二为一：面对着属于特定历史社会背景下的个人，怎样的行为是一种道德行为？为什么这样的行为是一种道德行为？怎样的生活才是道德生活？为什么我要过道德的生活？这些问题既是道德先知的问题，也是普通个体的问题。如果说有区分，那只是道德先知的道德理性能够更加系统、逻辑和整体化地进行回答而已。也就是说，他们所面临的和需要解决的矛盾和冲突是相同的。

道德冲突是道德主体所面对的冲突，是道德主体在日常实践中所产生的冲突。经验层面的事实是混乱的。它可以任意地走路，吃饭，坐车或者偷盗、杀人。这时候，欲望是恶行的发动机，理性是恶行的加速器。两者都无法作为方向盘来把握我们行为的正确向度。这样的行为对于自己来说是一种生命的放纵，它可能于自己的整全生命无补，更不必说一种精神美善的可能；它无视别人的生存和幸福，对别人来说也可能是一种威胁。为了防止这类恶果的出现，人们人为地规定了哪些行为是可以做的，哪些行为是不可以做的。这种规定导致了规则的产生，也带来了道德主体的第一类冲突：道德规则与道德原则要求的冲突？我们可以看到，同样的道德原则可能出现了两种决然对立的规则要求。比如反对堕胎和赞同堕胎都来源于对生命的尊重原则；同样的道德行为也可能来源于不同的道德理解。比如让座既可能来源于亲亲尊尊伦理，也可能来源于一种契约伦理。在具体道德实践面前，道德理性需要判断的是：怎样的行为才是具有道德意义的行为？

由经验产生的规则之所以不一定具备道德意义，那是因为：（1）只有出于责任而不只是合乎责任的行为才可能是道德的行为；（2）经验规则虽然有一定的普遍意义，但却没有绝对意义上的普遍性。[1] 比如说在不同的文化领域的相反意识——美国人谴责自杀，而日本人却敬重自杀——都被认为是道德意识；在同一文化领域的相反行为——公交车上小伙子给老人让座，晨练的老人给下夜班的小伙子让座——也都被认为是道德行为。那么道德究竟是什么呢？于是，具有原则意义道德的提出成了必然。原则就是关于"什么是道德"的抽象表达。原则与规则层次道德的最大区别是前者的产生依据超脱了后者的具体经验层面。[2]

道德来源于对人与人之间合理关系的设想，目的是想通过这种合理关系来实现一种美好的生活。有学者曾把道德教育的基础定位为人对人的理解，认为"人对人的理解的过程是人以他的全部精神因素以期全面、完整地去把握自我或他人的精神、意义与价值。"[3] 这种理解既是一种对人的本性的理解，也是对人与人关系的理解。问题是，怎样的理解才算是道德的理解呢？这个问题带来了道德主体的第二类冲突：道德原则与理解的冲突。道德原则是抽象的，但却是生活的，生活要求原则具体化，

① 康德著，苗力田译：《道德形而上学原理》，上海：上海人民出版社，2002年，第13页。

② 然而，在将道德原则作为道德意义唯一存在方式的时候，我们也要看到隶属于它的道德规则存在的必要性。这是因为道德原则太具概括性和普遍性，它只能是道德行动的指南，而不是操作手册。所以，作为道德原则的具体表达，道德规则就有生命力了。但这与把道德规则作为道德意义的存在形式是不同的：前者的规则只是道德原则的附属品，并不单独产生道德意义，它的意义需要道德原则来赋予；后者却是单独具有道德意义的。当道德规则单独具备道德意义的时候，道德原则就被消解了。道德就是这样的一种要求，它要求按照某种规则或原则来生活和行动。追求自己所遵守的道德的普遍性是每个道德人的本能。当我们认识到规则和原则层次道德的区别的时候，我们就会更加倾向于用原则水平的道德来规范、约束和评价自己或他人的行为。

③ 鲁洁：《人对人的理解：道德教育的基础——道德教育当代转型的思考》，载《教育研究》，2000年第7期，第4页。

但道德原则本身的抽象性却导致了具体化表述本身的难题。比方说，我们从道德原则的角度提出“做好人”的德性要求。但什么样的人才叫好人呢？是生活圈周围人对我的赞许，还是遵从一定的社会规范秩序？是依从一定的群体达成的协议来行动，还是凭着自己内心的道德判断？等等。在道德的原则理解面前，道德理性需要判断的是：什么样的原则理解才是符合道德的原则性要求的？

道德原则是一种“应该”的表达。这种“应该”能否作为一个“事实”来问为什么吗？即为什么是这些而不是那些构成了道德原则？为什么要过有道德的生活？“道德自然”就是对这“为什么”的回答。自然（nature），自然而然，本来就是这个样子，所以我们应该按照这个样子来生活。什么本来就是这个样子？自然本来就是这个样子。人是自然的一个组成部分，或者说自然所体现的规律规约着人类生活，自然的本来面目决定了人的生活性质。只有符合自然的生活才是应该的生活。于是，出现了一个有意思的倒转：因为我们不能在生活经验的层面解决什么才“是”道德的行为问题，所以我们求助于人的理性所思考的“应该”原则；又因为我们要为这种“应该”原则找出存在的理由，所以我们又回到了什么才“是”应该的道德自然境界。显然，前后两种的“是”涵义迥然不同。站在自然“是”的角度，我们能发现经验“是”的轻微和渺小。自然是什么样子？这是一种穿越具体生活经验层面的思考，它来自于人类意识对包括宇宙背景在内的生存条件、生存历史、生存结局的全面审视和反省，来自于人对灵与肉、己与他、个人与社会、人与自然关系的自觉体认和主观整合。这种审视穿越于当下的时间和空间，但它又依赖于时空的角度，从而构建起一个与现实生活世界处处相仿但又处处不同的“自然”。从而，当我们接受一定道德的时候我们就已经接受了一定的自然观念。道德自然是关于终极原则和终极力量总的假说，包括关于人的特性、我们生存的世界和人类特性的假说。它是人类生活的一个总体框架，意味着“在把我们自己托付给某种世界观时，我们使自己和他人的生活承担了风险。我们所投身的世界观将帮助我们决定要成为什么样的人以及我们利用生命的方式。”①

正如上段陈述的那样，仅仅用道德“应该”来判定行为“事实”是不够的，因为人的理性能力完全可能对自己提出这样的疑问：这些“应该”的原则作为道德“事实”又是从何得出的呢？“自然”使然。那么“自然”又是什么样子呢？不同历史和社会中的人们对自然的认识并不是一成不变的。这当然既有科学发展的原因，但更多的是彼时彼地人们对自然本身的解读不同。这种不同是科学与人文的不同。在前者，自然只是被人们所发现和尚待进一步发现的客观实在；在后者，自然却是人参考前者的一种主观建构。人类生活环境不断地发生变化，人们对道德也会做出不同的范式和内容表述。此时，面对着不断更新认识的自然、道德情境和道德表述，道德自然的重新解释和修正也就在所难免。于是，道德主体面临着第三类冲突：自然与道德的冲突。在该冲突面前，道德理性需要判断的是：怎样的道德自然才是合乎理性的？

（二）道德判断与逻辑推理

道德判断（Judgment）就是对“什么是道德，如何讲道德，为什么要讲道德”的判断。从词义出发，道德判断与逻辑推理的关系表现为二：（1）道德判断首先是一种逻辑推理。逻辑推

① 查尔斯·L. 坎默著，王苏平译：《基督教伦理学》，北京：中国社会科学出版社，1994 年，第 24 页。

理的三大规律在它这里无一例外地要得到贯彻运用[1]。追求逻辑的严密性是道德判断的最基本要求。在具体的判断过程中，道德的善恶价值问题就转换成了事实真假问题。(2）道德判断区别于逻辑推理的地方是：逻辑推理是从经验的“现有”推出经验的“会有”，从经验的“已知”推出经验的“未知”。也就是说，科学推理的前提和结论都在经验中，都是客观的存在；道德判断的前提却是一种先验的“是”，从这种“是”出发，产生出“应该”的理解，经过对“应该”本身含义的逻辑推演，根据具体的生活情境，判断经验生活中“现有”和“会有”等事实的道德问题。

道德判断作为一种理性活动，它的实现在很大程度上需要借助于逻辑推理的实现。也就是说，道德判断的过程中包含了逻辑推理的过程。但两者的区别也是明显的：首先，道德判断的起点不同于逻辑推理。道德判断的起点是主观理解的自然存在，而逻辑推理的起点却是客观存在。比如，对于逻辑推理来说，“公正”作为一条先验道德标准是它进行道德判断的起点，至于公正是怎么来的，它或者不说，或者借助于上帝的命令、自由的意志、全人的理想等等。但是，上帝的命令，全人的理想都只是一种假设，它无法经过逻辑推理的。它们只是推理的理由，而不能够成为真正的原因。对于这一点，康德有比较深刻的认识。他说：“道德规律，意志自律性原则，自身似乎只是在自由观念中作为前提而存在，我们既不能证明它的实在性，

---

① 在这一问题上，匡促联等用逻辑推理的三大规律来解释道德推理的规律，很有启发。在《论道德推理》中他比较详细地阐述了他自己界定的“道德推理”的三大规律。他认为，受形式逻辑规律和善的本质内容的影响和制约，价值排中律、义务反舛律和范例同一律构成了道德推理的三大思维规律。显然，他说的三大规律是道德的逻辑推理而非道德判断的规律。参见匡促联，曾钊新：《论道德判断》，载《中州学刊》，1996 年第 2 期，第 54 – 56 页。

也不能证明它本身的客观必然性。"① 道德判断恰恰与此相反，它能从更抽象、更宏大的存在，也就是"可思"的存在意义上推演出公正的必然出来。也就是说，对于道德判断来说，它的起点仍然是一种存在——思维加工后的自然存在，只不过这个存在已经超脱了作为道德判断对象的存在。比如说，"借钱还钱"作为道德的逻辑推理的起点是"我是否借他钱了"，而道德判断的起点是"我与他的契约关系是否是自然的？"。

其次，道德判断的落脚点不同于逻辑推理。逻辑推理止于道德事实的认定。搞清楚道理，这是逻辑推理的终极目标。按"我能否借钱不还"为例，逻辑推理的最后落脚点就是"人应该借钱还钱"。至于生活实际中的具体人是否真正愿意把"人应该借钱还钱"作为自己的行为准则，逻辑推理是管不到的。也就是说，逻辑推理的步伐止于逻辑严密，是一种学问。学问者的理论兴趣导致了对它的深度关注；道德判断的落脚点却是人的道德行为。道德判断包含一种生活判断，它不是预支的思想，而是实在的情境反映。对于道德判断者而言，他是怎么想的自然就该怎么做，因为自然存在让他符合道德地想，那么他的行动也自然成了道德的行动。从这点来说，道德判断的步伐止于合理的行为和合理的生活方式。生活者的实践兴趣是它存在的理由。

最后，道德判断与逻辑推理的最大不同在于，道德判断在判断中始终把握的角度是"我"的角度，而逻辑推理的角度却是一般意义上的"人"。后者是一种客观性的推理，但正因为如此，它推理的结果就仍然是一种客观的存在，而无法有效地

---

① 康德著，苗力田译：《道德形而上学原理》，上海：上海人民出版社，2002年，第72－73页。

转化为主观的行为；道德判断是一种主体的实践判断，它判断的内容是“作为‘我’的道德生活应该是什么样；理想中的‘我’是怎样的；‘我’应该怎样面对处境中的道德问题而行动；‘我’做人和做事的基本的准则是什么”①。由于始终围绕“我”这个主体展开客观追问，所以它的结果就必然要体现为一种主体的行为，除非主体处于“所为非所思”的精神错乱中。

总之，道德判断本着本体的自然意义，着眼于主体的生活实践，经过细化推演，把自然和道德的界限打通，从而实现了道德行为的最终完成。而道德的逻辑推理只是一种形式理性的运用，它一方面未能本着更大的宇宙自然情怀而体悟到一种道德自然的形而上学意义，一方面又未能落实于真实人的实际生活意义。

三、道德判断：形成道德理性的功能意义

前述各种道德教育改革思路都遗忘了道德产生的两个基本条件：一是道德理性的形成。道德理性是道德判断的关键、道德人格的核心、道德行为的支撑、道德生活的动力；二是道德理性的形成并发挥作用的过程是道德主体的道德判断过程。道德理性为精神正常人所固有。但道德理性只有在具体的生活情境中，在道德主体形成道德行为或生活的真假是非判断的过程中，才能逐渐发展并成熟。也就是说，道德理性左右道德判断，道德判断促进道德理性发展。两者实为一体之两面。道德教育研究只有从这两个关键词出发，才能真正实现道德教育实效性之讨论。

---

① 金生鈜：《规训与教化》，北京：教育科学出版社，2004 年，第 317 页。

首先，道德判断的过程是道德理性在冲突中寻求和谐的过程。可以说，道德判断的最终目的在于一种和谐的心灵状态与美好生活，但这种和谐是因冲突而起的，也是因冲突而存在的。寻找和谐与面临冲突的心理矛盾状态始终贯穿于主体的道德判断进程中。成熟的道德主体能用一种“从心所欲”的心态来应对这种心理冲突，但他无法消除这种冲突。因为有了冲突，才有了道德判断，因为有了冲突，才有了道德判断的意义。在冲突中寻求和谐，道德主体明白了“什么是道德”、“如何讲道德”和“为什么要讲道德”。这种明白是主体理性积极体认道德的过程，是主体自觉的内化道德的过程，也就是主体道德理性的形成过程。

其次，道德判断的过程是道德理性寻求主观世界与客观世界统一的过程。道德主体的主观世界处于客观存在的连接点上。这种连接有两层含义：一是任何存在都是主体理性认识到的一种存在。从这个角度来说，道德判断是主体对客观存在的体认，道德判断的过程既是客观道德存在的形成过程，也是道德主体主观的道德理性形成过程；二是这个客观存在是有层次差别的。低层次的经验世界是没有价值规律的杂乱无章的世界，在这个世界生活的人们主观上产生了道德的需要；高层次的理念世界是一个充满规律和必然性的有序世界，我们称之为“自然”。于是，生活在其中的人们在主观上自然把它变成了价值“应该”的道德原则的依据。可见，道德主体的主观成为了一个中枢。通过这个中枢，无序与有序对接起来了。世界还是那样的世界，但主体却通过主观感受得到了道德体验和升华。

第三，道德理性能在道德判断中实现道德认知与道德行为的一致。柯尔伯格认为，“如果离开参照内部道德认知或道德判断成分，就无法理解道德行为。道德认知或者道德判断成分必须是确定道德行为定义的直接因素。”[①] 但他也认为，“有原则的道德的必要条件——但不是充分条件——是逻辑推理能力的发展。”[②] 也就是说，道德认知是成熟道德行为的必要但不充分条件。那么，在什么样的情况下，必要能转化为充分呢？这机会，康德给了自由意志，休谟给了情感。其实，想想“美德即知识”论点提出者苏格拉底的生活，我们不难发现：如果主体愿意按照自己的道德认知来生活，那么这问题就迎刃而解了。那么，在什么样的情况下，主体愿意按自己的道德认知来生活呢？那就是这种认知是主体心甘情愿所拥有的，由其道德理性所把握的。苏格拉底正是因为心甘情愿于自己理性所认识到的“城邦法律”的尊严，所以接受了城邦法律的审判。道德判断把“什么是道德”、“如何讲道德”与“为什么要讲道德”统一起来，始终坚持主体道德理性的中心地位。这样，所谓道德，不再是外在的强迫，而是道德主体一种出自理性的心甘情愿的认识与行为。在主体道德认知与行为的统一关系中，道德也就自然地形成了。

第三节 研究假设：道德理性的三层次与道德判断的四范式

一、道德理性的三层次

道德判断是主体的一种理性行为，它通过对道德自然的一

① 转引自郭本禹：《道德认知发展与道德教育》，福州：福建教育出版社，1999年，第230页。

② 柯尔伯格著，魏贤超等译：《道德教育的哲学》，杭州：浙江教育出版社，2000年，第8页。

种体认，把一种道德自然演化、拓展、内化为一种道德主体的原则要求，并通过道德主体的日常行为，又把这种主观的原则要求体现在具体的行为中。如果我们把道德判断从层次上区分为三类①：道德的自然判断，道德的原则判断，道德的实践判断，那么三层道德判断也孕育了三层道德理性。牟宗三在《心体与性体》里对道德理性的三层含义做了形象的描述：

> 必须把一切外在对象的牵连斩断，始能显出意志底自律，照儒家说，始能显出性体心体底主宰性。这是“截断众流”句，就是本节开头所说的关于道德理性底第一义。其次，这为定然地真实的性体心体不只是人的性，不只是成就严整而纯正的道德行为，而且直透至其形而上的宇宙论的意义，而为天地之性，而为宇宙万物底实体本体，为寂感真几、生化之理，这是“涵盖乾坤”句，是道德理性底第二义。最后，这道德性的性体心体不只是在截断众流上只显为定然命令之纯形式义，只显为道德法则之普遍性与必然

① 在一次金生鋐老师学生的政治哲学史读书会上，金老师认为主观体认的道德存在三个层次：第一是以规则的遵守为道德，如不撒谎就是有道德；第二是以原则的律令的服从为道德，如在任何情况下“以自己愿意被对待的方式对待别人”；第三是以一种自然应当作为道德标准，如以理念中的好生活作为道德判断标准。金老师这种划分是对现实社会人道德水准的一种划分，这种划分（特别是第一和第二层的确立）在很大程度上的确比较准确地描述了社会道德状况，很有启发。但本研究的道德层次论与金老师的划分有些许差别。本研究坚持康德的观点认为只有出于原则的而不是服从原则的才为道德，其他层次的道德只是一种客观存在，而并非最理想的存在。从而，本研究主张：在任何人的心灵中都存在道德的三重判断：第一是康德所主张的原则判断，是否出于原则律令是是否为道德的唯一标准；第二是道德的实践判断，即如此抽象的原则如何在实践中具体化表现的问题；第三是道德的自然判断，即为道德的原则属性、实践属性寻找到超出经验的自然依据和先验标准。

性，而且还要在具体生活上通过实践的体现工夫，所谓“尽性”，作具体而真实的表现，这就是“随波逐浪”句，是道德理性底第三义。①

道德理性“三义”不能做静态的理解，它其实是道德主体在遭遇道德冲突时的一种实践表达。所谓“截”、“盖”、“逐”这三个动词都形象而生动地展现了道德主体在道德行为时所遭遇的道德冲突和所体现的理性活动。这种支配道德实践的理性活动就是道德判断。道德判断是主体理性关于“什么是道德”、“如何讲道德”和“为什么要讲道德”的道德判断。因为有了“随波逐浪”的道德理性，我们才能保证我们的实践是出于道德的实践，而不只是符合道德的实践；因为有了“涵盖乾坤”的道德理性，我们才能保证我们的道德不是一种纯粹的道德的逻辑推理活动，而是一种涵盖宇宙与人生意义、自然而然的实践行为；因为有了“截断众流”的道德理性，我们的符合道德的行为才不是出于纯粹无意识，出于习惯，出于外在压力或诱惑，而是自己的理性本身驱使的行为。因为是理性所认识的，所以主体能相信；因为是自然的，所以主体能行动。

三层次的道德理性都是道德主体的主观理性活动，又是与主体道德实践不可分离的活动。分开来讲，道德理性对道德实践的支配作用主要体现为两个方面：首先，主体在遭遇各种矛盾冲突后，通过道德判断，清楚了什么样的行为才是道德行为。这是一种把道德实践作为客体，并在主观上做到切实把握的判断；其次，道德理性将这样的事实行为置于一种宇宙关怀当中。这种宇宙观是包容了人在内的世间万物的自然观。它外展为自

① 牟宗三：《心体与性体》，上海：上海古籍出版社，1999 年，第 118 页。

然，内合为人性，以至于人的行为化为浑圆一体的世界之中。这时候，所谓道德行为，其实就是主体按其本性，顺应自然的一种行为。所以，这样的行为在表面上看来是合乎道德的，但实质却是道德主体在理性的限度内，顺乎本性的一种自然的伸展。①

三层次道德理性以“截断众流”道德理性为核心形成一个统一体。三层次道德理性从本体论上讲，是先有道德自然本体，然后才有道德原则主张和道德实践活动的体用关系；从认识论上讲，是先有道德实践活动，然后才有对该活动的价值及其终极理由的认识和思考。然而，从伦理学上讲，必定是先有道德的原则意义，然后才会产生道德终极的追问和道德实践意义的认可。本研究是从伦理学的角度出发的，所以道德自然和道德实践的理解判断都是围绕道德原则来进行。一切伦理学都无法脱离这种主次关系。如果没有一种绝对的原则律令，道德也就不存在。在这一点上，本研究坚持康德的观点。康德要求道德理性服从于道德律令的要求。他的绝对律令是原则性的绝对律令。但这并不能说明康德就没有道德自然的观念和见之于行动

① 成语“化性起伪”中的“性”与“伪”最能帮助我们实现对“出自本性，顺应自然”关系的理解。“生之谓性”，但由于对“生”的理解不同，性的涵义也一分为三：(1) 生物的“生”——荀子的本意，即生物本能、生理欲望、心理情绪这些属于自然生命之特征所构成的“性”；(2) 人类生命的“生”——气质之清浊、刚柔、偏正、智愚、贤不肖等所构成之性，即气质之“性”；(3) 超越于具体生命的自然生存的“生”——超越的义理当然之性，即天地之性、义理之性。“伪”者，人为也。对应于“生”，“伪”的涵义无非有二：一是超越了具体生物生理本能“性”的“伪”，这个意义上的“伪”是荀子的本意，即用“仁义法正”等“可知可能之理”来克服“今人之好利、顺是、争夺之性”；二是现在常见常用的意思——错误、非正义、非天理或公理所包容的——这种“人为”就相对于“自然”的“天地之性”了。可见，“出自本性”的性属于第三类“性”，而“顺乎自然”指的是相对于第二类“伪”的“自然”。在这样的纬度中，本性与自然达到了和谐，行为与理性到达了一致。

的具体道德实践的观念，否则，所谓绝对律令也因为缺乏对应物而不存在。相反，康德认为“大自然迫使人类去加以解决的最大问题，就是建立一个普遍法治的公民社会”，认为世界公民是“最大困难的问题，同时又是最后才能被人类解决的问题”。康德只是对这些东西存而不论，认为它们不是道德理性所能把握的。这就正是牟宗三所强烈批评的，他认为康德并没有将实践理性发挥到极至。牟宗三认为道德理性所能够探询和把握的并不仅仅在于截断众流地对道德的原则判断，而也在于为道德原则寻找出依据和标准的道德的自然判断，和作为道德原则要求的真实道德生活体现的道德的实践判断。

道德主体所拥有的三层次道德理性虽然围绕着“截断众流”的原则形成了一个统一体，但它们之间的关系是一种松散的一致性关系。我们甚至可以说，只要三者之间没有逻辑上的冲突，那么它们都可以相容于某种道德判断所建构的整体框架之中。比方说，在我国历史中，关于“什么是道德”的回答经历了阶段性的演变，但在演变过程中所形成的“什么是道德”的说法却像滚雪球一样，越来越丰富，越来越具包容性。时至今日，在公理道德观作为知识在知识分子中已经达到了普及化的今天，古代的天理道德观所包含的家庭伦理规范、社会礼仪规范等仍然具有普遍的心理适应性。可见，道德理性在遵守道德判断所要求的逻辑规律的同时，它还具有情境性、历史延续性等特点。

这种说法容易导致一种错误，那就是认为道德判断是一种直觉推理或者是一种历史或比照推理，而缺乏一种整全意义上的理性参与。道德直觉主义者认为，有些道德问题（比如不能杀人）无法在理论上说明，它只是一种直觉，就像“1+1=2”那么简单。但是谁能保证这种直觉的道德正确性？由于直觉意识这方面的局限性，人们很容易想到去寻求别人（包括历史和异域文明）的直觉意识，在两者之间达到某种平衡，以为比较稳固和流行的社会道德信念和个体意识。但直觉和比较的道德思考方式都必须在道德理性的限度内，否则，道德主体就脱离了一种体认的状态。对于道德主体而言，所谓道德成了一种外在于自己的舆论、文本和规范。作为不同的思维方式，逻辑的、直觉的和比照的都具有某种思考方式的合理性，也具有某种相容性。它们的相容性应该以这种形态展现：道德判断确立了主体的理性自觉，这种自觉经过长期的生活经历，已形成了主体的比较稳固的道德行为习惯。在这种情况下，一种看似直觉的道德体认方式得以出现。但这种体认是以不违背逻辑的力量而得以实现的。在道德判断面前，历史和比照的推理方式之所以有存在的可能，那是因为它们体现了道德理性的逻辑要求，而非后者服从于它。

二、道德判断的四范式

道德实现的是一种群体的好秩序，好生活。“成熟的道德的核心是公正原则”[1]。但“公正”过于抽象的特征需要具体的操作性定义来描述。本研究假设，所谓道德发展水平，不过是道德主体对道德的原则判断的不同范式而已，这些范式并没有先进与落后的水平区别。在不同时代里，道德主体都面临着不同的道德实际问题，这些不同的道德问题凸显了以往的判断范式的局限性。然而任何一种替代性的判断范式都只是对公正的道德原则的一种模拟。它在解决了某些突出道德冲突的同时，也

① 柯尔伯格著，魏贤超等译：《道德教育的哲学》，杭州：浙江教育出版社，2000年，第61页。

为自己的局限性埋下了伏笔。我们还要认识到，在上文分析到的道德理性三层次里，自然和实践层面的道德判断都是围绕道德的原则判断而展开的，所以，在以道德为核心的原则判断范式发生转换的时候，道德的自然判断和道德的实践判断也随之发生了变化。

在柯尔伯格的理论中，只有后四种水平才是真正的道德水平。虽然柯尔伯格的个体道德发展阶段论不能成立①，但他经调查而得出来的具有四种不同道德判断的观点却很有借鉴意义。柯尔伯格道德发展六阶段中真正具有道德意义的阶段可以归纳为：②

> 第三阶段：所谓对的：就是遵从亲人的期望，或一般人对某人作为儿子、姐妹、朋友等角色期望表示顺从。"为善"是至关重要的，意指有良好的动机、关心别人、维护相互关系、维持相互信任、忠诚、尊敬与感恩之情；做得对的理由：就是要按照自己和别人的标准"为善"。如果一个人能设身处地为别人着想，关心别人，那就希望自己也有善的行为。社会观点：本阶段的人采纳的是一种与其他人发生关系时的个人观点。懂得超越于个人利益之上的双边情感、协议和期望。通过具体的推己及人的箴言将各种看法联系起来，设身处地地考虑他人，还不能考虑一般系统

① 柯尔伯格在《道德教育的哲学》中已经表明，道德认知发展六阶段理论并不能在现实个体的发展过程中得到体现，所谓六阶段也不能从逻辑上得到合理的论证。具体分析见后文的文献综述部分。

② 根据柯尔伯格《道德教育的哲学》和郭本禹《道德认知发展与道德教育》第101－104页归纳得出。

的观点。

第四阶段：所谓对的，就是对社会尽职尽责，恪守社会秩序，维护社会和群体的福利。除非法律与其他恒定的社会义务发生冲突这一极端情况外，都应遵守法律；做得对的理由：维护公共机构的整体性，“如果人人如此”系统就可以免遭破坏；社会观点：将社会的看法与人际协议或动机区分开来。接纳了一种社会系统的观点，并据此确定角色和规则。依据在系统中的位置考察个人间的关系。

第五阶段：所谓对的，就是认识到这种事实：人人都持有不同的价值和观点，而大多数价值和规则却相对于他所属的群体。但是这些相对的规则只有在公平时才应该遵守，因为它们是一种社会契约。而某些非相对的价值和权利，诸如生命和自由，则应在任何社会中都必须遵守，而且不管大众的意见怎样；做得对的理由：对法律的责任感。因为制定与遵守为所有人谋福利的、保障所有人权利的法律是人们的社会契约。家庭、友谊、信任及工作也是自由协商，在尊重别人权利的前提下形成的义务或契约；社会观点：超越的社会观点。个体关于价值标准及权利的合理认识先于社会规定与契约。通过正规的协商、契约、公平的机制和正当的过程来整合各种观点。

第六阶段：所谓对的，就是接受普遍的伦理原则的指导。特定的法律或社会协议之所以通常有效，是因为他们建立在这些原则之上。这些原则是普遍的公正原则：人权平等和尊重个人作为人的尊严；做得对的理由：作为一位理性者，相信普遍性原则的有效性，以及遵守这个原则的个人义务感；社会观点：这一阶段的人形成了用于社会治理或伦理依据的观点。这种观点是任何懂得道德本质或尊重人是“作为目的而不是手段”这一基本道德前提的理性者所采纳的观点。

在柯尔伯格理论的启发下，本研究提出了道德判断的四范式理论。它与柯尔伯格理论的重要区别点有二：第一是柯尔伯格的理论是属于个体的，但本研究所主张的道德判断的四范式理论却是属于某一固定群体的；第二是柯尔伯格的理论认为道德存在水平差别，但本研究假设这些差别只是判断范式的差异问题，而不是发展水平的差异。道德判断的四范式分别是君子、系统、契约和天理判断的四范式。

（一）道德的君子判断范式

内容：所谓道德就是扮演一个好角色，关心别人，珍惜别人的感情，与周围保持忠诚与信赖。一个人是否是道德人主要是看行为的选择是否与自己的身份和角色相称。

理由：大同生活是天命之所有。如果每个人都能按公认的“好人”[①] 标准为善，能够设身处地地为别人着想，这就为大同生活的实现创造了条件。

代表人物与观点：孔子。人是关系中的人的个人观点，讲究“己所不欲，勿施于人”和“爱人如己”的原则。

教育：讲究人格完善，激励一般规则的学习与灵活践行。

（二）道德的系统判断范式

内容：所谓道德就是对社会、群体或机构尽职尽责，恪守

---

① 孔子笔下的“好人”就是“君子”。

社会秩序，能履行整个系统要求所承担的任务，维护整个系统的正常运转和群体的福利。道德与否的标准主要是考虑到对特定群体（社会）的既有规范的（消极、刻板）服从。

理由：天道是人道的依据。如果大家都能够从系统的整体性出发，履行个人应尽的义务，那么这样的生活就是道德的生活。

代表人物与观点：董仲舒。依据纲常系统中的位置考察个人间的关系。接受规定的角色和准则的社会系统性原则。

教育：主张对人际纲常系统的探究和学习。

（三）道德的契约判断范式

内容：所谓道德就是相信人人都有不同的价值和观点，而这些不同的价值和观点又跟他所属的小群的状况密切相关。生命和自由是人的基本权利，不管他所属群体的价值如何，这些都必须作为一种先在的契约而得到遵守。

理由：契约道德是天演的必然要求。契约的目的在于美好生活。小群内的契约来源于小群内个体的权利，大群内的契约来源于对人类整体功利的考虑。认为个人是平等的，强调契约的基础在于个人的平等权利，所以这种建立在人类整体美好生活基础上的契约式道德应该得到普遍的遵守。

代表人物与观点：严复。通过契约所保护的个体的价值和观点优先于小群的福利。通过一种契约的精神来调整基于小群的道德意识。

教育：强调对一种普遍性的自由权利的接受和认可。

（四）道德的天理判断范式

内容：所谓道德就是对一种超越于世俗先验的“（伦）理”的遵守。世俗规则和法律都是对理的一种阐释，它们的制定和遵守都必须符合“天理”的精神。道德是基于普遍的、适应于所有人、所有情境的公正。

理由：天理蕴藏着人伦。“天理”是对美好生活的高度概括。作为道德个体，当他揣摩到这种先验的理的时候，他能够自觉地按“理”的要求来生活和行动。

代表人物与观点：朱熹。天理是人伦的依据。按照事物的所以然之则为人类生活寻找到所当然之则。

教育：强调对一种先验天理的钻研和领悟。

三、研究假设与方法论说明

本研究认为，既然道德判断与道德理性实际上存在三个层次，而道德理性对道德的原则性判断也存在四种范式，那么道德教育就应该审时度势地考虑到是在哪种范式的哪个层次上进行。为此，本研究选取了我国历史上先后出现的四种道德判断范式作为样本，详细地阐述道德理性三个层次之间的转换、原因及其与教育之间的关系。在综合分析的基础上，本研究将要解决的问题有：(1) 三种道德理性的培养在现今教育中是否存在？如果存在，是以什么样的形式存在？如果不存在，为什么？(2) 四种道德判断范式之间的关系究竟是怎样的？如果认为他们之间只是范式转换而不是进步提高，那么道德教育会不会造成一种道德相对主义的结果？什么力量造成了它们之间的转换？(3) 如果道德理性的三层次与道德判断的四范式属于事实，那么它将要求当今中国道德教育采取什么样的道德判断范式？该道德判断范式又会产生或发展什么样的道德理性？教育在这种道德理性的培养中应该出现什么样的立场和作为？

这里，我们需要在方法论上作两点说明：一是道德理性的三层次是超越于人类经验的先验存在，所以它的一般特点是抽象的，也是属于整个人类的。然而，如果脱离了具体的文化背景，它的一般特点很难被人类经验所认识到。在具体的文化群体身上，它可能有不同的表现形式。本研究试图阐释道德理性抽象意义上的三层次，这需要借助于它在具体的文化群体的特殊表现形式。之所以把这种特殊的文化背景选择在中国，除了上述理由之外，并没有其他特别的原因。①

二是道德判断的四范式不存在先进与落后之分，四范式之间没有历史发展的必然关系。在本研究中，之所以选择四位主要人物（孔子、董仲舒、朱熹、严复）的思想，并显现出与柯尔伯格道德发展六阶段大致相同的时间顺序，其主要原因不仅是因为这四位人物的道德思想在范式特征上最为突出，也因为他们的思想一旦形成就对中国道德文化产生了长久的影响。但这并不是说中国其他思想人物就没有道德判断的范式特征，也不等于中国道德判断的范式随着中国历史的演进而表现出某种发展趋势。

第四节　研究现状：作为道德教育的道德判断

严格地讲，任何一种道德理论都是在试图说明“什么是道德，如何讲道德，为什么要讲道德”的道理，都具有道德判断的性质。但这里我们需要区分的是“道德的逻辑推理”和“道德判断”、“对道德的判断”和“对道德判断的研究”之间的区别。谨慎地选取有代表性的“对道德判断的研究”成果，有利于开展下一步的研究。

---

① 至于中西方在道德理解上的不同，近代中国人的著作中多有涉及。钱穆的《中国思想通俗讲话》应该算是代表作之一。具体可参见：钱穆：《中国思想通俗讲话·湖上闲思录》，桂林：广西师范大学出版社，2005年。

一、道德判断的伦理学研究

彼切姆对道德判断的贡献是从道德确证（moral justification）的角度展开的。他对道德确证的类型进行了比较系统的研究①。他在《哲学的伦理学》一书中将道德确证分为四个层次，即伦理学←原则←规则←判断。由此也就产生了三种形式的道德确证：第一是内部的确证，即为一种道德判断或一般行为寻找道德依据的路径：那就是“（需要确证的）判断→该制度或思想体系内部的规则→该制度或思想体系内部的原则→支配该制度或思想体系的终极原则或理论”。内部确证产生于一个公认的制度和思想体系之中。第二是外部确证，即对一个完整的信仰和推理结构进行合理的确证。外部确证和内部确证的区别，也就是费格尔和萨尔曼所区别的确认（Validation）和辩明（Vindication）的关系。确认是内部确证，而辩明是外部确证。第三是道德自身的确证。即对道德的生活方式合理性的回答。对类似问题（为什么应该是有道德的）进行提问和回答的代表人物还有萨特和弗兰克纳。

彼切姆三个类型的划分让一个笼统含混的命题明晰化了。但他的分析存在几个方面的问题：一是扩大了内部确证的范围。内部确证是对某一行为或生存方式合理性的证明，它止于某种形式的道德原则，但彼切姆却把它扩大为某种伦理学思想体系；扩大的内部确证范围带来了第二个问题——对道德原则确证的复杂化。道德存在合理性的证明是一种终极的证明，它来源于两个大的方向，一是人（类）的生活目的合理性证明；二是对

① 汤姆·L. 彼切姆著，雷克勤译：《哲学的伦理学》，北京：中国社会科学出版社，1990年。

体现该目的的生活（道德）标准的确认。这两个问题终归是一个问题，那就是为什么要过道德生活的问题。为什么要？各种判断终归都落实到了一点，那就是对好生活的向往。好生活必定是一种道德的生活。好生活本身不需要理由，但什么样的生活才是好生活却需要判断。这种确证是一种理性的判断，也就是本研究所界定的道德自然的判断。道德自然是对道德原则合理性的说明。从而，彼切姆所谓的道德自身的确证和外部确证是属于道德自然判断的组成部分[①]。从而，彼切姆的道德确证划分忽略了一个重要的类别，那就是道德的原则判断。沃尔诺克认为道德的目的在于改变或阻碍人类由于有限的资源、有限的同情心、有限的知识和智能而“坏下去”的趋势，道德就是对一种值得向往的好生活的原则表述。这种说法是有其合理性的，因为不同历史时期，人类社会“坏下去”的方式不一样，从而在很大程度上决定了道德哲学家对好生活原则表述的方式不一样。这就是本研究所要阐述的道德的原则判断范式说。

“感知为”与道德判断没有直接关系。“感知为”是一种普遍存在的感知形式。我们把水感知为潮湿和寒冷的，把某人感知为可笑的或爱国的，把草感知为绿的，把某些行为感知为道德的，把某些行为感知为不道德的，等等。[②] 这种感知是对一种行为事实的确认。比如偷盗。它的任务就是确定这是不是一种偷盗的行为，而不是确定偷盗行为是不是道德行为。如在对堕胎的合法性的争论中，人们发生争论的恰恰是对胎儿是否有生命的争论，而不是对谋害生命的道德性的疑惑。

---

① 彼切姆的“为什么要道德生活，而不是政治、美学或宗教生活等等”问题在中国伦理学背景中不是个问题。这是因为我们讲的道德是一种广泛意义上的道德，也就是一种生活方式。而不是西方意义上的与政治、审美等相区分的道德。

② 霍普·梅著，瞿旭丹译：《苏格拉底》，北京：中华书局，2002 年，第 94 页。

二、道德判断的教育学研究

对道德判断进行教育学研究的按研究角度大致可以分为三类：一类是从道德的自然角度，代表人物和作品是金生鈜先生和《规训与教化》[①]；二类是从道德的原则角度，代表人物和作品是柯尔伯格和《道德教育的哲学》[②]；三类是从道德的实践角度，代表人物和作品是拉思斯和《价值与教学》[③]。下面分别评述。

（一）道德的自然判断与教育

《规训与教化》认为，人应该是一种道德的存在。这不仅是因为我们作为人是社会性的，也因为我们的生活应该具有超越性的一面。在现代性条件下，以人的自然权利的尊重和保障为基础，现代性生活对道德的应然不再、也不能给出明确的指示，道德价值和生活的道德意义完全留给了个人，这使得道德的条件落到了外在环境上，诸如政治、社会等必须以自然权利的实现为先决条件，另外一方面，主体存在失去了道德的内涵，而与外在的世界构成了伦理的关系。这就是道德的外移。道德的外移导致了人们无法从本体论推出实践论上的道德存在的合理性。道德的力量虚弱，使得人的生活缺乏指导和教化而成为一种道德规训。《规训与教化》认为，道德和道德教育的根基不是人性，也不是国家，而是一种自然正当。即一种“自然好”的生活秩序。如果不承认“自然好”的基础意义，那就等

① 金生鈜：《规训与教化》，北京：教育科学出版社，2004 年。

② 柯尔伯格著，魏贤超等译：《道德教育的哲学》，杭州：浙江教育出版社，2000 年。

③ 路易斯·拉思斯著，谭松贤译：《价值与教学》，杭州：浙江教育出版社，2003 年。

于认为人类的道德生活没有永恒和根本的标准，只有从国家的需要、现实的习俗、权威的主张、多数人的意见、时代的变化来确定道德的价值和标准。道德教化使人在有价值的生活中，通过对道德的深刻而广泛的理解而自主地建构个人的道德精神。也就是说道德教化是一种自我的教化。

在金生鈜看来，规训与教化的区别来源于道德根基的区别，即自然权利和自然正当的区别。但不论是自然权利也好，自然正当也好，都是通过自然对道德的合理性做判断。自然，在这里成了现实道德生活好与坏的评判标准。自然正当认为有一些事情自然就是正当的，有一些事情自然就是不正当的。什么样的才是符合自然的正当？柏拉图的《理想国》的描述就是城邦公民“各安其位，各尽所能，按绩分配”。亚里士多德把个人德性与城邦相连，认为德性只有在城邦中才有完备实现的现实可能性，而城邦的幸福又有赖于公民的德性。符合自然的正当就是过一种城邦的优良生活。自然权利也认为因为人具有类似的自然属性，具有相同的欲望，因此人的平等是自然的。只有保证权利平等的生活才是符合自然的正当生活。所以，自然权利赋予的道德标准同样可以是永恒和普遍的。康德的绝对律令和罗尔斯的公共理性就是典型代表。自然为道德提供了根基，自我可以通过这种根基自主地建构一种既属于个人的又符合公共理性的原则性道德出来。

自然权利的确把德性完备当成是个人的事情，但它却努力保证个人能够实现自己的德性完善；相对来说，自然正当虽然试图在城邦中建构了一种至善，但它却无法保证这样的至善是每个城邦公民所愿意接受的。我们不能把自然权利简单地等同于对某种行为规范的遵守，虽然它的确需要体现为一种规范；同样，由于自然正当的生活是一种不可视而可思的生活，所以每位哲人都无法保证他所思的好生活就是城邦公民的好生活。权利的目的在于保证德性的良善实现，正当的目的也要保证它能成为每个人的正当。它们其实是一个问题的两面，都是想通过一种超越于个体和社会的力量或范本，找寻到超验的“自然”来充当现实道德生活的目的和依据。

（二）道德的原则判断与教育

柯尔伯格道德哲学的核心概念是道德水平发展的六阶段理论。他认为前两阶段处于前习俗水平。前习俗水平的个体还不能理解与坚持习俗的或社会的准则与期望，大多数9岁以下的儿童、一些青少年以及成年犯罪的道德发展处于前习俗水平上。所以，他们严格地讲还没有形成道德意识。柯尔伯格津津乐道的是后面四个阶段：做一个自己及他人都认可的好人阶段；依据在系统中的位置考察个人间的关系阶段；为了公平而遵守契约的阶段；遵循一种普遍的伦理学原则阶段。柯尔伯格认为，道德教育的目的就是促进儿童的道德水平的发展，从无道德阶段到有道德阶段，从习俗阶段到原则化阶段。但他又认为，道德认知的发展只是道德自我发展的必要条件，而不是充分条件。

道德水平或认知的发展是否就遵循这样的阶段？虽然柯尔伯格在很多的实验中发现了不同年龄阶段跟这种道德阶段的正相关关系，但柯尔伯格针对美国的现实状况却不得不一直退缩，说“我1976年就公正教育所作的那次演讲提出了，在道德教育的目标上，要从我1968年时强调的，以达到柏拉图式的第六阶段为目标，退到以达到第五阶段和理解公正的概念为目标，而在本文里，我更退到把达到第四阶段的目标作为公民教育的目的。”① 柯

① 柯尔伯格著，魏贤超等译：《道德教育的哲学》，杭州：浙江教育出版社，2000年，第291页。

尔伯格的六阶段理论是在美国这样的大环境下提出来的。但它不仅不能保证较高认知水平的人就有较成熟的道德行为，更无法保证这些阶段在美国这样一个民主程度相对较高的国家中的实现。由此，从经验事实上，柯尔伯格无法完全证实个体道德水平应该具备发展性的六阶段。

实际上，柯尔伯格的道德发展六阶段理论是站在自由和民主程度相对较高的美国提出来的。在他的理论设想的潜意识里，美国的民主和自由精神相应的道德原则应该属于最高水平的道德原则，而亚非拉等发展中和集权化程度较高的国家则像小孩一样，只本能地具备前几个水平的道德原则。这里，他实质上是用经济发展和民主政治的发展水平的事实和学说来演绎道德原则发展水平的观点。但从理性思辨上，他无法为道德原则应该具备发展水平特征做出合理化的解释。

这的确是个困惑：一方面，我们意识到我们对道德的认识存在着柯尔伯格所提出的区别；另一方面，我们又发现这些区别并不能构成个体道德认知的阶段性区别。解决矛盾的可能设想是：柯尔伯格对这些所谓不同阶段的描述其实都是对道德的不同原则的阐释。公正就是唯一的道德原则，但公正太抽象了，它需要具体化。所谓君子、系统、契约和（伦）理的四个阶段都是因为对公正的不同阐释而造成的不同认知。因为不同的阐释，导致了对道德的不同原则认识，所以我们可以用一种范式说来取代阶段说。为什么道德原则会有范式之别呢？这既是道德产生和表达的原则判断，也是关于原则层次的道德教育所需要回答的问题。

（三）道德的实践判断与教育

针对道德认知的逻辑思维水平的发展并不一定带来道德行为的明显改善，柯尔伯格于是在道德的道义判断和道德行为之间加上了责任判断。认为责任判断能够使行为者对自己的善始善终的义务承担有了明确认识，它克服了作为一般意义上（可能与判断者本人无关）的对应当作为或“正确地作为”的判断。这种认识在国内也有代表，那就是认为虚拟的道德问题并不向人们提出道德行为的要求，也不提供实现道德行为的环境和条件，只有真实的道德冲突才能促使学生的道德成长。① 这种看法部分地揭示了为什么道德认知不能转化为道德行为的原因，但更主要的原因却不是因为判断者在一般道义判断中把自己置身其外，而更主要的是因为一般道义判断只是在虚拟的道德环境中进行的，在虚拟环境中的道德冲突不能成其为真正的道德冲突，因为人们在构造虚拟的环境时，已经排除了一些其他的干扰因素，并潜在地设置了价值取向。在虚拟的环境中的道德判断，已经不是怎么样的行为才是道德的行为的判断，而是人（或我）要不要道德的判断。毋庸置疑，一般人都会选择虚拟环境设计者所看到的结论。

在道德实践中，真实的道德冲突并不是人要不要道德的冲突，而是面临着种种可能的符合规则的行为，究竟哪种行为才是道德行为的冲突。举例说，老师要成绩好的学生 A 每天坚持辅导成绩差的学生 B 的作业。这对与学生 A 来说，要么听老师的话，但这显然耽误了自己的时间；要么自己做自己认为有意义的事（不辅导），但这显然又没听老师的话。对于学生 A 来说，听老师的话是一种规则要求，尊重自己的时间也是一种规则要求。他该如何选择呢？这就在于他对规则道德本身的判断——此时此地此事，究竟那种行为才是符合道德的？

---

① 傅维利：《真实的道德冲突与学生的道德成长》，载《教育研究》，2005 年第 3 期，第 13 页。

价值澄清学派对这个问题做了比较充分的研究。价值澄清并不是为人们的一般行为寻找出一种道德的意义，从而成为一种价值相对主义的护卫者，而只是“希望能为那些愿意改变、乐于按照某种价值观念来安排生活的人提供空间、时间、鼓励、支持和指导。”[①] 也就是说，价值澄清并不认为信仰、目的或态度并无好坏之分，而只是鼓励人们花更多的时间和精力思考行为价值的问题，更加审慎和全面地思索自己的价值观以及整个社会的价值问题。从而我们可以断定，所谓价值澄清，不过是由于人们在过于复杂和繁重压力的生活面前，无法把握自己的价值观，无法独自发现有意义的和令人满意的生活方式，所以通过价值澄清，人们试图明晰他们的价值观念——本研究中所表述的道德原则。在澄清道德原则的过程中，人们就会表现出更少的困惑、冷漠和矛盾，从而明确了什么样的行为才是道德的行为。

这样的价值澄清过程就是道德的实践判断过程，但价值澄清学派混淆了道德实践判断和道德的原则判断的区别。对于具体情境下的具体行为而言，如果主体想道德地行动的话，那么缠绕他的就不是行为的道德价值到底在何处，从而需要澄清，而是行为的道德意义究竟该在什么群体范围内赋予的问题。

① 路易斯·拉思斯著，谭松贤译：《价值与教学》，杭州：浙江教育出版社，2003 年，第 3 页。

第一章　道德的自然判断与教育

道德的自然层次就是“道德自然”。道德自然就是对“为什么要讲道德”的终极回答。在中国的传统道德教育思想历程中，道德的自然判断经历了从“天命”、“天道”、“天理”到“天演”四种判断范式的过渡。在不同的判断范式中，道德主体通过道德理性来取舍自己的信仰和解释自身信仰的道德内涵。道德教育所能做的就是促成道德主体形成对自身道德信仰的合理化解释。

第一节　道德自然：道德的终极存在

作为道德自然的基础概念，“自然”到底具备什么样的内涵？从自然到道德自然的判断过程中，究竟是什么促成的转化？此外，道德自然毕竟不是道德生活本身，那么，道德理性又是通过什么样的方式来认识它，以使这种依据成为一种现实的道德建构？对以上疑问的解答需要从三个维度出发：什么是自然？自然为什么能成为道德的依据？自然又是如何成为道德的依据？

一、“道德自然”的“自然”概念

“自然”，在“道德自然”中是一种哲学上的存在意义。作为“存在”，海德格尔的解读使它出现了历史上的两种解释：

一是"存在者"，海德格尔认为历史上对"存在"的解释其实都是对"存在者"的解释；二是"存在"，海德格尔认为惟有他的解释才是对"存在"本身的解释。如果用自然哲学的术语来表示，那就是"自然界"与"自然"的区别。在海德格尔的理念中，传统自然哲学所追问的不是"自然"，而是"自然界"；回答的不是"自然界"怎样，而是"自然界"是什么。他认为作为存在的"自然"是优于"自然界"的，因为任何"存在者"首先必须存在，然后才能是既定的"存在者"。但我们不能依此否定了作为存在者的自然界的意义。如果没有作为存在证明的"自然界"的存在，人类经验也就无从捕捉"自然"的意义。

按海德格尔的解释，自然首先是一种存在。它规定了自然界存在的可能、意义与规律，揭示了自然界存在的本性与依据；自然其次也是一存在者。作为存在者，它体现了存在者存在的模样和运行方式，反映出存在者存在的意义与规则。特别是当人类理解力还没有领悟"存在"意义的自然的时候，向"存在者"意义的自然模仿道德的存在方式，构建道德的根基就显得尤为必要了。

（一）作为存在者的自然

作为自然界意义的"自然"都是相对于人类而言的概念。"它或者指事物及其所有属性的集合所构成的整个系统，或者指未受到人的干预的本然之物。"① 这主要是因为对人类的理解不同所造成的两种相对性结果：一是相对于人类精神而言的自然物质；二是相对于人类行为而言的自然状态。

---

① 转引自吴国盛：《自然哲学的复兴》，载吴国盛主编：《自然哲学》（第1卷），北京：中国社会科学出版社，1994年，第12页。

相对于人类精神而言，自然就是一切事物的总和，就是人类精神所能认识到的一切。“在它之外的东西不存在而且也不能存在，因为在这个巨大的整体之外是什么也不能有的。”① 这是一种作为存在者之整体的自然观念，它是作为人类精神的对立面而出现的。它不需要人类意识的加工，而只是作为一种实在的存在物而展现。“自然包括任何的存在，是一切存在的总和。”② 但这种自然却是人类精神加以判断和确认的结果，人类意识总是希望从它的存在形态、结构和演变中寻找到某种规律性的东西。“所谓自然，我们是指一切实在的东西，即一切在空间和时间上确定的东西。”③ 石里克就是用空间和时间的观念来对自然加以把握的。人类本身也属于自然的一个部分。所以，马克思提出对自然做“人本身的自然”和“人周围的自然”④ 的理解。在人类意识的视野中，人自身同样也只是自然物，需要人类精神来把握它的存在方式和意义。

相对于人类行为而言，自然就是一种非社会状态。这种自然状态区别于人事或世俗状态。在后者中，“人是万物的尺度”，人成为了自然的主宰，按照自己的意志自由地制定道德要求和规范，虽然它有时候用人类的理性来把握自然的精神，但这种把握都只可能是一种模仿，在杂乱无章的人类生活面前，相对“自然”些罢了。“出自造物主之手的东西都是好的，到了人的手里就全坏了。”⑤ 在卢梭的眼中，造物主就是一种存在

---

① 霍尔巴赫著，管士滨译：《自然的体系》（下卷），北京：商务印书馆，1999 年，第 161 页。

② 罗尔斯顿著，刘耳、叶平译：《哲学走向荒野》，长春：吉林人民出版社，2000 年，第 40 页。

③ 石里克著，陈维杭译：《自然哲学》，北京：商务印书馆，1984 年，第 6 页。

④ 《马克思恩格斯全集》（第 23 卷），北京：人民出版社，1972 年，第 560 页。

⑤ 卢梭著，李平沤译：《爱弥尔》（上卷），北京：商务印书馆，1978 年，第 5 页。

者的自然，人类需要模仿而不是违背自然的生存方式。曹永国比较充分地描述了这种自然状态下的人的性质：自然之人是自足的，这种自足是一种能力与需求之间的平衡；自然之人是懒散的，享受着真正动物般的快乐；自然之人是没有美德，但又是善的，这是一种没有价值取向的自然自足；自然之人几乎就是动物，但他却有自由的意志力和自我完善的能力。所以，相对于人性分裂和异化的社会人而言，自由就是人的自然。[①] 这样的自然状态不仅存在于对世俗社会之前的回味中，也存在于对世俗后社会的期盼中。

（二）作为存在的自然

在威廉斯所著的《关键词》中，自然除了“物质世界本身，可包括或不包括人类”外，它还有“某个事物的基本性质与特性；支配世界或人类的力量”等两个重要的意义。[②] 其实，自然不仅是“某个事物”，更主要的是“整个事物”的基本性质与特性。既然是基本性质或特性，那自然也就成了支配世界或人类的力量了。这种“自然”就是存在意义的“自然”，它规定了存在物存在的理由和方式。

在古希腊，自然概念的词根的意思就是“依靠自己的力量、自然而然地生长、涌现”，赫拉克利特把这一演化过程赋予“逻各斯”的意义。自然与规律或规则联系起来了，“‘自然’最简单和最古远的意义，正就是从作为一条原则的表现的角度来看的物质宇宙。”[③] 在我国古代，“自然”的最初含义也是本

---

① 曹永国：《自然与自由——卢梭与现代性教育困境》，南京：南京师范大学教育学原理专业博士毕业论文，2005 年，第 37 – 38 页。

② 威廉斯著，刘建基译：《关键词：文化与社会的词汇》，北京：三联书店，2005 年，第 326 页。

③ 亨利·梅因著，沈景一译：《古代法》，北京：商务印书馆，1959 年，第 31 页。

来如此，自然而然的意思。“人法地，地法天，天法道，道法自然。”[①] 在老子哲学中，道是宇宙万物、社会人生的本原，而“道”却是以“自然”为最终依据的，即宇宙万物，包括人类都要顺应自然的本性和法则。

“自然”概念有两个基本特点：首先是“自”，就是“自己”，它本性如此，自己有如此而不如彼的力量，无须再假定一个自然的动力因（efficiency cause）去解释发生在自然之中的变化。其次是“然”，就是“如此”，它是万事万物存在和运动的本性，是一切现象的最后根据。符合这两个基本特征的都是作为存在意义的“自然”，虽然它不一定用“自然（nature）”来表示。比如汉语词汇中的“天”、“天理”、“天道”、“公理”，英语词汇的“自然法”等都符合作为“存在”的“自然”意义。

二、自然何以成为道德自然

当我们把道德的最后判断标准和理由交付自然[②]，并称这种自然为道德自然的时候，问题就产生了：自然何以成为道德自然的？或者说，人类凭什么让自然来为自己的道德立法？在人类理性面前，这个问题可以从三方面作答：第一是自然的神圣；第二是自然的美好（善）；第三是自然的力量。

（一）自然神圣

上面所分析的三类自然概念，都是一种相对性的概念。相

① 《道德经》二十五章。

② 当然，也有论者认为道德恰恰是人类超脱于纯粹的自然物特别是动物的生存状况的显著特征。所以，人类的道德不应该向自然“物竞天择，适者生存”的规则学习。这是有道德的，但超脱于纯粹的动物式生存法则后的人类道德，所追求的无非又是人人平等的生存和发展权利。这种权利从何而来？从最初的“天赋人权”到“原初状态”的设想，无不是来源于自然。也就是说，该论者在抛弃第一种道德自然观的同时，又无意识地接纳了另外一种道德自然的观点。

对于人类精神也好，相对于人类行为也好，相对于人类生活状态也好，都反映了人类意识对某种现实道德状态的厌弃，对某种理想道德状态的期盼与回味。因为人类生活是具体的、世俗的，所以，这种期盼与回味中的自然势必是抽象的。惟有抽象，它才具有被崇拜的可能，具有反思与改造人类具体道德生存状态的可能。从这一点来说，自然其实是一种人类道德生活的标准。对于任何一个道德标准，我们都可能提出这样的问题：这是一个适当的道德标准吗？“能够确切地归之于任何崇拜对象的力量和智慧，都能出现在衡量崇拜对象的适当标准之中，并且因为对于任何有限的可辨别的对象来说，总可以想象出某一更有力量和更有智慧的力量，所以任何有限的对象总要比另一个可以想象存在着的对象更少值得崇拜。”① 所以对于人类意识判断中的道德最高标准而言，它必须是抽象的，抽象得让人类的智力和体力难以彻底琢磨和征服。自然在这里恰当地充当了这种角色。

（二）自然美好

人类道德的最大功能在于过一种美好生活，“自然”的出现使这种美好产生了终极的范本和目的。我们说，正是因为自然是美好的，或者说是善的，它才有资格来为人类的道德立法。那么，自然是何以表现它的美好或善的呢？

存在者的自然都是作为一种美好的秩序范本而具有道德意义，教育就是引导儿童“分有”和“参与”这种自然的。在第一类自然中，自然就是一切事物所具有的生存状态。这种生存状态具有三个特征：首先，它是一种以生命的维持、生长、发

① 麦金太尔著，龚群译：《伦理学简史》，北京：商务印书馆，2003 年，第 160 页。

育和演化为主要内容的活生生的系统；其次，系统中的每种存在物都是作为个体而相互关联，整体的意义是系统中每个个体所共同赋予的。即每个个体都有平等的存在权利；第三，系统是一种动态的生存状态。系统中的每个存在物都不断地参加整个系统的演化过程。在过程中，每个存在物都是作为一定的功能角色而存在的。“天人相分”也好，“天人合一”也好，都是笼罩在这里自然的光亮中。在第二类自然中，自然就是区别于人为状态的构想。这种构想下的自然体现的是一种宇宙生命的和谐秩序，它相对于人世间的好生活而言，是一种纯粹的好生活。这种自然是哲学家的理性建构起来的，人类的行为永远只能模仿、接近自然，而无法达到它。自然的存在意义就是让人们来效仿它。《理想国》也好，《乌托邦》也好，都是在参与这类自然的建构。

存在意义的“自然”先于“自然界”而存在，但自然界却能找出自然的本性，这个“找”的过程就是人类运用理性去发现和把握的过程。黑格尔说得好：“知识所应研究而用概念来把握的，就是现存于自然界中的现实理性；它不是呈现在表面上的各种形态和偶然性，而是自然界的永恒和谐，即自然界的内在规律与本质。”① 存在意义的自然克服了自然界太过于具体的缺点，它把一切生活所呈现的虚伪、伪劣、丑陋等等都归于自然界的现象，而唯把高尚、美好、舒适等都归于自然的本质。人类应该遵照自然的本质要求来生活与行动，就因为它是美好的。

（三）自然有力

美好的东西不一定能成为现实的东西，除非它自身就带有

① 黑格尔著，范扬、张企泰译：《法哲学原理》，北京：商务印书馆，1961年，第4页。

一种力量，这种力量迫使现实的人们不得不按照它的要求来布置自己的生活。于是，这就带来了它的第三点特性，也是道德自然之所以成立的第三点理由：自然是强有力的。自然的力度首先表现在它包容着人类的生命，无论是存在者还是存在意义的自然，它都先于人类生命而出现，不仅如此，人类生命又先于它而消亡，至少对于个体人而言是这样的。我们找不到任何一个与天同寿的人存在，尽管与天同寿一直是人类的梦想。自然的力度其次表现在它对人类恶劣行为的惩罚上。如果人类顺应自然规律办事情，自然会让人类种瓜得瓜，种豆得豆；但人类如果违背自然规律办事，终究就是南辕北辙，搬石头砸自己的脚。自然之所以是有力的，最后是因为人类是自然不可分割的一部分，人类本性是自然本性的一部分，那支配着自然的律法也是人类行为应该遵守的律法，否则那就是对人类自身本性的一种违背。

（四）自然而然

尽管上述三个理由都是成立的，但理性却告诉我们，上述三个理由都无法各自自圆其说。因为：首先，自然为道德立法的神圣性理由绝非仅仅来源于其概念的抽象，它的这种抽象还必须能够在适当的时候具体化。否则，太抽象的东西就会因为它的不可捕捉而不存在。其次，尽管美好（善）能成为人类生活仿照的样本，但既然人类是因为美好（善）而模仿它的，那就意味着人类在确定模仿它之前就有一个美好（善）的概念，而这就意味着美好先于自然而存在；最后，自然有力也无法最终保证人类的道德指向。我们说因为讲道德的人是尊重自然的，我们又说讲道德的人不是自私的，但这两个前提恰恰能推演出一个预料之外的结论：人可能为了自私的需要而尊重自然，但却不道德。

尽管如此，人类理性仍然把自然作为道德的终极理由和标准。这主要是基于以下三个方面的原因：首先，自然无论如何都是人类主观建构起来的一个概念。人类理性面对生活实际的好与不好的时候，需要把一切美好的都赋予一个概念。这个概念不仅需要是有力的，而且也是美好的。虽然力量和美好本身就无法在同一个概念中兼得。① 其次，之所以“自然”充当了这个概念，其关键的原因还在于自然概念自身的复杂性，所以它对人类的道德要求具有巨大的适应性和灵活性。当人类把“存在”作为它的概念核心的时候，人类总是宣称它存在于具体的“存在者”身上；当人类把“存在者”作为它的概念核心的时候，人类总是说能从“存在者”身上找到它存在的理由。我们也期盼地发现，自然的巨大解释力能让它在不同时间、不同地点与不同的道德原则表达相协调。最后，自然终究是作为协调道德与美好生活的关系而出现的。遵从道德是一种德性，而牵引道德的又是一种好的生活。当人类的现实生活无法让道德生活与美好生活联结起来的时候，自然恰逢其时地出现了。自然使人类的道德生活变得理由充分起来，它为道德沦丧的社会寻找到一种替代的方式和理由，因为它认为现实所出现的都是一种偶然，而美好生活却需要道德生活作为前提条件。自然，此时成为了道德自然，它树立或维持了人们对道德生活与美好生活联系的有效判断。

三、自然如何成为道德自然

可见，自然在本质上是一种观念性的东西。在人类理性中，

① 这好比人们对上帝的评价：如果上帝是善的，那他就是无力的，因为他无力来解决人类的种种恶；如果上帝是有力的，那他就不是善的。因为他的力量造就了人类的同时也造就了人类的恶。

这种观念性的东西以相对性获得自身概念的规定性，是一种外在于自己的存在。那么人类理性是借助什么样的方式来把握这种相对性的观念存在，并通过它来探询和思考道德自然的呢？自然是外在于人自身的存在，黑格尔说，“己外存在直接分裂为两种形式：首先是作为肯定的形式，它是空间；其次是作为否定的形式，它是时间。”① 可见，空间和时间是人类理性判断道德自然的基本凭借。通过它，人类在空间或时间中建构自己的道德生活和美好生活，并通过时间或空间来实现道德生活与美好生活的对接，从而实现对道德自然的基本判断。

（一）空间的道德自然

空间作为道德自然的肯定形式而出现，是自然的直接外在性抽象。空间是道德生活或者美好生活的表达形式，但它的这种肯定又被空间内的群所否定。与自然一样，群也是一规定性的概念，它的大小完全取决于人为的假定，而没有一种先在的差别。我们可以把特定的两人组合称为群，也可以把一个国家或联合体内的人的集合称为群。空间中群是自为存在的，群的存在导致了空间被分割成两种形式：绝对空间和相对空间。

“群”的出现丰富了绝对空间的内涵。群作为规定性的概念，自身就是矛盾的统一体。首先，群的存在造成了空间的间断，由此，道德生活与不道德生活成了决然对立的画面。这种对立不仅是群体道德生活范围的对立——我的道德生活能在多大范围内实现，也是美好生活存在范围的对立——我能与哪些人共享美好生活。其次，群的存在又使得空间得以连续。任何相对空间都是有边界的存在，通过边界，内部生活世界同外部

① 黑格尔著，梁志学、薛华等译：《自然哲学》，北京：商务印书馆，1980年，第39页。

世界实现了道德对话与交换。在交流与对话中，或者外部空间丰富了内部空间的道德与美好生活的内涵，或者内部空间扩展了自己的道德与美好生活的范围。当然，更可能的情况是两者兼而有之，实现了“交感”方式的存在。①

“群”保证了相对空间的自足。所谓自足，指在相对的空间内，个体人或者群体人具有自我组织和调控的能力，实现一种秩序的良好，从而实现道德和美好生活。在相对空间内，这种组织与调控主要通过系统和结构来保证的。所谓“系统”，首先是“系”，即相对空间内部的各个体之间相互联系，相互作用；其次是“统”，即各个体彼此联系从而构成一个统一的道德生活或美好生活的共同体。相对空间之所以能形成一个系统，关键的原因是系统内的个体相对于群体道德或美好生活而言，都是一种功能性的存在。而这种功能又是通过群的结构性特点来保证。结构性空间通常能做两种方式的判断：或者是纵向的层次性结构，它体现的是空间内部各个体之间纵向的或垂直的有序关系，这种判断在中世纪后期成为了基督教会和封建贵族解释社会和道德等级差别的理论依据；或者是横向的相互独立的和谐关系，这种判断在近代又成了天赋人权，主张人性平等的理论依据。两种观点并非不能融合：比如，相对空间内的个体，首先应该享有平等的生存和生活权利，但这种权利又是伴随着它纵向的功能角色（比如单位的职工、家庭的成员）而同行的。道德生活就是如果相对空间内的群体制度和个人理

① 福柯用“适合”、“仿效”、“类推”、“交感”阐释了事物相似性的四种主要形式。“适合、仿效、类推、交感告诉我们，世界必须如何反省自身、复制自身、反映自身或与自身形成一个链条，以便物能彼此相似。”在这四种形式中，适合表示两者空间的邻近，仿效意味两者映像的重复，类推暗含着全部的联系，而交感则是“同化”的强求。参见福柯著，莫伟民译：《词与物》，上海：上海三联书店，2001 年，第 35 页。

性能够保证上述关系的和谐存在，那这样的群体和个体就是体现道德自然要求的公共社会和道德人。

（二）时间的道德自然

如果说空间是对道德或美好生活存在的一种肯定方式，那么“时间就是在存在的时候不存在，在不存在的时候存在的存在”，① 是对道德或美好生活的一种变易。时间如同空间一样，也是一种纯粹的抽象。在抽象的时间概念面前，自然物是有限的，所以服从于时间，具有有限性；而自然本身作为一种真实的理念和精神，则不服从于时间，是永恒的。道德自然的时间理念表现在自然物“人”身上，这种表现是通过时间的“持久性”而获得的。

现实事物本身的历程构成时间，无限持久的时间就是永恒性。永恒与时间是同步的，它不是属于时间的开头与结尾部分。所以，在一种绝对理性所思考的美好生活和道德生活里是没有时间概念的，即使存在时间概念，那也是一种永恒性质的存在。从这个前提来说，在美好生活和道德生活里，时间既是存在的，又是不存在的。当人类超越现实（非）道德生活秩序的时候，无非就是想追求一种时间永恒的美好生活和道德生活。时间的永恒性也是一种规律性，这种规律是属于普遍性质的，它只有作为个体的生活过程才具有意义。

持久性赋予了规律的个体道德意义。当个体人试图过道德生活的时候，他正在寻求的是一种生活的美好。个体的这种道德生活通过时间概念与一种普遍的规律统一，成为一个完美的生活形态，即美好生活的形态。持久性分解了永恒性的时间，

① 黑格尔著，梁志学、薛华等译：《自然哲学》，北京：商务印书馆，1980年，第39页。

从而时间实现了过去、现在、将来的划分。这种划分如同空间的群一样，同样属于规定而非描述的性质。① 尽管存在着对立的规定性，但这变易的每个环节就其本身而言都是一个独立的整体。当道德自然通过时间的否定形式来表达的时候，人类理性通常有两种矛盾的方式来实现对它存在方式的判断。

第一种方式是进化。进化标志着人类的道德生活在过去与将来之间有着从不完善到完善、从无序到有序、由简单到复杂、从低级到高级不断向前进步的发展趋势。现在生活的意义，那是作为过去的道德形式的否定而产生的。现实的道德努力就该具有现实和超越性的特征。之所以应该现实，那是因为现在与未来之间存在着间断，而非一种永恒的统一；之所以应该超越，那是因为未来的道德生活能保证与美好生活的绝对相应。近现代以来的道德理想大都是以进化的方式认识道德自然的。

第二种方式是退化。退化标志着人类的道德生活在过去与将来之间有着从完善到不完善、从有序到无序、由复杂到简单、从高级到低级不断退步的下降趋势。但人类理性又认为，人类有着挽救这种退化局面的能力。这种挽救需要通过现实的道德努力来实现，这种实现方式既是一种回归，又是一种顺时。说它回归，那就是希望人类的现实道德生活能够回归到一种最初的原始状态，在那种道德状态中实现道德生活与美好生活的统一；说它顺时，那是因为它决非一种绝对的回归，而主张根据时代的特点，回归到真实的道德生活的自然状态，而非原始生

① 分析教育哲学家谢弗勒在《教育的语言》中认为教育的定义有三种：(1) 规定性定义，指创制的定义，即作者所下的定义。在同一著作中要求被界说的术语始终表示这种规定的含义；(2) 描述性定义，指适当描述被界说的对象或使用该述语的方法；(3) 纲领性定义，它或明或暗地说明“事物应当是什么”。瞿葆奎主编：《教育学文集·教育与教育学卷》，北京：人民教育出版社，1993 年，第 31－37 页。

活本身。古典的道德理论一般都是以退化的方式来解释人类道德问题的。

两种解释都能自圆其说，但放到一起却无法通行。我们不能对上述两种矛盾方式实行非此即彼的理解，因为一种新的解释可能更符合道德自然的本来面目，那就是：道德生活在时间的轨道内，并非一种进化或退化，它主要是一种道德范式的转移。也就是说，道德自然是理性的产物。在不同的历史阶段和文化背景中，人类对它的理解存在着理解范式的差别。时间和空间的划分只是分析的方便，人类理性在道德自然判断的时候，更主要的是处于一种杂糅状态。正是这种不同的杂糅状态丰富了人类道德理性判断的画卷。道德教育就是在道德理性对道德自然的理解中实现的。

第二节　“知天命”“为君子”：孔子的道德自然判断与教育

不知命，无以为君子也。

《论语·尧曰》

孔子是不是儒学道统的开创者？这个问题存在着争议。其中，叶适与牟宗三大致可以看成是两种对立观点的代表者。叶认为，孔子“信而好古”、“述而不作”，孔子的工作不过是把先圣先贤的礼仪制度内在化，从而把儒学的道统上溯到尧舜周公。然而，牟猛烈地批评叶对孔子地位的评价不够，“浑然不知孔子虽承三代而与三代有别”，孔子“立仁教以辟精神领域，将‘疾敬德’以‘祈天永命’之王者受命之政治规划而为‘践仁以知天’之个人进德之道范”[①]，故道之本统只能断自孔子。

① 牟宗三：《心体与性体》，上海：上海古籍出版社，1999 年，第 164 页。

尽管对孔子的道统地位存在争议，但叶与牟都不约而同地以“理性化”来描述孔子的工作。

理性化包括道德的理性化。在道德自然层面，“理性化”工作大致包括两个方面：一是在天人关系断绝的情况下，通过对天与命，天与神等范畴的发挥，以情理交融的方式实现道德自然的顺畅，即“知天命”。二是在礼崩乐坏的历史背景下，“祖述王制”，试图重新整理和完善“郁郁乎文哉”的周代礼乐。即用“吾从周”的方式来实现道德自然与实际生活之间的沟通。

在道德自然层面，这种理性化就是确认什么是自然？自然凭什么，又是如何成就道德自然的？道德理性化的过程也是道德教育的过程。这种教育就是告诉学生如何对待和处理非自然或假自然？什么才是道德自然？该以什么样的心态来领悟和践行道德自然？道德教育的过程也是教育者和学习者根据时代特点重整和修正先贤先哲道德自然观念的过程，道德理性在此过程中逐步形成。

一、西周的道德自然判断与教育

道德的终极根基既然是来源于一种非现实的存在，那么在孔子之前的道德教育活动中，是什么在充当这种非现实的存在呢？或者说，这种非现实的存在是通过什么方式得以表现呢？

在西周，统治者认为祖先是善的，为部落的安全和繁荣昌盛建立了丰功伟业；是智慧有力的，能够匡正殷商统治者的错误，重新建立和谐稳定的社会秩序；是神圣的，他们死后灵魂仍然在一个不可觉察的地方存在，观察着后人的行为，庇护着后人的利益。所以周代统治者信赖祖先，把祖先当成神灵来供奉。不仅如此，他们还借祖先的口吻来教诲后人应该怎么行动，如“文王诰教小子有正有事无彝酒”[1]；借祖宗的行事方式来为后人树立行为榜样，如“宁王惟卜用，克绥受兹命”[2]，借先王的力量来教训后人的错误；如“乃速由文王作罚，刑兹无赦”，以此实现“古王先哲，用康保民”[3] 的目的。

本族的利益有祖宗保佑，天下的利益有（上）帝保佑。特别是当祖宗无力或者不愿意纠正子孙的倒行逆施的时候，帝作为宇宙的最高主宰，始终代表着王国的秩序而非某部落或宗族的利益，惩罚邪恶，维护着人世间的正义和道德。《尚书》里记载了周成王教育商王的遗臣的事件，周成王以“上帝引逸”开篇，因为“有夏不适逸”，所以“则惟帝降格，向于时夏”、“惟时上帝不保，降若兹大丧”[4]、“予惟小子，不敢替上帝命”。[5]

祖先神与上帝神同时存在，作为一种掌管与协调人类行为的力量，它具有人格化的特征，是一种自然物性质的存在力量。既然具有位格的特征，那它就有居所。在西周，这个居所就是“天”。“天”既是神鬼的居处，也就自然是一个混沌的神秘世界，并因此逐渐脱离了空间的特征，而演化为一种神秘的力量，以“天命”的方式在人世间得以体现。与上帝相比，天不仅是正义与道德的化身，它还代表着一种永恒的力量和终极的法则，而不只是个别事件的裁判者。如召公不厌其烦地教诲成王“上下勤恤，其曰我受天命，丕若有夏历年，式勿替有殷历年”。[6]

在西周，“祖”、“帝”、“天”充当了道德判断的终极理由。相对于道德人事，“祖”、“帝”、“天”成就了道德自然。西周

① 《尚书·酒诰》。
② 《尚书·大诰》。
③ 《尚书·康诰》。
④ 《尚书·多士》。
⑤ 《尚书·大诰》。
⑥ 《尚书·大诰》。

的道德自然教育所倚重的自然观念凸显出如下特点：第一，自然的存在方式逐渐由存在者“神鬼”向存在“天命”过渡。有学者以《尚书》和《诗经》为统计资料，把商晚期、周早期、周中期和周晚期等四个时间阶段中出现的“天”、“祖”和“帝”做了统计。统计发现，商周之际的“天”观念急剧发展，由商的祖宗占主导地位变成了西周时期的天占主导地位。① 这说明，西周道德自然教育所倚赖的自然观念开始由人格化的存在物向非人格化的存在过渡。相对于前者而言，后者更为抽象，在物理位置上人更难以亲近，从而也就显得更加神圣和有力。第二，但无论是怎样的变化，它都是对应着人世间的道德需要。西周由一个小邦发展成为王国的统治中心，它需要解决的道德冲突就不仅仅局限于本邦内部的行为和认识，而必须包容整个的王国范围。不仅如此，从夏到周的朝代演变中，每代统治者在理论上说明本族的统治地位是祖先德行功劳的结果，是顺应上帝旨意的必然举措的同时，也造成了逻辑上的矛盾：应帝令修德行的前代统治为什么会被后继者取代？祖宗只能保佑和规范本族行为，上帝只能协调和解释王国的行为，因此，一种超越本族和本王国利益关怀但又能包容祖宗和上帝的超现实力量——天——势必产生于当时的思想者头脑里；第三，道德自然教育要求学习者（王者）由巫术向祭祀和保民过渡。既然祖先是本族的庇护神，那就要通过祭祀的方式来贿赂和感谢讴歌，而不是通过巫术的方式来操纵；既然上帝和天都不是属于哪个部落的正义与道德的把持者，那学习者就不是通过祭祀的方式来巴结和沟通天与上帝，而得通过其他的方式来领会其旨意。

① 参见张荣明：《中国的国教——从上古到东汉》，北京：中国社会科学出版社，2001 年，第 107 页。

其他的方式就是敬德保民，因为“天听自我民听，天视自我民视”、“天畏棐忱，民情大可见”，[①] 又因为德缘于循（德就是仰怀上天、顺从天命），所以敬德就是顺天，“王其德之用，祈天永命”；[②] 敬德就是保民，否则“天惟我民彝大泯乱”。[③] 德，由此逐渐由自然美德的性质而沾染上了伦理美德的内涵。

然而，正如召公对周成王所言，“天命哲、命吉凶、命历年”，[④] 西周的盛世并没有维持多久。人间的灾难引起了一股怨天的思潮。怨天不仅是对人世政治没落和道德沦丧的抗议，也反映了西周鼎盛时期的道德自然观念的日暮穷途。如果说西周初期是想借一种自然的力量（天）来说明政治的道德合理性，从而以统治者的德性来论天的话，那么在西周的末期，现实道德失去了规范，人们就是将天作为了道德心性的终极源头，从而以自然来为道德寻找到一个形而上的理由。

正因为如此，人们怨天时候的心情是复杂的：一方面，人们接受了周初期统治者兼教育者对道德自然的理解，认为“皇天无亲，惟德是辅”[⑤]，那么，上天为何选择无德之人禀受天命，把握政权？既然“天命”在于“保民”，那么对于不保民的统治者，上天何以并不夺去他的天命？得出的结论只能是，“昊天不佣”、“昊天不惠”、“昊天不平”[⑥]、“浩浩昊天，不骏其德！”[⑦] 另一方面，人们已经对天不抱什么希望，因为它根本决定不了人世间的事情。“下民之孽，匪降自天。噂沓背僧，职

① 《尚书·康诰》。
② 《尚书·召诰》。
③ 《尚书·康诰》。
④ 《尚书·召诰》。
⑤ 《左传·僖公五年》。
⑥ 《诗经·小雅·节南山》。
⑦ 《诗经·小雅·雨无正》。

竞由人。”[①] 以至于伯阳父并不认为地震是上天主导“周将亡矣”的兆头，而认为是自然秩序的紊乱，并因此带来民众的生活失调。[②] 可见，“以德配天”的道德自然已经失去了解释力。当怨天走向了疑天的时候，这说明原来树立起来的道德终极基础已经在人们头脑里产生了动摇。对于孔子来说，完成重新树立道德自然权威，重塑和整理西周的自然观念的任务十分迫切。

道德自然的紊乱不仅体现在其终极自然的动摇上，也体现在沟通自然的方式的紊乱上。随着西周末年政治的衰败，君主道德政治根本无法得到保证，人们对于周人所标榜的顺天敬德充满了怀疑，抱着十足的怨恨和批判的态度。此时，国王垄断“绝地天通”的观念开始被打破。那么，该由谁以什么样的方式来重新实现道德自然与人际道德的和谐统一呢？当时出现了两种苗头，一是陪臣执国命，地方诸侯、大夫等开始用祭祀的方式来沟通上天，“八佾舞于庭”，“相维辟公、天子穆穆”唱颂于三家之堂；二是由原始祭祀和军事征伐等仪式发展起来的，沟通天帝、鬼神与人情物理的“礼”出现了分化，产生了纯粹为了礼仪而礼仪，缺乏生活意义的仪式礼节。孔子认为这是对和谐的周代礼制道德的破坏，他猛烈地批判这两种苗头，说“禘自灌而往者，吾不欲观之矣”、“人而不仁，如礼何？人而不仁，如乐何？”[③] 但问题是，当天子已经丧失了践德顺天的能力，祭祀已经变成了一种礼仪而缺乏道德虔诚的内容后，谁来沟通与怎么样的沟通方式才是合适的呢？孔子不得不回答这一问题。

---

① 《诗经·小雅·十月之交》。

② 《国语·周语》中说：“夫天地之气，不失其序。若过其序，民乱之矣”。

③ 《论语·八佾》。

二、孔子“知天命”的道德自然判断

可见，当孔子面对西周留下的道德自然传统和紊乱的现实，重新构建合适的道德自然格局，寻找新的道德自然理解和践行方式，并与学生分享这一理性认识就显得尤为迫切了。这一迫切的任务大致可以区分为以下几个问题：（1）如何看待祖宗或上帝等格位神，或者说怎样处理先贤把存在物本身当成存在的问题？（2）如何看待“天”这个更为抽象的作为自然存在的问题？通过什么样的途径抽象“天”得以展现自身？（3）如果孔子还以存在者的形式看待自然的话，那么又该如何处理它与存在本身“天”的关系？（4）如果孔子能妥当地处理好自然存在本身的话，他又该如何解决自然成就道德自然的过程？也就是说，他如何实现自然与道德的交接，使道德自然成为可能？

一般而言，学界认为孔子对待鬼神的基本态度是存而不论，有力的证据就是他回答季路，“未能事人，焉能事鬼？”、“未知生，焉知死？”① 或者回答樊迟，“务民之义，敬鬼神而远之，可谓知矣。”② 但这些话更多的意义是鬼神观念来源于人事状态，所以对鬼神的理解要从对人事的理解着手。对于孔子而言，不语的何只是鬼神，“夫子之言性与天道，不可得而闻也”③。所以，孔子对鬼神并非存而不论而是不直接论，而是间接地通过天道或者人事来论。孔子之所以要求学生对鬼神有如此认识，大抵原因有：（1）过分地强调鬼神就会忽略人事，统治者会认为只要巴结好了祖宗神灵就算有德性，这会降低统治者保民的自我要求。所以孔子回答王孙贾“与其媚于奥，宁媚于灶，何

---

① 《论语·先进》。
② 《论语·雍也》。
③ 《论语·公冶长》。

谓也”的问题时就说“不然，获罪于天，无所祷也”；（2）鬼神为什么会护佑子孙？这里面还可以进一步追问，之所以不把自然停留在存在物，而再抽象化为自然存在。本身就是道德认识理性化的必然结果；（3）鬼神只是一个部落或宗族的庇护神，而对于孔子当时的民生处境来说，需要的绝对不是某个宗族或部落的繁荣。孔子鬼神观的逐渐湮灭恰恰表明了他的公共理性的逐渐觉醒；（4）当时的观念中，鬼神绝非只是善的化身，它有时候也是凶神恶煞。所以，“不语怪力乱神”恰恰是还原自然的本善面目，求得对道德自然的理性把握；（5）“祭如在，祭神如神在”①。如在，样子其实是做给自己而不是做给别人看的，就是要自己在祭祀的时候保持一颗庄严肃穆的诚实心灵。祭祀是生活的一部分，这种庄严肃穆的心情也要保持到其他生活中。

孔子的这种道德本体的认知是沉默理性的认知。之所以沉默，其原因有二：首先是语言本身的语词功能使某一道德存在活动难以表达。但语言的局限并不是理性的局限，说不出来的东西在语言体系之外但又可以在理性范围之内。这大概是孔子“敏于行而纳于言”的主要原因；其次是因为语言认识的有限性。任何语言都是对道德整体的一种破坏，于是就有孔子称赞尧之为君却说“民无能名焉”的道理。当孔子称道孔文子“默而识之”的时候，我们就应该知道，这种沉默式的道德理性“绝不表明人对道德本体的不知觉和无知，相反，是出于对本体存在状态的一种总体性的真知，是使存在在这种理性中变为一总体的无分化的体知悟通境界的表现。”②

---

① 《论语·八佾》。

② 丁大同：《略论道德本体与沉默理性》，载《天津社会科学》，1995年第2期，第65页。

也就是说，在孔子的眼界中，使道德成为自然的到底是不是位格神的力量，已经不是很重要的事情。在孔子那里，命是天命，天是命的发布者。所谓“生死有命，富贵在天”，这话讲得很明白：生死富贵都超出了人为的力量范围。在外在的神性的“天”的权威丧失时，孔子通过人的自然心理与生物化情感实现道德的自然化论证。在论证时，孔子需要的只是那一种力量，即赋予道德以自然而非人为的力量。孔子把这种力量赋予了“天”。人不能“获罪于天”、“欺天”、“怨天”，否则“天厌之”、“天之将丧斯文也”、“天丧予”。有学者指出，孔子的“天”有前后两个时期的区别：在前期，天在孔子的心目中乃是一种历史的必然性，是人力所无法抗拒和阻挡的前进力量；在后期，孔子心目中的天则是宿命论的预见，是一种“知其不可为而为之”的悲剧观照和精神支柱。① 这点结论是很有启发意义的，它表明虽然孔子对天的态度前后发生了变化，但他赋予天至上地位却没有改变。应当指出的是，孔子的这种思想与西方关于天神、上帝的思想存在着原则上的区别。孔子的“天”不是独立于自然的创造者（像柏拉图理念论中的“理念”），而是自然本身。孔子的“天”的至上地位是没有时空安排的，它无处无时不在，但人却难以接近和捕捉。人能够捕捉的是天的行事的时间化历程，这个历程就是“命”。通过“命”，“天”充分地展示了自身的意志性、威吓性和主宰性。于是，“天”通过“命”成了人为什么要讲道德的理由。

自然就是天，道德自然就是天命。人可能不知天，但一定要“知天命”。为了实现天命在道德中的终极地位，孔子将天

① 陈科华：《孔子心目中的“天”：一种文化分析》，载《益阳师专学报》，1994年第5期，第34页。

命与君子人格结合起来说事。“不有君子，其能国乎？国无陋矣。”① 君子是走向理想社会的必然要求，但君子却必须知晓天命、敬畏天命。于是就有了“五十而知天命”的人生履历，有“不知命，无以为君子也”② 的人生感叹，有“君子有三畏：畏天命，畏大人，畏圣人之言”③ 的劝导。与此同时，作为教育者，孔子一直把自己当成道德人格的所有者，当成天命的追顺者，“文王既没，文不在兹乎？”④、“天生德于予，桓魋其如予何！”⑤。这种自信不是一种自表，而是一种自发外显的和谐身心状态，以至于仪封人也认为孔子领会了天命，与孔子的弟子感叹：“天下之无道也久矣，天将以夫子为木铎。”⑥ 在孔子那里，天命的道德意义其实是从自然界的秩序演化而来的。“四时行焉，百物生焉”，自然界有一种有序化的秩序，这种秩序体现出一种方向性或可能性。我们称这种方向性和可能性为自然界向善的目的性。这并不就是形容人的善性，但人类的善必是“识”之而后有。这也就是我们常说的知天践仁的意义。天人之间被赋予了一种内在联系，“天何言哉?”，只能“默而识之”，靠生命“践仁”去认识。在此，自然被赋予了目的，自然的目的又被演化到了人类生命和德性。于是，“天”通过人的“默识”而成了讲道德的依据。

三、孔子道德自然的教育特点

道德的自然判断过程同时也是道德自然的教育过程。相比

① 《左传·文公十二年》。
② 《论语·尧曰》。
③ 《论语·季氏》。
④ 《论语·子罕》。
⑤ 《论语·述而》。
⑥ 《论语·八佾》。

于西周鼎盛时期的道德自然观念与教育，孔子的道德自然观念与教育体现出了一些新的特点。这些特点主要有：

第一，“知天命”的道德自然教育对道德自然的认识更加合理化。这主要表现在“知天命”与“敬鬼神”两者的关系上。有学者指出，自殷周至春秋时期的神人关系已经经历了一个十分漫长的演进过程。这一思想演进过程可以逻辑地划分为三个阶段：即殷商时期为“神性至尊”阶段；西周时期为“神人互补”阶段；春秋中晚期为“人的凸显”阶段。[①] 从最开头的把曾经存在的存在者（祖宗），到想象的存在物（上帝）以至于作为一种规律或方向性的存在本身，这是对道德自然认识的必然过程。孔子的贡献就在于使第三个阶段更加系统化。从此，天作为道德的自然依据，体现了四大价值：天是文德教化的价值根据所在；天是使人敬畏的一种存在；天是社会统治者，尤其是贤明统治者权力的提供者；天是人的命运的制定者，同时，也是人的行为合适不合适的裁决者。[②] 道德自然的抽象化其实也凸显了主体理性。鬼神当道的年代，孔子当然不可能回避历史留下的影响，在他系统化论证了抽象天的权威、善意的同时，他也适当地给鬼神留下了位置。但这个位置与其说是天上的，还不如说是人间的。“或问谛之说，子曰：‘不知也，知其说者之于天下也，其如示诸斯乎！’指其掌。”[③] “非其鬼而祭之，谄也”、“吾不与祭，如不祭”[④]，鬼神之所以能存在，只是为了成就一种庄重的心情，这种心情是祭祀时候所内在的，也

① 王杰：《殷周至春秋时期神人关系之演进》，载《中共中央党校学报》，2000 年第 3 期，第 76 页。

② 任剑涛：《伦理王国的构造：现代性视野中的儒家伦理政治》，北京：中国社会科学出版社，2005 年，第 120 页。

③ 《论语·八佾》。

④ 《论语·为政》。

是日常道德礼仪生活所必须的。

第二，“知天命”的道德自然教育扩大了德性范围。在西周，只有统治者才有通天的权力和可能。但是王者通天所带来的影响是两个方面的：一方面是积极的，就是天之大德曰生，顺天就意味着要保民爱民；但另一方面，对通天道路的垄断意味着普通人缺乏理解天意的可能。这样，统治者的理解就等于天的本意。如果统治者曲解了天意并通过权力来护卫曲解，那么天就成了统治合法性论证的工具，而非道德生活的约束与范本。这个矛盾在君子社会里并不存在，因为统治者本身就是有德者。但随着德性与制度的分离，权力与位置关系的扭曲，矛盾彰显出来了。孔子以仁者通天，践仁通天，重新解读了通天者的范围，不仅实现了认识天命与践行天命的分离，从而保证了道德自然认识与道德自然践行两者之间的适当监督距离，也把德性要求从“保民”扩展到“践仁”，从而把德性从原来的惟独统治者持有扩大践仁者持有的范围。在这个意义上，当我们说这个人是一个有德性的人的时候，不一定说的是这个人是一位知天顺天在位谋政保民的统治者，而极有可能说的是他是一位不在位但知天畏天践仁的君子。正所谓“《书》云：‘孝乎惟孝，友于兄弟’。施于有政，是亦为政”，也是为德。[①]

第三，“知天命”的道德自然教育增强了道德自然践行的可能。把天理解为自然，并使之成就一种道德自然，这是一种形而上的表达。如果说早期的天来自于鬼神的居所，还有空间的向度的话，那么孔子的道德自然意义上的天就不仅失去了空间，也失去了时间的向度。失去了时空向度的天是不可测的。天不可测，但天命又要知和践，怎么办？孔子巧妙地从人世获

① 《论语·为政》。

得了解读上天的途径。这个途径就是“从周”。在孔子看来，“逝者如斯夫”，人世道德自然经历了一个不断堕落的过程，这一堕落历程大致可以区分为三个阶段：第一个阶段是从黄帝至尧舜的“大同”期，第二个阶段是夏商周三代的“小康”期，第三阶段就是孔子所居的时期。“大道之行也，天下为公”，大同时期得命于天，自然与道德浑然一体；“大道既隐，天下为家”，小康时期道德模仿自然；而礼崩乐坏时期道德与自然脱节。虽然大同期是自然与道德的和谐交通时期，但孔子却舍弃追仿；虽然孔子对三代颇有微词，但最终却以西周作为自然与道德的理想联结点。为什么？其主要原因有二：一是远古时代典籍不存，不可知。并且在孔子的理念中，大同世界得之于天，“大哉尧之为君也！巍巍乎！唯天为大，唯尧则之。荡荡乎！民无能名焉。巍巍乎！其有成功也，焕乎，其有文章。”[①]“圣人，吾不得而见之矣；得见君子斯可矣”[②]。而所以大同时代如同天一样不可琢磨；二是道德与自然分离太久，人心不古，要想重新构造和谐的道德自然，需要按部就班地进行。“齐一变，至于鲁；鲁一变，至于道”，[③] 时间变化所留下的痕迹为孔子回归道德自然提供了方向；因为“周监于二代，郁郁乎文哉”[④]，西周的典章制度，人心道德又为孔子重归道德自然创造了一个良好的空间平台。

第四，“知天命”的道德自然教育丰富了道德理性的内涵。“知天命”的道德自然观和教育肯定了君子或大人的道德理性。这不像以前，道德理性要么根本缺失，靠祀和卜来领会；要么

① 《论语·泰伯》。
② 《论语·述而》。
③ 《论语·雍也》。
④ 《论语·八佾》。

"绝地天通"，为君王所把持。孔子的革新给予了每个人以道德地位，如果他克己复礼以成君子的话。我们不得不说这是一次历史性的进步。只有有了这种进步，道德教育才有开展的必要与可能。

"知天命"的道德自然教育把道德理性首先建立在"知"上。"知之为知之，不知为不知"，只有首先观察到了，认识到了，我们才能说知道了。道德理性对待自然也做如是的要求。因为鬼神不可知，所以"敬鬼神而远之"，因为"不知生，焉知死"，所以主张先知生。"知"使得行为不再盲目，而是建立在理性判断、分析的基础上，这对于消除传统道德自然观的影响具有非常进步的意义。

"知天命"的道德自然教育主张"畏"的道德理性。"君子有三畏：畏天命，畏大人，畏圣人之言。小人不知天命而不畏也"。[①] 既然道德理性认识到天命不可逃遁又充满善意，那么，人们对待自己的行为就必须战战兢兢、谨慎从事，不要做下了不道德的事情触犯天命。"畏"成了孔子对待天命的道德理性主基调。

"知天命"的道德自然教育主张"待"的道德理性。"待"是对待，而非等待。"知之者不如好之者，好之者不如乐之者"，[②] 这个判断不仅是对职业、专业等生活方式的判断，也是对人生态度，道德志向的判断。从根本上说，孔子对待天命的态度是入世而非出世的，是现实的而非虚幻的，是自度的而非依他的。孔子通过加强道德修养来对待天命。

"知天命"的道德自然理性包容了"祭"与"祷"的私人

① 《论语·季氏》。
② 《论语·雍也》。

道德行为。天命创造了一种公共的道德理性，提供了“仁者爱人”的道德依据。但这种道德理性并非与私人道德行为相抵触，相反，它允许和支持历史和文化存留下来的私人性质的天人沟通的行为。在孔子的年代里，这种行为就是“祭”与“祷”。祭是指祭祀神仙和祖先，祭鬼的目的是为了祈福，祷指直接向上天祈祷，以得福寿和吉安。在孔子看来，虔诚的“祭”与“祷”不仅可能是通过鬼神接触天命的一种私下途径，“祭”与“祷”中的身份礼仪和恭敬心态本身也是现实道德生活的一个必要组成部分。

第三节　“三纲可求于天”：董仲舒的道德自然判断与教育

王道之三纲，可求于天。

《春秋繁露·基义》

孔子的道德自然观和道德自然教育不能一劳永逸地解决人们自然层次的道德疑惑，其主要原因有：首先，尽管孔子反复强调君子要“知天命”，但“天”、“天命”究竟是什么样子？孔子却像对待怪力乱神一样存而不论，这一点对于人类道德理性的认知欲望来说是欠缺的；其次，虽然孔子没有明确的天命观念，但他却有意识地把“知天命”的道德主体由原来的极少数统治者扩大到了君子，而后者是只需要修身养性就可以实现的。这样，人人都可能知晓天命，人人知晓的可能是不同的天命，天与天命的不统一带来了道德实践标准的混乱，这是极其危险的社会道德生存状况。虽然孔子后的思想家都曾解决孔子道德自然思想的这一矛盾和局限，但只有董仲舒的工作才真正在理论和实践中产生了革命性的影响。[①]

一、“天”：道德自然的存在判断

董仲舒用“天”来表达道德的终极基础。“仁义制度之数，尽取之天”。[②] 在此前提下，我们需要解决的第一个问题就是：在董仲舒的理解中，“天”为什么能成为道德的自然根基？

首先，“天”是神圣的。天的神圣性来源于它的难知难闻。董说“天者，百神之大君也。事天不备，虽百神犹无益也。”[③] 天是百神的统治者，并“藏其形所以为神”[④]，而“神者，不可得而视也，不可得而听也，是故视而不见其形，听而不闻其声。”这就是说，“天”是难见难闻但又存在的“神”。所以，当他提出“王者不可以知天”[⑤] 的时候，他也明确地告示“物之难知者若神”、“知天，诗人之所难也，天意难见也，其道难理”。“天”的难知难闻使它超脱了人类直接经验，而能以超然于外的客观身份作为世俗生活的道德基础，但“天”又绝不能不可知不可闻，否则那就失去其客观实在性，而成了“欺骗和麻痹群众而编造出来的虚假存在”。董笔下的“天”的神圣性并不是超人类意识的存在，而处处能以自然现象表现自身。“天高其位而下其施，藏其形而见其光。”[⑥] 也就是说，天虽高高在

---

① 当然，董仲舒的贡献到底是在政治哲学、政治神学，还是在道德哲学等方面，一直存在争议。不过，在中国思想史上，伦理与政治向来都是同构的，所以当我们把董仲舒的道德终极基础追溯到天的时候，并不妨碍人们将天作为他政治主张的终极基础。

② 《春秋繁露·基义》。

③ 《春秋繁露·郊语》。

④ 《春秋繁露·离合根》。

⑤ 《春秋繁露·天地阴阳》。

⑥ 《春秋繁露·离合根》。

上，但却能化为风雨，哺育万物；虽虚空飘渺，但却通过日月星辰照耀宇宙山川。可见，“天道”只是“难理”而并非不可知，天的可知性为人类认识和模仿天的善性预留了可能。

其次，“天”是善的。“天，仁也。天覆育万物，既化而生之，有养而成之，事功无已，终而复始，凡举归之以奉人。察于天之意，无穷极之仁也。人之受命于天也，取仁于天而仁也。”① 董认为天是仁的，并阐述了三大理由：第一，万物皆天“化而生之”。“天者，万物之祖也，万物非天不生”，② 这是对“天之大德曰生”道德思维传统的认可；第二，万物皆天“养而成之”。“天常以爱利为意，以养长为事，春秋冬夏皆其用也。”③ 天的仁爱之心表现于四气之变，春喜气爱生，夏乐气主养，秋怒气就杀，冬哀气闭藏。于是，天“气”与人“志”实现了对接；第三，天之仁“归之以奉人”。也就是说，天生养万物的意义不仅在于同时生养了人，还在于它生养万物的目的在于奉人。这一点超出了我们常规的理解。在我们常规的理解中，董仲舒的哲学是“天的哲学”，他将天作为人类社会伦理纲常的依据，人是化天数而成。但实际上，董认为“人，下长万物，上参天地”、“人最为天下贵也”。也就是说，他精心描述天，阐发天的威严和善意，其旨归却是为了揭示天在人面前的善性。

最后，天是有力的。在回答汉武帝“三代受命，其符安在？灾异之变，何缘而起？”等相关问题的时候，董仲舒说“天下之人同心归之，若归父母，则天瑞应诚而至”，相反，“国家将有失道之败，而天乃出灾害以谴告之，不知自省，又出怪异以

① 《春秋繁露·王道通三》。
② 《春秋繁露·顺命》。
③ 《春秋繁露·王道通三》。

警惧之，尚不知变，而伤败乃至”[①]，认为天能以祥瑞或灾难的形式体现它的赏罚能力，也称为“天人感应”。“天意之仁而不欲害人也”、“故其德足以安乐民者，天予之；其恶足以贼害民者，天夺之”、“天子命无常，唯命是德庆”。在董仲舒看来，天的德性通过“立王以为民”展现，这样，天对民众的德性力度也主要是通过对“王”的赏罚来实现。

道德的终极基础必须是神圣的，但又应该能为人的理性所能把握；必须是善的，但又应该具有赏罚的能力；必须是有力量的，但力量却需要以爱民为旨归。通过上文的分析，董仲舒的“天”恰恰符合这种看似矛盾的要求，理所当然地成了人类道德行为的终极判断理由。

二、“天道”：道德自然的途径判断

通过类比自然界运转所表现出来的规律性，董仲舒实现了天人道德联结的可能。但历史赋予董仲舒的任务并不仅仅在此，更为深入地说清楚天人道德联结的方式才是他最为重要的任务。在董仲舒的理解中，人际道德之所以能够比附上天，那是因为人与天有某种相似性。董仲舒的天是空间结构化的，这种结构化的“天有十端”。“天有十端，十端而止已。天为一端，地为一端。阴为一端，阳为一端。火为一端，金为一端，木为一端，水为一端，土为一端。人为一端。凡十端，而毕天之数也”。[②]可见，董仲舒将天分为了三大块，三而合一构成了天：一是天地人；二是阴阳；三是五行。天地人属于静态的认识；阴阳与五行属于动态的认识。从动静两态看天，其实是看天的动静两

① 《汉书·董仲舒传》。

② 《春秋繁露·官制天象》。

态。动与静的关系就是自然在表达自身的时空关系。两者相辅相成，构成了董仲舒道德自然的存在判断。

从静态空间来看，董仲舒认为“天”是人类的始祖，所以人不可避免地具有“天”的基因，这也就是董仲舒所言的“人副天数”。人作为天的副本，首先表现在身体结构上，“观人之体，一何高物之甚，而类于天也？物旁折取天之阴阳以生活耳，而人乃烂然有其文理。是故人之身首妢而员，象天容也；发象星辰也；耳目戾戾，象日月也；鼻口呼吸，象风气也；胸中达知，象神明也；腹胞实虚，象百物也。……天地之符，阴阳之副，常设于身。身犹天也，数与之相参，故命与之相连也。天以终岁之数成人之身，故小节三百六十六，副日数也；大节十二分，副月数也；内有五脏，副五行数也；外有四肢，副四时数也；乍视乍瞑，副昼夜也；乍刚乍柔，副冬夏也；乍哀乍乐，副阴阳也；心有计虑，副度数也；行有伦理，副天地也。此皆暗肤着身，与人俱生，比而偶之弇合。于其可数也，副数；不可数者，副类。皆当同而副天一也。”① 其次表现在人的心理性情上，“为人者，天也，人之人本于天，天亦人之曾祖父也，此人之所以乃上类天也。人之形体，化天数而成；人之血气，化天志而仁；人之德行，化天理而义；人之好恶，化天之暖清；人之喜怒，化天之寒暑；人之受命，化天之四时；人生有喜怒哀乐之答，春秋冬夏之类也。喜，春之答也，怒，秋之答也，乐，夏之答也，哀，冬之答也，天之副在乎人，人之情性有由天者矣，故曰受，由天之号也。”② 人的身体、心理都与天有某种类似性，但在董仲舒的理解中，这些类似都只是一种表象，

① 《春秋繁露·人副天数》。
② 《春秋繁露·为人者天》。

而更为深层的天人相副就是惟独人能够相副于天的德性。“天德施，地德化，人德义”、“人受命乎天地，故超然有以倚。物疢疾莫能为仁义，唯人独能为仁义；物疢疾莫能偶天地，唯人独能偶天地。”①

静态地观天，并从生理、心理到道德做天人间的类比，这只是董仲舒在自然层面解释天如何成为道德终极基础的第一步。从效果来看，这一步只是说明了天作为人类道德范本的可能性。至于这种可能具体是如何实现的，这需要从动态时间向度来理解。他说：“天地之气，合而为一，分为阴阳，判为四时，列为五行。”② 这说明，天地是处于不断运动之中，气是天地运行的动力，当天气与地气合二为一的时候，又能派生出阴阳二气。“阴阳虽异而所资一气也。阳用事此则气为阳。阴用事此则气为阴。阴阳之时虽异而二体常存。”从董仲舒动态天体观来看，阴气和阳气为运动的两对立统一的双方。阴阳的运行乃天之常道，而四时和五行都是阴阳主导下的各种功能作用。一阴一阳的运行会造成四季变化，即“判为四时”：“阴与阳相反之物也，故或出或入，或左或右，春俱南，秋俱北，夏交于前，冬交于后，并行而不同路，交会而各代理。”③ 与阴阳四时的运行相联系的并与四时相匹配的为五行，即“列为五行”。“行者，行也”、“五行者，五官也”，五行不仅是一种运动，也是由阴阳运行所产生的五种官能。如“五行之随，各如其序；五行之官，各致其能。是故木居东方而主春气，火居南方而主夏气，金居西方而主秋气，水居北方而主冬气；是故木主生而金主杀，火主暑

① 《春秋繁露·人副天数》。
② 《春秋繁露·五行相生》。
③ 《春秋繁露·天道无二》。

而水主寒，使人必以其序，官人必以其能，天之数也。”①

“天道之大在阴阳”②。阴阳是一种非常周全的动态结构分类法，因为在人类认识面前，任何既定存在都可以看成是一种对立统一的存在形式。在天体自然的层次论阴阳并不是董仲舒的最终目的，以天人合一、天人感应、天人相通、天人同构为其理论框架，通过天的阴阳关系来论证人的道德关系才是他的至上理想，因为“阴阳之气在上天亦在人。在人者为好恶喜怒，在天者为暖清寒暑。”③ 天也好，人也好，它们都有一种动态的阴阳关系。在董仲舒看来，动态阴阳关系的道德范本意义主要体现在“阳尊阴卑”和“尊德卑刑”上。在现实道德生活中，如果说“阳尊阴卑”的意义在于建立一种普遍的人伦关系的心理基础，那么“尊德卑刑”就能为道德生活确立一种良好的制度环境。

“阳尊阴卑”是由“阴为阳之助”的观点引申出来的道德含义。“天之志，常置阴空处，稍取之以为助，故刑者，德之辅，阴者，阳之助也，阳者，岁之主也，天下之昆虫随阳而出入，天下之草木随阳而生落，天下之三王随阳而改正，天下之尊卑随阳而序位。”④ 阴阳既是自然界天体物理变化的一种现象，也是一种空间的上下、尊卑、贵贱等伦理关系。在阴阳天伦系统，四时、五行都成了类似于父子和君臣等尊卑伦理的演绎场。于是，人类的道德立场和关系也都应该取法于天的阴尊阳卑。正是如此，董仲舒提出“是故仁义制度之数，尽取之与天。天为君而覆露之，地为臣而持载之；阳为夫而生之，阴为

---

① 《春秋繁露·五行之义》。
② 《汉书·董仲舒传》。
③ 《春秋繁露·如天之为》。
④ 《春秋繁露·天辨人在》。

妇而助之；春为父而生之，夏为子而养之，秋为死而棺之，冬为痛而丧之。王道之三纲，可求于天。”①

“尊德卑刑”是由“阳前阴后”的观点引申出来的道德含义。“天道之大者在阴阳，阳为德，阴为刑；刑主杀而德主生。是故阳常居大夏，而以生育养长为事；阴常居大冬，而积于空虚不用之处。以此见天之任德不任刑也。”② 在阴阳天伦系统中，德刑主辅成了相关制度的本意，人伦取法于天伦，也就是要遵从“尊德卑刑”的制度理念。所以，董仲舒说：“是故人主近天之所近，远天之所远，大天之所大，小天之所小。是故天数右阳而不右阴，务德而不务刑；刑之不可任以成世也，犹阴之不可任以成岁也；为政而任刑，谓之逆天，非王道也。”③

三、董仲舒道德自然的教育特点

董仲舒将天视为自然，从天的系统结构和规则变化即“天道”中领悟到道德自然。如同柏拉图设计理想国一样，董仲舒提出这番见解时，仿佛自己“超出三界外，不在五行中”。但作为一种道德或政治设计，它需要的不仅是设计者本人头脑中天马行空的想象，还需要把这种设计以合理的方式搁置在人间，这就成了道德自然教育的问题。董仲舒道德自然教育的问题可以一分为三：（1）作为道德自然教育的内容，董仲舒的客观“天”怎么样成为道德自然的？（2）这种道德自然的学习者应该具备什么样的主体特征？（3）道德自然需要以什么样的方式学习？

比较权威的观点认为，董仲舒的天具有神灵之天、道德之

---

① 《春秋繁露·基义》。
② 《汉书·董仲舒传》。
③ 《春秋繁露·阳尊阴卑》。

天和自然之天等三种属性。[①] 至于董仲舒是否有机地整合了这三种属性，学术界向来都是见仁见智。不能整合论者把持现代自然观，并且在一段时间内固执地套用唯物唯心两分法，从而认为董所崇立的天“既无法成为一个彻底的人格神，也无法成为一个纯粹抽象的政治理念，而是游离于这两者之间，成为一个难以琢磨的混沌体。”[②] 其实，董能否整合这三种属性的天完全取决于我们以什么样的标准来对待它。董仲舒的天首先是自然界，自然界有自己的合理结构和运转规律，人在自然界之中，所以人也应该遵守这种结构和规律。这一点很容易取得共识。认识的分歧在于这个结构和规律是否具有伦理的意义。自然界的天是否具备伦理的含义，这就要看自然界是否包含了人。董仲舒的天有两套，一套是没有人的，一套是有人的，但终归是有人的，并且“天地之精所以生物者，莫贵于人”，[③] 没人的天只是为了突出人而专门分开论述的。既然董的天包括了人，那它的组成结构和运转规律自然也就是人类的组成结构和运转规律，自然也包括伦理规律。又因为这套规律不是以人的意志为转移的，并且很难琢磨，而人只能尊重它，模仿它，所以这又突出了它的神圣性。可以说，董仲舒的天其实就是包括了人在内的自然界，自然界运转的规律就是天道，天道包括天伦，但又不只是天伦；天伦也包括人伦，但又不只是人伦。道德自然就是通过自然界的结构规则和运转规律来展现的。

尽管董仲舒论天言之凿凿，但他却认为天意是神秘而高深

① 王永祥：《董仲舒评传》，南京：南京大学出版社，1995 年，第 128 页。金春峰：《汉代思想史》。北京：中国社会科学出版社，1997 年，第 143 页。

② 张荣明：《中国的国教——从上古到东汉》，北京：中国社会科学出版社，2001 年，第 183 页。

③ 《春秋繁露·人副天数》。

的,"唯圣人能见之",只有圣人才能通晓天意。"行天德者谓之圣人"①。行天德首先是知天德,而具备知天德的天赋的只能是极少数的圣人。这里就产生了一个类似于《理想国》中问题:天子(统治者)该不该知晓天意,也就是说,哲人和统治者能否统一到一个人身上。这个问题其实是两个问题:第一,从人性角度看哲人的品质和统治者的品质能否集中到一个人身上,因为统治者的品质除了纯粹的思考还需要一种治理的能力;第二,从现实的角度看哲学家是否有条件成为政治家?在第一个问题上,董仲舒认为两者是能够统一的,因为他默认了天子品性已经具备治理能力和哲人品质。事实上,这是一种想当然的默认,因为没有任何条件保证现实中的最高统治者具备哲人的品质。第二个问题在董仲舒那里并不存在,因为圣人不一定就是天子,比如孔子。"天子通达的天意实际上只是'圣人之言',除非某一天子本身就是像孔子那样的圣人。"② 董仲舒的道德设计是从理想状态出发的,在这种理想状态中,天子就是圣人,他不仅具备知天的品质,也是积极地按照自己的领悟而副天而行。董仲舒并非没有意识到现实的天子并非都是圣人,这不仅源于他们不具备圣人知天的品质,也因为他们不按照自己的领悟的天意(包含道德自然)而行事。

知天类天的品质其实是一种道德理性的能力。虽然董仲舒认为天意难测,无法通过知性分析和概念推理来认知,而需要靠圣人的生活体验和人生领悟才能把握,但董仲舒本人却忘记了这一点。通过他的道德自然探究方式,可以发现他最为重视的道德理性能力是类比的能力。董仲舒的道德认识都是类比于

① 《春秋繁露·天地之行》。

② 陈超群:《中国教育哲学史》(第一卷),济南:山东教育出版社,2000年,第600页。

人之外的自然界的结构和运转规律而得到的。也有人把他的这种探求方法叫做无类类比法，意思是他的这种类比是牵强附会的比附，类比的两类事物并非同类。[1] 具体来说，他的类比法其实分为两种：一是副数，一是副类。“于其可数也，副数；不可数者，副类。皆当同而副天，一也”。所谓副数，就是数量的相副，比如“天以终岁之数成人之身，故小节三百六十六，副日数也；大节十二分，副月数也；内有五脏，副五行数也；外有四肢，副四时数也。”所谓副类，就是类别的相副。比如“乍视乍瞑，副昼夜也；乍刚乍柔，副冬夏也；乍哀乍乐，副阴阳也；心有计虑，副度数也；行有伦理，副天地也。”[2] 因为是类比，而不是推导，所以这样的方法靠的是心灵领悟，而非经验习得；是一种信念，而非经验。换个角度说，在董仲舒的理论中，这种道德理性并不是后天学习的结果，而是基于信奉后的逻辑推敲。如果说它的获得需要后天的努力，那这种努力就是把这种信奉通过理性发挥出来而已。

第四节 “穷天理，明人伦”：朱熹的道德自然判断与教育

穷天理，明人伦，讲圣言，通事故。

《朱子文集》

一、从“天”到“理”的自然转换

董仲舒用天来表述自然，用天道来概说道德自然，这在一

① 王永祥：《董仲舒评传》，南京：南京大学出版社，1995年，第237页。这个问题跟天的属性的问题类似，都是衡量标准的问题。

② 《春秋繁露·人副天数》。

定程度上解释了“三纲”道德原则的终极基础和动力，为王道和伦理的“大一统”预设了最后的思维空间。从自然层面来看，董仲舒的“天”是在模仿自然界的基础上建立起来的，尽管董仲舒从自然界的结构特点和运转方式等具体形式提升到天道的阴阳结构和运转的抽象形式，但它终归是对自然界的一种模仿和提炼。董仲舒理论下的人有时候是天的一部分，有时候又在天之外，这其实是在自然与世俗之间兜圈子：当人处于自然状态时，人是无主观意识的自然人，由天道支配；当人在世俗状态时，人有主观意志，但人的主观意志经常走出了天道范围。如此美好的理论构想是要付出代价的：第一，没有人的主观意志参与的自然界应该是自然的存在；第二，自然状态先于世俗状态，那么，不自然的世俗状态的产生不仅不能是自然状态的自然法（天道）的产物，也不应该堕落到天道无法挽救的地步。董仲舒无法为这个代价买单。首先，自然界尽管能表现出它们的结构规则和运转规律，但自然界也充满了混沌、复杂和无法认知的种种境况。当董仲舒带着前人“人定胜天”理念后的种种认知喜悦从而把终极信仰置于自然界式的天与天道的时候，他淡忘了人类面临自然灾害和诡异事件时的种种无助、“天人不合”时的种种心境悲凉。其次，他无法解释如此善意的天怎么会允许人的第一步堕落？如果说人的堕落完全是人自身的原因，那天怎么能将这种堕落控制在它能挽救的范围内？天的能力与善意之间构成了紧张，而董仲舒的天与天道理论无法缓解这种紧张。

理论体系的完善是哲学家的大事情，董仲舒的道德自然观因其天与天道理论的无法周延而漏洞百出，但导致董仲舒道德自然观缺乏教化能力的根本原因却不在天与天道自然理论自身。对于普通民众而言，他们不需要对终极的问题有着逻辑严密的答案，只要心存敬畏就行了。然而，如果天道理论支撑的“三纲”出现了无法合理解释的问题，那么天道观就会随着“三纲”原则而崩溃。当东汉王朝在白虎通会议上实现了对“三纲”的规范解释时，也就宣布了官方统治是与之合理合拍的。此后，历史的改朝换代在宣告一个又一个的政府统治破产的同时，也在民众心里一层一层地刮下了对“三纲”道德解释的信仰与忠诚。特别是在宋朝汉族统治偏居一角，其他民族统治日益强悍的时候，那与政治“大一统”理论相辅相成的道德“三纲”体系也随之彻底崩溃。总之，重新解释道德并追问它的终极基础就成了时代的必然。

时间并没有一定说要把对道德自然重新理解的使命赋予朱熹。在朱熹之前，周敦颐用“太极”概念改造了宇宙起源的模式，而邵雍则用“一分为二”的方法虚构了一个宇宙的起源过程和结构模式。虽然周敦颐和邵雍在理论论述中都涉及到“天理”范畴，但是将其作为中心议题的则是从二程开始的。在程颢把天理“自家体贴出来”后，程颐为他写墓志铭的时候，却讲程颢直接继承了孔孟的“道”而不是“理”。朱熹虽自称继承了二程恢复的“道统”，但他思想的核心词却已经成了“天理”，或“理”①。不仅如此，最能体现他能耐的地方就是他摆脱了既定政治统治合法性解释的束缚，能用“理”修改和包容前面提到的各种关键词（如太极、天道、天理、天），建立起一种纯粹的“天理”哲学本体，在“理”与“物”的紧张关系

① “天理”概念的哲学意义是程颢首先体察出来的，朱熹在承接程颢思想的同时，也接受了“天理”这一概念。但在朱熹的话语体系中，他更多的是在用“理”而非“天理”阐述哲学本体论。在这种前提下，他说“天理”的情况主要有二：一是出于传承、习惯或对比的方便，如“存天理灭人欲”、“穷天理明人伦”；二是为了赋予理的至高无上地位。朱熹很清楚后一种情况的风险，因为天在中国文化习惯中是有具体形体的，而朱熹的理却是无形的本体。

中，推演出“穷天理明人伦”的道德自然判断。

朱熹开创的道德哲学体系是新的，但需要他解决的问题依旧：首先，作为道德终极基础的自然何以存在，如何存在？其次，假设“天理”构成了自然的存在方式，那么它如何成为人伦道德的终极依据？

二、“天理”[①] 的自然存在判断

通过程颢“天者理也”的桥梁，朱熹把董仲舒给“天”的本原和主宰意义都给了“理”。[②]（1）朱熹思想中的“理”超越了万事万物的具体时空，是天地万物的本原。“天地生物本乎一源，人与禽兽草木之生，莫不具有此理。”[③]“未有天地之先，毕竟也只是理。有此理，便有此天地；若无此理，便亦无天地，无人无物，都无该载了！”，“且如万一山河大地都陷了，毕竟理却只在这里”；（2）朱熹的理是天地万物的支配者和主宰者。有人“问：‘上帝降衷于民’、‘天将降大任于人’、‘天佑民，作之君’、‘天生物，因其才而笃’、‘作善，降百祥；作不善，降百殃’、‘天将降非常之祸于此世，必预出非常之人以拟之’，凡此等类，是苍苍在上者真有主宰如是邪？抑天无心，只是推原其理如此？”，朱熹答曰“此三段只一意，这个也只是理如

① 朱熹有时候也用“道”来表述“理”，并用它来与“德”对照。如“至德至道。道者，人之所共由；德者，己之所独得。”（《朱子语类》卷六）。但在他的话语体系中，“道”与“理”有时候又是有区别的。具体可见卢钟锋、姜广辉：《“道学”、“理学”概念的使用》，载《中国思想史研究通讯》第四辑。来源：http：//www. guoxue. com/ws/Show Article. asp？ArticleID＝1625 2005 年 11 月 5 日。

② “天与命，性与理，四者之别：天则就其自然者言之，命则就其流行而赋於物者言之，性则就其全体而万物所得以为生者言之，理则就其事事物物各有其则者言之。到得合而言之，则天即理也，命即性也，性即理也。”《朱子语类》卷五。

③ 《朱子遗书·延平问答》。

此”。“帝是理为主”[1]，“此理天命也”。[2]

把终极基础从“天”挪到“理”不过是一种形式上的转换，而在这转换过程中，把自然的含义由“存在者”转换为“存在”，这才是朱熹最为得意的地方。董仲舒的天尽管能够成为世间的主宰，但它的作用却一直是通过有形的方式得以表露。在人类思维日益要求精深的背景下，有形的存在和作用形式总会被当成浅陋而被抛弃。朱熹通过理与器的对比，抽象了理的存在方式。他说“形而上者，无形无影是此理；形而下者，有情有状是此器”，[3]“理者，所谓形而上者也”，[4]“凡无形者谓之理”。[5]

朱熹对理的抽象最终是借助于周敦颐的“太极”概念而成功的。朱熹认为太极是天地万物之理，“总天地万物之理，便是太极”，是理之极，“太极者，如屋之有极，天之有极，到这里更没去处，理之极至者也。”。如果解释到此为止，将“太极”喻为总“理”、“理之极”，那最多也只能表明朱熹为贯通“道统”而做的文字概念游戏。恰恰相反，朱熹的意图显然并非如此，通过“太极”概念所包容的“无形”特征，朱熹实现了“理”形而上的本体抽象。“太极无方所，无形体，无地位可顿放”，这样的太极就是无极，“周子恐人於太极之外更寻太极，故以无极言之。既谓之无极，则不可以有底道理强搜寻也。”[6]在朱熹看来，周敦颐通过无极来描述太极，使“理”成为超越所有存在物意义上的存在，这解决了董仲舒以来在物上找物的

① 《朱子语类》卷一。
② 《朱熹集·明道论性说》。
③ 《朱子语类》卷九十五。
④ 《朱熹集·答江德公》。
⑤ 《朱子语类》卷三。
⑥ 《朱子语类》卷九十四。

终极追问问题。

朱熹用“太极”抽象化了“理”，但却并不学玄学和佛学在哲学本体论上兜圈子，而通过“理一分殊”[①]的概念演绎，把抽象化的“天理”与具体形态的“万物”统一起来。朱熹的这一工作需要通过两个步骤来完成的：第一步是沟通万物与一理的联系。朱熹说：“天之生物，有有血气知觉者，人兽是也；有无血气知觉而但有生气者，草木是也；有生气已绝但有形质臭味者，枯槁是也。是虽其分之殊，而其理则未尝不同。”[②]；第二步是说明“万物”能同“一理”的根本原因是“万物”之“性理”在本体性质上与“一理”是相同的，“盖合言之，万物统体一太极也；分言之，一物各具一太极也。”[③]而并非“一理”能够在数量上分开成“数理”，“本只是一太极，而万物各有享受，又各自全具一太极耳。如月在天，只一而已，及散在江湖，则随处可见，不可谓月已分也。”[④]理与物关系的打通，一方面为理的自然存在创设了可能，另一方面也为“理”成为道德的终极根基做了桥梁性质的理论铺垫。

三、“人伦”的自然可能判断

朱熹建立起“理”的本体意义，那只是在哲学层面上为万

① 在哲学界，关于朱熹“理一分殊”的命题理解，除了本段分析的两种外，还有（1）普遍规律与具体规律的关系；（2）伦理原则与不同道德规范之间的关系。这两种关系说到底就是“一理”与“分理”的关系，这与正文中把持的“一理”与万物之“性理”的关系是不同的。前者的前后两“理”不是同一个概念，而后者却是相同的。作为“理一分殊”概念的完整理解，朱熹“分殊”的理的确有“性理”与“分理”的区别，但在哲学本体意义上，朱熹的“理一分殊”只可能是分有“性理”的含义。

② 《朱子文集》五十九《答余方叔》。

③ 《太极图解说》。

④ 《朱子语类》卷九十四。

物寻找到一块稳定的终极根基。要使这块稳定的哲学根基能成为人的道德根基，朱熹需要做的事情还有：首先，伦理或道德倡导的现实意义便是为个人与社会生活建立一个合理的秩序，从而作为良性社会的准则。那么“理”首先必须是有秩序的存在，否则将失去范本的意义；其次，朱熹不能摆脱的任何道德自然论证所必须解释的问题——“理”的秩序与伦理秩序的对接问题——是“理”驱使对接的吗？那么理就是有意志的；是人类主动模仿的吗？人类为何要模仿它？

理是事物的法则，是有秩序的存在。“固是有理，如舟只可行之於水，车只可行之於陆。”[①]“如麻麦稻粱，甚时种，甚时收，地之肥，地之硗，厚薄不同，此宜植某物，亦皆有理。”[②]“天下事事物物皆知有个定理”，这种理是稳定而不应该任意改变的，“目前事事物物，皆有至理。如一草一木，一禽一兽，皆有理。草木春生秋杀，好生恶死。‘仲夏斩阳木，仲冬斩阴木’，皆是顺阴阳道理。”[③] 朱熹将大自然的规则秩序归因于“理”，认为“理”是“所以然之故”，“天下万物当然之则便是理”。[④]

从万物的“所以然之故”走向人伦的“当然之则”，还有个前提条件需要解决：人在理的范围内。我们知道，朱熹的理是与物相对应的概念，那么只要人在理面前是物，具备物的属性，那条件就具备了。朱熹显然是这么理解人、物、理之间的关系的。“性即理也，在心唤作性，在事唤作理。”[⑤] 通过“性”

① 《朱子语类》卷四。
② 《朱子语类》卷十八。
③ 《朱子语类》卷十五。
④ 《朱子语类》卷一一七。
⑤ 《朱子语类》卷五。

的中介，朱熹实现了人与物的沟通，人与物于理前都是一种具体的存在物，只是称呼不同罢了。更进一步地说，“人，物也”①，人首先是物，具备物之理，然后才是人。人物，人物，在理的笼罩下，人成了物的限定词，似人一样的物，物是人的本质属性。

理在人身上叫做“性”。理以“性”的名义潜伏在人身上，但人的自由意志完全可以摆脱理的束缚，除非有一种动力让人的理性归依于“理”。那么，这力量是“理”自身具备的吗？如果是这样，那么“理”就是一有意志的存在，而这又回到了董仲舒的老路上而不能自拔了。朱熹通过强调自然是一无意识的存在，即“天地别无勾当，只是以生物为心”②，试图解决这一困难。这个“心”不能从天地生万物的动机来理解，而要从天地生万物的结果来理解。于是，理是自为自在的秩序，而不是主观为他的秩序。

朱熹的这种解决思路一方面破解了董仲舒的难题，那就是如果“理”是为他的，那他为什么要生出那么多丑恶出来？另一方面也增加了理论负担，那就是如果“理”是自为自在的，那人类为什么要用它来做道德的根基？除非“理”本身就有一种完美的属性让人趋之若骛。也就是说，“理”的秩序要能顺利地转化为伦理秩序，成为道德的根基，它还必须是善意的，或者是向善的。这里的“善”主要是指理自身运转的完美、完善。朱熹是顺着这个思路解题的：“太极只是个极好至善底道理。人人有一太极，物物有一太极。周子所谓太极，是天地人物万善至好底表德。”③ 太极是理，是万事万物生长运转的规则，不仅如此，它自身是超感觉、超形象的终极存在，它不是

① 《孟子集注》卷十四。
② 《朱子语类》卷一。
③ 《朱子语类》卷九十四。

虚无，因为它在物中，它不是实在，因为它无形无影。这种存在是万事万物的最后原因，它是“太极”，任何事物都在它的包容之中；它是“无极”，它本身就是超脱于时空，它之外没有存在者。“太极”与“无极”的属性成就了理的完美、完善，也使它能理所当然地被人按“所以然之故”构建自己的所“当然之则”。

四、格物穷理与道德理性的养成

既然道德的终极理在物中，那么穷理的路就只能是格物了。在理的俯照之下，一切事都是物，“盖天下之事，皆谓之物”[①]，一切物也都是事，“物犹事也”[②]。格物致知论的确包含着对自然物理的认识，但“根据《大学章句序》的表述，朱熹的‘物’概念和‘知’概念没有彻底偏离伦理道德行为和伦理道德知识的范畴”[③]。从步骤上看，朱熹的格物穷理包含“即物”、“穷理”和“至极”三个方面。所谓“即物”，“不用外寻，仁义理智是也”，[④] 所谓“穷理”，“如为人君，便当止于仁，为人臣便当止于敬”，所谓“至极”，“又更上一著，便要穷究得为人君，如何要止于仁；为人臣，如何要止于敬”。在该过程当中，“穷理”是核心，“格物的根本目的，不是去体认客观自然之物，而是穷理，即穷尽‘天理’；‘人伦’是天理的体现；‘圣言’是对天理的阐述；‘世故’是对天理的蕴含。”[⑤]；在该过程当中“至极”又是关键，因为“致，推极也；知，犹识也。推极吾之知识，欲其所知无不尽也”，[⑥] 所以如果能“至

① 《朱子语类》卷十五。

② 《大学章句》。

③ 汪晖：《现代中国思想的兴起》（上卷，第一部），北京：三联书店，2004年，第271页。

④ 《朱子语类》卷十五。

⑤ 张立文：《朱熹评传》。南京：南京大学出版社，1998年，第255页。

⑥ 《大学章句》。

极”，那么就能“得一道而入”，“可以推类而通其余”①；而这一过程又与“理一分殊”的观念相吻合：分殊决定了穷万物而积累的必要性，理一决定了推“至极”而贯通的可能性。可见，“理会分殊是贯通一理的基础和前提，贯通理一是理会分殊的目的和结果。”②

格物穷理不仅在理论上与“穷天理明人伦”的目的是一致的，也为道德自然的领悟创造了可能。从理论上讲，朱熹格物穷理的道德自然探究方式至少具有两个方面的教育内涵：

首先，格物穷理大开道德自然的理性认知大门。在前两种（以孔子和董仲舒为代表的）道德的自然判断范式中，道德自然与自然一样的神秘，都是充满了主观意志和无法直接感知的“天命”和“天道”，朱熹道德的自然判断却与前两者不同。在朱熹道德的自然判断中，“理”取代“天”占据了自然的位置而自为地存在，它体现在每一事与物当中，人类理性可以通过次第的步骤认识它。在以前，人类理性只能被动地感受天命，而现在人类理性却能主动地预知天理；在以前，道德自然的存在靠的是理性的信仰，而现在道德自然却寄生在信仰的理性中。朱熹实际上是通过自己的终极思考让渡了终极思考的权利：每个人都有权利凭借自己的理性认识天理，明了人伦，但这一权利的可能性却是朱熹理性思考出来的。朱熹的这一努力带来的后果有二：一是在某种意义上宣布了位格神的死亡，彻底建立起了人类的道德理性。从此，道德终极或价值问题就可以通过认知来把握，这在一定程度上符合了人类理性扩张的需要；二是增加了人类的道德负担。当自然是意识主体时，人不过是随自然所摆布的生物，所以人祸可以归因于天灾，人类没必要也没能力负担天的无理取闹；但一旦自由意志给了人，那么人就

① 《大学或问》卷二。

② 陈来：《朱熹哲学研究》，北京：中国社会科学出版社，1987年，第54页。

该彻底地为自己的意志行为担负责任。即使习惯上是在怨天，那实质就是在尤人。

其次，格物穷理为主体道德理性的养成提供了可能。格物穷理是一种主体的道德实践、一种对内在本性的反思，而不仅仅是对宇宙万物的体认。格物显然是主体理性去格，物是主体理性外的存在，主体去格物，就是用主体理性去把握客观存在的道理。“人心之灵，莫不有知”，主体有具有理性的认知能力；“天下之物，莫不有理”，天下的事与物都具有被主体理性所认知的理。“知在我，理在物”，那么，穷了物理，也就成就了理性。更进一步，穷了人伦，也就成就了道德理性。在朱熹看来，道德理性的养成具有两个特征：（1）朱熹说，“自知物之理如此，则因其理之自然而应之，便见合内外之理。”① 道德理性养成的途径就是“合内外”，即主体理性与客体事物的相合；（2）朱熹又说，“知者，吾心之知；理者，事物之理，以此知彼，自有主宾之辨，不当以此字训彼字也。”② 道德理性是在穷理的过程中养成的，两者区别不能消失，秩序不能颠倒。

第五节　“宗天演”“阐人伦”：严复的道德自然判断与教育

则宗天演之术，以大阐人伦治化之事。

王栻：《严复集·原强修订稿》

严复是中国近代史上的重要人物，他做了足以让他傲立群

① 《朱子语类》卷十七。
② 《朱熹集》卷四十四。

雄的业绩：他首次提出了“信达雅”的翻译理念，并能为某个名词的翻译踌躇旬月，但学者都认为他本人翻译的信度太低，或者说，他本来就是为了自己创作的方便而假以翻译的方式；他精通中英语言和文化，但他却既反对“中体西用”，又反对“全盘西化”。他最出名的事情就是拿中国的古典来解读外国的思想，但他首先就曲解了中国古典与外国近代思想的含义。就本研究范围而言，他最为突出的事情就是不像康有为、梁启超等，拒绝承认“自由”伦理存在的先天依据，也不像章太炎为了在无神论的现代语境中重建道德而创立道德宗教，但事实上他在抗拒的道路上已经回答了道德的自然基础问题。

一、“人伦”之“天理”判断的坍塌

严复反自然本体来源于对朱熹“天理”本体的排斥心理。很多学者都注意到了严复批评卢梭“天赋人权”的言论，如“卢梭《民约》，其开宗明义，谓‘斯民生而自繇’。此语大为后贤所呵，亦谓初生小儿，法同禽兽，生死饥饱，权非己操，断断乎不得以自繇论也”①，从而认为严复是依据初生小儿不能自由的经验事实而做出的判断，而事实上，学者们都忽略了严复的“天理”文化背景。朱熹利用分殊的特性用“天理”统辖了自然和原则两个层面，实现了道德在本体与价值两个领域的存在与沟通。从思想体系的完整性上讲，以朱熹为代表的理学道德思想是代表了人类道德理性在逻辑推理领域的最高成就。然而，实践跟思想毕竟是两码事，逻辑的严密完整本身就为其道德实践力增加了难以承受的负担。这主要表现为以下三个方

① 严复：《〈群己权界论〉译凡例》，载王栻主编《严复集》（第1册），北京：中华书局，1986年，第133页。

面：首先，以“天理”为核心的道德范式在由理论到实践的过程中走了样，在朱熹那里是“穷天理明人伦”这样一个从道德自然走向道德原则的顺当过程，但后来的道德实践却歪曲了“存天理灭人欲”的意思，成了灭绝人类正当欲求的理论根据，这严重地违背了人之常情从而走到了理论的尽头[①]。其次，“天理”本体的道德自然观是附着于“天理”道德的原则判断范式的。但后者并没有一劳永逸地实现社会的安定和谐，特别是在外来入侵后，人们一直无法接受这样一个问题：为什么在“天理”的名义下标榜道德优越的国度被“洋夷”一击即溃？西方割掉的不仅是大清帝国的大好河山，还有华夏民族的精神支柱。最后，理学世界观之所以出现如此难堪的境地，朱熹后的道德思想家的理论方向选择也难辞其咎。理学大厦建立后，理论家便逐渐由格物致知走向了格心致知（心学）和格书致知（经学），很少能从心灵改造走向世界改造，从经典文献走向现实制度，这种发展态势当然与统治者喜好和统治风气有很大的关系，但作为理论者他们也不得不接受“缺乏公共知识分子的理论勇气与救世心理”的批评。

历史逐渐推移，“天理”本体的道德主张也就随着道德实践的失败而在人们心里全面坍塌。这个时候，历史给予后来道德思想家的路子无非两条：一是重新解释历史，解释“理”，收拾人们的道德的终极期望。二是放弃“理”本体，寻找出全新的道德观的可能性。康有为就是沿着第一条道路走下去的。

---

① 在金生鋐老师学生的政治哲学史读书会后，大家对“思想主张不能违背人之常情”的“人之常情”产生了兴趣，大家比较一致的观点就是，这里的“常情”不能理解为个别人的情感欲望，而要理解为作为抽象人的一般理性认识，相当于康德的“普遍意志”。我认为，这里的“情”要做“性发为情”的性情论上来理解。也就是说，“人之常情”其实就是“人之常性”，是人作为人与生俱来的一般立场与可能性。

他类比于几何学，提出了“公理”概念，发明了“人人独立，人人平等，人人自主，人人不相侵犯，人人交相亲爱”的“人类之公理”的世界观。[①] 但它与刚刚被推翻的“天理世界观”道德本体假设一样，又在换汤不换药地重复历史的老路：首先假设存在一个绝对至上和至善的自然法则，人类的始祖就是在这样法则的指导下度过了古典时代的美好生活，然而人类的道德如同历史一样在向下延伸，后来的道德学家（朱熹笔下的董仲舒，康有为笔下的朱熹）都误读或曲解了古典时代的经典篇章（《论语》等），而现在惟有“我”（或者朱熹，或者康有为）的解释才是正确的解释，因为“我”的解释是对“理”的解释，“天”与“公”都是在表达一种普遍的超越的先验存在，而历史实践都在“我”的解释中寻找到他们的意义。

严复显然意识到了这种按“天理”老路铺垫“公理”式道德的危险，所以他反对任何先天的说法，尽管他出于当时的学术习惯，说“生人所不可不由之公理”，[②] 又借西方人士的话说“唯天生民，各具赋畀，得自由者乃为全受。……侵人自由者，斯为逆天理，贼人道。”[③] 其实严复看到的问题，章太炎也同样看到了。章太炎在不承认上帝、天等超验实体存在的前提下，对万物的起源有两个重要的预设：首先，他假定世界万物的产生都是由于变化或演化；其次，这种演化的动力是“各原质皆有欲恶去就”。这意味着章太炎否定在物质之外存在超验精神，

① 《桂学答问》，转引张岂之、陈国庆著：《近代伦理思想之变迁》，北京：中华书局，1993 年，第 109、176、178 页；康有为：《孟子微·礼运注·中庸注》，北京：中华书局，1987 年，第 23 页。

② 严复：《论教育与国家之关系》，载王栻主编《严复集》（第 1 册），北京：中华书局，1986 年，第 166 页。

③ 严复：《论世变之亟》，载王栻主编《严复集》（第 1 册），北京：中华书局，1986 年，第 3 页。

也拒绝接受目的论的历史观。[1] 然而，这种抛弃终极存在的道德观导致了现代性的两重困境：一方面，“道德普及之世、即宗教消熔之世”，[2] 他在现代知识语境下瓦解了道德的信仰基础，但现代性的科学知识本身却无法提供人生价值源泉；另一方面，为了给人生寻找到道德意义，他又主张“用宗教发起信心，增进国民的道德”，[3] 章太炎解决困境的方法的最大后患就是“用”信仰。从此，这个世界上就没有绝对的存在与存在者，一切自然的都成了人为的假定，我们都是在“在假设的世界中生存”[4]，要么是过像猪一样的生活[5]，要么是为了意义而去编制意义。现代性的最大困境莫过于此。

---

① 汪晖：《现代中国思想的兴起》（下卷，第一部），北京：三联书店，2004年，第1080页。

② 章太炎：《建立宗教论》，载《章太炎全集》（第4卷），第418页。

③ 章太炎：《演说录》。一九〇六年六月二十九日（5月初8日），章太炎出狱，孙中山自东京派人来迎，遂东渡日本，加入同盟会，主办民报。在东京留学生欢迎会上，章氏发表演说，认为当前最紧要的：“第一，是用宗教发起信心，增进国民的道德；第二，是用国粹激动种姓，增进爱国的热肠。”这是一种典型的宗教或道德实用主义，我们现在的很多道德教育都是在这种策略下开展。比如用《悠久的历史　灿烂的文明》来激发青年的爱国热情。这样的道德教育方式有其片面性，最有力的反证就是：没有（悠久）历史的美国公民的爱国热情该用什么来激发？如果我们的祖国是没有灿烂文明的祖国，我们的道德教育岂不是无法开展？

④ 这是吴康宁先生的基本观点。吴老师在华东师范大学“2005年全国研究生暑期学校”上系统地演讲过该观点。该观点的核心思想是“假设是人的一种恒常状态。人的日常判断离不开假设，实践行动遮不住假设，研究活动摆不脱假设。人的世界是一个假设的世界，一个以假（假设）当真（真相）的世界。人在假设的世界中生存”。又可见于《在假设的世界中生存：关于人的一种假设》（载《高等教育研究》2005年第10期）。该观点是吴老师深思熟虑的结果，是他在认识到教育理想的困境后的思维延伸（详见吴康宁：《教育理想的“困境”——基于社会学的审思》，载《教育研究杂志》（大陆版）2004年夏季号。）

⑤ 这是时下最流行的口号之一：宁做快乐的猪，不做痛苦的苏格拉底。见：http：//rolin821008. blog. china. alibaba. com/2005年08月03日00：37：24。

二、“宗天演阐人伦”的道德自然判断

前面的两条可能道路最终都是不可能的，当严复认识到这一点的时候，他就开始在为中间道路寻找垫脚石，斯宾塞与赫胥黎等人的著作都同时充当了这样的奠基角色。赫胥黎的基本主张是这样的：进化是表示所有的事物都显示出“变异”而非“进步”的趋向，它不是创始说的拓展，也不受其他超自然力量的干涉。当然，它本身是有秩序。赫胥黎在进化的范畴中区分了三重领域、界定了三种规则。这三种领域就是自然的领域、人为的领域和社会组织的领域，而与之相适应的三种规则就是自然选择的规则、科学的规则和伦理学的规则。自然领域受“物竞天择，适者生存”的自然选择规则支配，但人类却试图按照自己的意图，并凭借科学的规则创造一个人为的领域。社会组织的领域把人当作是“政治动物”，能够学习“自我约束”和分工合作，它的规则既不同于在自然状态中引起物种进化的规则，也不同于在人为状态中产生变种进化的规则。上述三个领域本身是宇宙进程中的分化，它最终还要还原到宇宙进程之中。赫胥黎宣称，他之所以发表《进化论与伦理学》，就是因为“把进化原理应用到人类社会来的严格的科学方法，是很难用于实际的政治领域的；这并不是由于大多数人缺乏愿望，而是由于有一个原因，那就是不能指望单凭人类自己会有足够的智力来选择最适的生存者。”[①] 赫胥黎说这话是有所指的，主要就是因为斯宾塞等人坚持将“物竞天择，适者生存”的自然进化原理用于解决社会的伦理问题。

---

① 赫胥黎著，《进化论与伦理学》翻译组译：《进化论与伦理学》，北京：科学出版社，1971 年，第 24 页。

斯宾塞简直就是在与赫胥黎唱对台戏：赫胥黎将宇宙一分为三，强调三者都有各自的演化过程，而虽然斯宾塞也区分了三种进化（无机进化、有机进化和超有机进化），但不管是生物界还是人类，都从属于进化的优胜劣汰规律；赫胥黎否定单线进化，而斯宾塞主张的进化概念却是一种由简至繁、不断分化与整合的过程。就人类社会而言，这一过程可以分为简单社会、简单混合社会、较高混合社会、高级混合社会四大阶段。斯宾塞的社会思想隐藏着对立的两种观点：首先，他的直线进化观点预设了一个未加证明的前提，即人类社会行进的总趋势一定是善的，从而主张自由放任主义，反对对自由竞争的限制；其次，按照斯宾塞有机体进化的复杂化趋向是善的思路，那么部分屈从于整体利益、个人屈从于国家的集中化、集权化趋势也就在所难免。斯宾塞的矛盾在赫胥黎那里不过是换了种展现方式。[①] 赫胥黎坚持将社会进程与自然进程对立，科学原则与伦理原则对立。从表面上看，这否定了人类在时间上一定向善的可能性，避免了一种统一性的目标管理与社会统治；但该观点也潜伏着难以觉察到的集体至上主义的倾向。在赫胥黎看来，社会人为了“自我约束”就必须遵守国家的法律或领袖的权威，从而“让财富和权力掌握在那些赋有最大的能力、勤勉、智力、顽强意志且不缺乏同情心的人性的人们手里，那是很理

① 汪晖对两位思想家殊途同归的思想状态洞若观火。他正确地指出：“赫胥黎的‘伦理进程’通过‘自我约束’的原则强调个体对整体的义务，从而带有某种共同体至上主义的倾向；而斯宾塞的有机体观念也导致了同样的结论。但他们有关伦理实现的预设却是截然相反的：前者把伦理原则建立在社会作为一种道德实在的前提之上，而后者则把伦理原则建立在宇宙进程的总趋势本身的合目的的特征之上；前者要求对抗宇宙进程及其自然选择的原理，而后者否定认为秩序的必要性，强调自然选择乃是贯穿自然、社会和伦理领域的普遍原则。”见汪晖：《现代中国思想的兴起》（下卷，第一部），北京：三联书店，2004 年，第862 页。

想的。"①

斯宾塞与赫胥黎相同之处就是最终都导致了集体的优先性和积极伦理，而这在灾难深重而思想却无法统一的中国而言，的确是一种必要的伦理期待，这一点为严复攀比两种思想观念创造了可能。两者的不同之处严复又需要分别对待：（1）"物竞天择，适者生存"的直线进化论。该观点站在列强蹂躏的中国来看，的确符合社会事实：西方列强因为强大所以能生存，而中国因为积贫积弱而面临亡国灭种的危险。可见，严复把对中国问题的考虑放到世界的大环境下，并思考如何在殖民主义的世界氛围中确定生存权利的方式。这一点很重要，它是严复接受直线进化论而非循环进化论的关键；（2）自然领域和伦理领域的区分。由于处于不同的社会内部，严复对这个问题的认识是有别于斯宾塞和赫胥黎的。斯宾塞主张任天为治，那是因为他们已经在"物种进化"的过程中站了上风，不需要考虑外界"天敌"的存在，所以把主要精力都放到如何凭借个人能力获取更多的生存资料的理论预设上；赫胥黎反对将自然进化规则应用到人类社会。但在他的头脑里，人类社会仅仅是殖民者的社会，而土著人不过是他们的自然领域的生存资料。

对于严复来说，他最希望的就是摆脱"土著人"的困境，参与整个世界的社会进程，所以他对待自然领域和伦理领域的心情是复杂的：那就是希望在社会领域让中国融入整个世界，获取同殖民者同样的生存权利，而在自然领域希望中国人清楚地知道如果不发奋图强，那中国迟早就会被殖民者当作生存资料而被消灭掉。所以，与其说严复区分了两个领域，还不如说

① 赫胥黎著，《进化论与伦理学》翻译组译：《进化论与伦理学》，北京：科学出版社，1971年，第31页。

他用了两套标准：站在人类社会的历程中看中国，他用的是自然进化的标准，不进取就要灭亡；而站在中国社会的里程看世界，他用的是社会伦理的标准，我们能够自我约束和自我完善。可见，严复理解的自然领域和伦理领域的关系不等于赫胥黎所理解的关系：赫胥黎的自然领域和伦理领域是并列的，而严复认为伦理领域的一切努力都必须在自然演化的基础上发生，用自然领域包容了伦理领域。

严复用“天演”翻译“进化”，就是想建立起自己独特的社会伦理观。他的社会伦理观既把世界想象成一个趋善的总体趋势，又把中国作为一种独立的社会结构来思考。但对于一种全新的伦理观而言，转移视角仅仅是个开端。为建立自身的完整性，它必须解决天演的动力问题。严复用质、力相推来解释天演的动力问题，认为群之初“无尊卑、上下、君子小人之分，亦无通力合作之事。其演弥浅，其质点弥纯。至于深演之秋，官物大备，则事莫有同，而互相为用焉”①，如动物和植物的生长，都是宇宙运动中“力”的结果。在自然领域中的“力”到了伦理领域就是“自由”了。严复将中西放置于自然演化的不同阶段，在比较了中西差异后，严复得出的重要结论就是自由的差异。所以严复认为“今日之治，莫贵乎崇尚自由。自由，则物自由，则物各得其所自致，而天择之用存其最宜，太平之盛可不期而自至”②，“治国宜听民之自由、自化”，“治国宜顺自然，听其自由，不可多所干涉。”③ 可见，在严复的天演世界

① 严复译：《天演论》，载王栻主编：《严复集》（第5册），北京：中华书局，1986年，第1327页。

② 严复：《〈老子〉评语》，载王栻主编：《严复集》（第4册），北京：中华书局，1986年，第1082页。

③ 严复：《〈庄子〉评语》，载王栻主编：《严复集》（第4册），北京：中华书局，1986年，第1118、1119页。

观中，中国并非本质上不如西方，而只是因为中国传统社会伦理观阻碍了人的自由，所以在天演的历程中落后于西方。从“自我肯定”的自由出发，严复马上意识到这个自由还需要有个界限，于是又在《群己权界论》中对该自由进行了补充，提出了“自我限制”的自由概念。于是，在“自我肯定”与“自我限制”的双重界定中，严复在“天演”总体逻辑下，完成了以“自由”为价值动力的社会伦理观整体建构。

综观严复“宗天演阐人伦”的道德自然判断思路，我们不难得出如下结论：首先，“天演”在严复伦理体系中的核心价值是提供了“讲道德”的动力。在物种进化的天演道路上，中华民族只有发挥个体的自由（特操），才能创造出太平盛世，以不被天择所淘汰。这是一种被动的、无奈的、消极的道德动力，尽管在严复的话语中，它是那么的栩栩动人。其次，既然“天演”充当了人类群体存在的规则，那么它就自然成了道德的自然起点。所以，看起来严复一直在拒绝谈超验，反本体，但他的伦理观又无不起点于一种无法验证的超验假设。在“天理”本体中，“天理”一直眷顾着中国民众，只要大家存有善心，那就可能契合于天理；而在严复的思维中，存在不存在于本体先不讨论，但时间演化的足迹是向最善的地方行进，如果中国民众不紧跟时间步伐，那就可能失去向善的可能。所以从本质上讲，不是严复不谈本体，而是他换了个思路，通过时间的轨迹来展示“以天演为体”①。第三，有了前面的分析，我们就不难发现，其实严复反对本体“天赋”自由的逻辑是有问题的。的确，婴儿缺乏行使自由的很多生理和心理条件，这些都

① 严复译：《天演论》，载王栻主编：《严复集》（第5册），北京：中华书局，1986年，第1324页。

需要通过身体发育和社会教育来提供。但如果没有一种先在的应当，婴儿为什么要且如何可能习得自由的能力，以此承担自由的义务享受自由的权利呢？难道这仅仅是旁观西方得出来的“不得不如此”的结论？再说，卢梭说人权天赋，只是站在道德自然的角度说人人都“应该”享受自由的权利，这是一种先天的设定；而并没有站在“现实”的角度考虑行使这些自由权利的各种后天条件与限制。那么，严复为什么要含羞遮面地谈论道德本体呢？难道就是因为“天理”所带来的永远的痛？

三、归纳求知法与道德理性的形成

问题该做否定的回答。严复的如此举动主要是由于他的科学认识方法论所导致的。严复拒绝“天理”，主要是拒绝“天理”观下的求证方法，认为它们“外籀甚多，内籀绝少，而因事前既无观察之术，事后于古人所垂成例，又无印证之勤，故其公例多疏，而外籀亦多漏。”[①] 所谓外籀指演绎法，而内籀指归纳法。严复反“天理”主要是从方法论上着眼的。从方法论上讲，（内籀）归纳正好是天理中“理一分殊”相反的过程。“理一分殊”是从一般到个别；而归纳法却是从个别到一般。“必须注意，在理学中，天理本已由圣人和儒家经典指示出来，并非完全未知。儒生之所以必须通过格致认识天理，是因为了解个别事物之理后，可以加深对统一天理的体悟，故理学只须强调‘理一分殊’，而不需要甚么归纳法。”[②] 但是在严复那里，

---

① 严复：《论今日教育应以物理科学为当务之急》，载王栻主编：《严复集》（第2册），北京：中华书局，1986年，第281页。

② 金观涛、刘青峰：《新文化运动与常识理性的变迁》，载《二十一世纪》一九九九年四月号第五十二期。该文为提交“五四运动八十周年学术研讨会”（台北，1999.4.24－4.25）论文的节录。来源：http：//www.usc.cuhk.edu.hk/wk_wzdetails.asp？id＝1436 2005－11－23.

建立在现代科学方法论基础上的“公例（公理）”是未知的，所以道德理性的任务就是从具体的现代常识出发，寻找尚不知晓的公理。也正是由于此种原因，严复拒绝卢梭的先在权利的道德自然。但这种拒绝并没有抛弃道德本体的先在性。正是假设了一种公理本体的存在，严复才可能从方法论的角度认为卢梭的“自然之境”是一种虚拟的前提，无法用实证的方式加以考证。“卢梭之说，其所以误人者，以其动于感情，悬意虚造，而不说诸人群历史之事实。”[①]

严复认为一切“公例”都来自于归纳法，“公例无往不由内籀，不必形数公例而独不然也。”[②]“盖天生人，与以灵性，本无与生俱来预具之知能。欲有所知，其最初必由内籀。”[③]“大抵治权之施，见诸事实，故明者著论，必以历史之所发现者为之本基。其间抽取公例，必用内籀归纳之术，而后可存。若夫向壁虚造，用前有假如之术，立为原则，而演绎之，及其终事，往往生害。”[④]也就是说，一切知识的基础和终极都需要通过经验归纳而非抽象演绎而获得。

科学的“公例”也就是道德的“公理”。汪晖特别地注意到，严复在翻译《穆勒名学》时把原著导论第三节标题“Or is logic the art and science of the pursuit of truth?”（逻辑是追求真的技艺和科学吗？）翻译成“论名学乃求诚之学术”，[⑤]从而把科

---

① 严复：《〈民约〉平议》，载王栻主编：《严复集》（第2册），北京：中华书局，1986年，第340页。

② 严复：《〈穆勒名学〉部乙按语》，载王栻主编：《严复集》（第4册），北京：中华书局，1986年，第1050页。

③ 严复：《政治讲义》，载王栻主编：《严复集》（第5册），北京：中华书局，1986年，第1243页。

④ 严复：《〈民约〉平议》，载王栻主编：《严复集》（第2册），北京：中华书局，1986年，第337页。

⑤ 汪晖：《现代中国思想的兴起》（下卷，第一部），北京：三联书店，2004年，第905－906页。

学的"求真"与道德上"求诚"等同，从而形成"真"与"诚"可以互换的格物过程，这样建构出来的世界观既可代表宇宙秩序的真理又蕴含着道德的终极基础。在信仰主导理性的时代，真就是诚，诚也就是真。现在，严复虽然在把两者的意义分开的基础上又实现了两者的合一，但根本性质已经发生了变化，标志着理性主导信仰时代的开始：以前诚的就是真的，现在只有真的才是诚的。在《原强》中，严复系统地阐述了他的道德终极基础的理解方式：先求得名数质力等自然之理，而后推求"天地人"尤其是"人"学之理，而后以此为基础事"群学"，最后实现"持世保民以日进于郅治馨香之极盛"的道德世界。①

归纳求知法要求一种新的道德理性的形成。这种道德理性相对于朱熹格物求知法所具备的道德理性而言，共同之处都在于他们认为道德本体是可以认识的，人类个体可以凭借一套程序实现对它们的认知。区别也是明显的，那就是朱熹的道德理性终归凭借的是一种逻辑演绎的力量来实现对先验本体的把握，而严复的道德理性却是凭借经验归纳来实现对终极基础的通晓。这一切都是现代（自然）科学主导了世界观后的产物。由此，严复以后，道德自然的存在就是在一种现代性的语境中实现的，我们喜欢用"工具理性"来界定它。在这种理念下，人们常希望能够给理工科的学生一些人文道德知识，并冠名为"科学人文主义"。其实，如果是（自然）科学教育而非纯粹的技术训练，学生就能够在自然科学世界观的潜移默化中，形成比较稳固的道德理性。

① 严复：《原强》，载王栻主编：《严复集》（第1册）。北京：中华书局，1986年，第6－7页。

本章小结

从“天命”、“天道”、“天理”到“天演”的过渡，我们不难发现自然对道德的支持体现为三个纬度：一是人性。人性秉承天性而成善性。而人能为恶，其表现是人性善的缺失，原因则是世俗物的干扰影响所致。教育就是要改过迁善，回归人的自然本性——善性；二是秩序。自然是有秩序的存在。人类为自然的组成部分之一，自然的秩序规定了人际的秩序。而人之丧失道德秩序，其表现为伦理的失落，其原因则为人为的作伪。教育就是要人认识到自然秩序及其对人际秩序的规约作用，循规蹈矩地生活；三是目的。自然的目的是善的。它或者要挟人为善，否则给予自然惩罚；或者迫使人为善，否则优胜劣汰，舍弃关照。教育就是要让人认识到自然的目的，按照自然的要求来过道德生活。这三个纬度或单独存在，或交叉出现，舍尽全力地展示了自然对人类道德生活的善意、力量和神圣。

然而，每一次道德自然的过渡在给予了新的道德判断范式的自然力量的同时，也在自行摧毁自然对道德的支持力度。因为它带来的不仅有更理性的自然解释，也有对人类已有自然解释的舍弃。当一种自然被抛弃的时候，抛弃的不仅是一种理性判断范式，也是人的精神信仰。社会的既存信仰可能多种多样，但对于个人而言，它却只可能是唯一的。总体来说，道德理性在自然判断中有两次自我否定：一是随着道德自身原则性解释发生范式转移的时候，道德理性否定了已有的道德自然的理性解释；二是道德的自然判断发生范式转移的时候，也意味着道德理性无法彻底解决道德的终极问题。

尽管道德需要借助信仰而确立根基，道德信仰却无法舍弃道德理性的存在。其原因主要有二：从信仰的前提来看，我们信仰什么受信仰者自身环境、民族、教育等各种条件的影响，不可理性规划。但一旦信仰确立了，它就需要凭借道德理性来论证该信仰的道德合理性；从信仰的结果来看，信仰本身无道德含义，但对信仰的理性解释却是一个道德的过程。我们无法干涉人的信仰，但我们却可以理性地解读信仰对道德生活的关涉。可见，我们完全可以说，信仰的确立在道德理性之外，但信仰的道德内涵却一直在道德理性的限度中。

论述到此，我们就该区分两类道德自然的理性思考方式：一是道德先知。他们在否定道德现实困境的基础上，提出总体的包括人性、人际、实践等等在内的道德设想，然后根据当时当地的民情、经验等等，提出一整套的道德自然存在可能、方式、理解途径。对于道德先知来说，道德自然是理解中存在的，是他们道德理性建构的结果。即使有信仰参与其中，也只不过是通过道德理性沟通社会一般信仰与道德设想之间的关系；二是普通道德个体。信仰是生命个体的存在方式之一，即使个体宣布他无信仰，这本身就是一种信仰。当然，信仰尽管是个体的，但却具备群体特征，正所谓“如果一个人生活在埃及、巴基斯坦或印度尼西亚的穆斯林家庭，那么他很可能成为一名穆斯林；如果一个人生活在西藏、斯里兰卡或日本的佛教徒家庭，那么他就很可能成为一名佛教徒；如果一个人生活在印度教徒家庭，那么他很可能成为一名印度教徒；如果一个人生活在墨西哥、波兰或意大利的基督教徒家庭，那么他很可能成为一名天主教徒。”① 普通个体对道德理性的运用总是在信仰的前提之

① ［英］约翰·希克著，王志成等译：《信仰的彩虹——与宗教多元主义批评者的对话》，南京：江苏人民出版社，2000 年，第 9 页。

下，他或者用道德理性参考道德先知的道德自然解释，或者用道德理性来质疑道德先知的道德自然解释，最终形成自我道德的自然判断。而后者显然已经从普通道德个体走向了道德先知。

在道德理性彻底解放的年代，我们个个都可以是道德先知。道德先知缺乏的只是传统意义上的道德信仰，换得的却是对自我道德解释的信仰。这是一个道德自信的年代，也是一个信仰多极化的年代。在这样的年代里，我们一方面为道德理性的彻底舒展而感到自豪，因为我们能减少先知道德设想的蒙蔽、先知驾御信仰的欺骗。另一方面我们也为道德自然解释的多极化而感到担心。个个都是道德先知也就意味着没有道德先知。我们担心的是膨胀的人类理性能否形成基本的道德共识。

但是我们应该明白，信仰是无法教育的，教育者应该尊重信仰的自然生成性，而不能一看到信仰对道德有支持作用就提出用信仰来整改道德的口号。道德教育无法“用”信仰，首先是因为信仰自为生成的特点决定的，其次是因为信仰本身无道德内涵。我们需要学习者通过道德理性来取舍信仰、赋予信仰以道德内涵，而不是通过信仰来形成道德理性，把一切道德光环都附加在某一信仰身上。[①] 我们还应该明白，教育应该在取得道德共识的目标上做出自己的努力：（1）在学习者的既定信仰里，帮助学习者合理地解释信仰的道德含义；（2）创设条件，提供学习者其他信仰的资料，让学生自己理性地选择信仰。也就是说，道德自然的教育过程应该是充分尊重学习者道德理

① 在金生鈜老师学生的政治哲学史读书会中，我们对“用”信仰来教育很为担心。因为“用”已经成为了一种习以为常的话语。比如“以法治国”、“以德治国”。我们且不论这种口号本身的逻辑性和实践可能性，且比较“以”、“依”的含义就知道，“法”、“德”、“信”等都是一种工具性的存在。既然是工具，那它就可存在，也可不存在；可以按这种方式存在，也可以按那种方式存在。而这一切都亵渎了它们本身存在的自为性、自然性。

性的自为判断的过程。教育者不应该干涉学习者的信仰，但应该帮助学习者形成自我的道德理性：通过道德理性来取舍自己的信仰，通过道德理性来解释自身信仰的道德内涵。当信仰自然而然的时候，道德理性也就在道德主体身上存在了。

第二章　道德的原则判断与教育

美好生活用一种原则来表述道德，这个原则就是“公正”。由于不同历史时期、不同社会状态下的道德先知对美好生活的秩序理解不同，于是就造成了“君子”、“系统”、“天理”和“契约”等四种不同的道德原则判断范式。道德教育就是要让学习者在道德认知和行动中“死守善道”，服从于道德理性所选择的原则标准。

第一节　道德：配享美好生活的原则要求

如果说自然善是属神的终极关怀，那么美好生活则是属人的次极关怀。美好生活用一种原则来表述道德。道德产生和服务于一种群体性的美好生活。在历史的不同时期，道德的原则判断随着美好生活的理解不同、道德的现实关怀不同、需要处理的核心问题不同，而呈现出不同的范式特点。与此相对应的是，不同时期的道德的原则判断也给予了道德理性不同内容和形式的规定。从而，道德教育也呈现出阶段性的差别。

一、个体与群体的美好生活

美好生活[1]是人人都想过的生活。“每个人在人生的任何一个阶段都追求美好生活，这是人生的宿命。”[2] 美好生活是一种理念式的存在，是人对现实生活的一种主观建构。因为人的客观现状不同，主观体验不同，所以我们无法就它形成一个确定的定义。但作为一种想变成现实的理想，我们仍然可以做一些外在的描述：

美好生活，既属于现实又超越现实的一种生活。说它属于现实，那是因为它值得过，并且能够过；说它超越现实，那是因为它并不是随便就可以过的，而需要付出努力，有时候甚至以牺牲生命为代价来保证。在这个时候，生命虽然不存在了，但它却保证了此刻的生活是好生活，或者此后的生活不是恶的生活。美好生活，既是一种抽象的表达，也是一种具体的日常行为。说它抽象，那是因为美好生活是一种超越的价值，是一种不可以归属于其他目的、其他价值的善，是一种应该如何生活的表达。说它具体，那是因为这种抽象必须要有现实的践行。我们都追求一种美好的生活，现实的追求过程虽然不是美好生活本身，但它是具体的美好生活的实践过程。

美好生活的追求需要有一些基本的条件：第一是对个体德性的理解。美好生活与个体的内在美德息息相关。汤姆·L·彼切姆在《哲学的伦理学》中用对应表格的形式表述了这种相关

① 当然，也有学者认为，纯粹的美好生活或道德生活是不存在的。但这并不否认我们可以想象或追求一种纯粹的美好或道德生活的人类愿望。道德的超越性特征证实了后者的合理性。见：高德胜：《过有道德的生活》，载《现代教育论丛》，2004 年第 4 期，第 1－6 页。

② 金生鈜：《德性与教化》，长沙：湖南大学出版社，2003 年，第 339 页。

性。比如：行善、正义、诚实、不行骗、不行恶、保守秘密、感恩的等美好生活的道德原则分别对应于仁慈、公平、忠诚、不欺骗、不行恶、可靠、感恩的美德。① 同时，这种相关性还体现为一种内外的对照关系。在柏拉图设计的理想国中，柏拉图把道德原则表述为正义。这种正义就是每个人都清楚他自己的适当位置，分属于国家的三个等级中。人们分属于哪个等级，取决于他们灵魂中的哪个部分居于支配地位。勇敢居多的属于护卫者，智慧居多的属于统治者，节制和正义属于整个社会。然而，对于实现美德的灵魂来说，它的美德就在于灵魂的各个部分履行其适当和既定的职责。相对于其他部分来说，正义并不属于哪一部分，而是与总体秩序有关。因此，在柏拉图的理念中，好生活总是与好灵魂（美德）相关的，在正义的群之外，正义的人是稀少的。

第二是对实现美好生活的理解。如果说我们无法就美好生活形成确定的定义，但我们完全可以就实现美好生活的具体的日常行为的是非善恶雅俗好坏进行讨论。如果说“是非善恶雅俗好坏”是个价值选择的问题，道德的问题，那么讨论“是非善恶雅俗好坏”的过程便是道德判断和道德教育的过程了。美好生活不是一个人能过得出来的生活。“人性本身就是社会性”②，人的社会性首先是一种客观的存在。不管人自己愿不愿意，他都是爹娘生的。甚至在某些地区和历史阶段里，他能否出生，都需要社会的认可（比如准生证制度）。在成长过程中，

---

① 不过他的原则或义务在本研究中只是算作是符合道德原则的规则道德。见汤姆·L. 彼切姆著，雷克勤译：《哲学的伦理学》。北京：中国社会科学出版社，1990 年，第 248－249 页。

② 斯特劳斯著，彭刚译：《自然权利与历史》，北京：三联书店，2003 年，第 130 页。

他将不断地接触到更多的人，这些人具有不同的身份、年龄、相貌、地位、性别等等特征。在他的一生中，由生人变成熟人，有熟人变成生人，也有一直都是生人和熟人的。人总是别无选择地被置于社会关系之中，必然要归属于一定的种族、民族、国家以及某种社会群体，总是一定社会规范的人格化，总是要以给定的历史条件作为生存发展的基础和出发点，而后自我生成为社会人。正常的人注定过的是一种群居的生活，如果一个婴儿离开人的社会生活，与狼熊虎豹共生，或者独自隐居到偏远山林与世隔绝，那他就不会具有人的特质和人的精神，他也就很难成为真正意义上的人。

社会就是群，其英文词都是“Society”，日文译语是“社会”，而严复的译文却是“群”。这里说的群，具有两个含义：一是基本意义上的人的集合体，我们说的人是客观的社会存在，就是从这个意义上讲的；二是有一定组织和目标的生活共同体，我们说的人的美好生活就是从这个意义上讲的。柏拉图从城邦的角度判断了群对于个体的意义，“之所以要建立一个城邦，是因为我们每一个人不能单靠自己达到自足，我们需要许多东西。”所以，个人要想很好地生存，就必须和他人互相帮助。一方面，个人不可能生产出自己所需要的所有东西。另一方面，由于个人性格不同、天赋不同，因而适合于不同的工作。只有每个人仅做适合自己性格、天赋的工作，各种东西才会生产得又多又好，通过交换自己也才可能生活得更好。这就要求有一个城邦来确保公民之间的互助和分工。城邦由此应运而生。从柏拉图所设想的城邦产生的原因可以看出，群并不是外在于个人而存在的，它就直接存在于个人的联合之中。这种群虽为个人生存提供了保障，但它本身又以个人对群的责任为前提。

人的群体生活是个人与其他个人、群体间相互影响或者是互动的生活。这种影响或者互动总是以个人为基本的行动者，总是发生在个体和群体之间。这种影响或者互动把个人融入群体之中，个体因其他个体或群体的行动而受到影响或刺激，并做出反应。按照群体的松紧性质，我们可以把群体分为固定群体和不固定的群体。有组织的群体间的个人关系是直接的、经常的，比如亲属群体、邻里群体、同事群体、朋友群体、同乡群体、阶级（阶层）群体、国家（民族）群体等等。无组织的群体，即群体中人所发生的关系是偶然的，间接的。比如同车同船的群体、阶段学习的同学群体、站队买饭的群体。

二、道德：配享美好生活的原则要求

（一）道德是美好生活的必要条件

人是群体的，又是想过美好生活的，这样的两个特点势必能让我们作出这样的推论：美好生活是属于群体的美好生活。只有群居的社会生活才是能够实现美好的生活，“人天生就是社会的存在。他乃是这样构成的，除了与他人生活在一起，他就无法活下去或活得好”①。在这种判断下，我们要思考的问题是：如何保证个体的美好生活在群体内的实现。美好生活来源于个体的理念，不同的个体可能产生不同的关于美好生活的认识。那么，有没有最好的或者唯一正确的认识？如果有，它如何得以普遍化并被大家认可；如果不存在最好的认识，或者说每个人的认识都可能是最好的认识，那么，我们又如何保证大家和谐地追问各自的美好生活？可见，不管美好生活是唯一的，还是多样的，都必须能被群体中的每个个体自觉地承认和践行。

① 斯特劳斯著，彭刚译：《自然权利与历史》，北京：三联书店，2003 年，第130 页。

那么，有没有这样的一种东西，能够让大家心安理得、自觉自愿而又相安无事、互相支持地追寻美好生活呢？

道德应运而生。道德就是美好生活重要的实现途径。表面上看，这里存在着——生存为了道德，还是道德为了生存——的矛盾。弗兰肯纳认为“道德建立是为了人，但不能说人的生存是为了体现道德”。[①] 弗兰肯纳的观点想说的是：道德只能是作为人的存在条件而产生。但是弗兰肯纳的说法又隐含了一个悖论：如果人的生存不是为了体现道德，那么人为什么需要道德呢？可见，工具化地理解道德势必造成道德与人类生活的两层皮，好像人类可以没有道德地生存。我们似乎不愿意见到这样的结论。因为在我们看来，道德伴随着人类的诞生而诞生，它构成了人类生活本身的一部分，也就是说，道德是人类生活的必要条件。

这对矛盾似乎无法化解，但如果对“生活”的概念进行分析，我们就会发现，我们是在两种意义上使用“生活”这个概念的。具体来说：“人类生存需要道德”，这是从一种消极的工具意义上来看待生活的，生活简化为生存——生命的存在，道德成了保全性命的工具；但人又不愿意仅仅成为活着的人，他还想成为好好活着的人，也就是说，人除了一般生活外，还需要一种美好的生活。美好生活需要道德的维持。从这个角度来说，我们不能说道德的生活就是美好生活，但美好生活肯定是一种道德的生活。于是，道德与生活的矛盾在美好生活的概念下得到了消解：美好生活需要道德来维持人的基本生存，但美好生活也需要道德来保证生存的质量。

---

① 弗兰肯纳著，黄伟合等译：《善的求索——道德哲学导论》，沈阳：辽宁人民出版社，1987年，第95页。

（二）道德：以秩序配享美好生活

为实现和维护美好生活，道德必须寻找一种原则性的表达。我们不妨从一个想实现美好生活的个体出发来思考道德的原则性表达的功能：当个体认可的美好生活也相当于群体内的其他个体所认可的美好生活的时候，我们就必须为这样的共同的美好生活按照一定的原则来分担责任和义务，形成一定的好秩序来保证大家能安分于这样的职责和身份的安排；当个体认可的美好生活不等同于群体内的其他个体所认可的美好生活时，我们就必须为这样的每个人的美好生活寻求保障，提供条件，形成一定的好秩序来保证大家能共处和互助地实现他们各自的美好生活。可见，道德，其实就是一种实现好秩序的原则要求。

要使实现好秩序的原则必须得到生活在其中的个人的认可，否则，它将失去其被大家所共同遵守的可能。这种认可不是靠强力迫使的，也不是靠巧言迷惑的，而需要个人理性的一种认同。为实现个人的认同，它必须保证一条基本的前提：承担职责和分享身份的机会对于每个人来说都是平等的。这正如亚里士多德所言，要使被统治者同样有机会成为统治者。只有这种平等的机会，它才能保证个体实现个体所认可的美好生活。这种机会平等我们要从两个角度来理解：一是身份的机会，即如果个体具备这样的身份，那么你将能承担该身份所能够或必须承担的责任。比如对于柏拉图来说，如果你是哲学王，那么你就该有机会成为国家的统治者。至于你是否是哲学王，这却是一种天生的安排，是你生下来的家庭出身、个人资质、努力程度、地理位置、宗教背景等等所决定的，跟这种好秩序本身的机会平等无关。我们也可以把这个机会平等叫做过程的机会平等。二是缺失身份的机会，即只要你是某个群的人，你就拥有该群的个体所平等拥有的所有机会。这种机会排除了个体的身份特征考虑，或者采取各种措施来克服个体所具有的身份特征所带来的不平等的可能。

这两种不同的平等都为一种好秩序提供了理由：在前一种平等中，个人由于天赋的不同而分别适合于不同的工作。由于每个人都专注于自己的事务，都自我节制，不超越自己的使命去做那些与自己天赋不相符合的、应该由别人去做的事情，就可以使整个群体处于一种好的秩序之中。柏拉图把这种秩序称为正义。“正义就是只做自己的事而不兼做别人的事。”“当生意人、辅助者和护国者这三种人在国家里各做各的而不互相干扰时，便有了正义，从而也就使国家成为正义的国家了。”由此，在柏拉图看来，个人对群体（城邦）尽责也有助于群体（城邦）好秩序的实现。在后一种平等中，个人在机会面前排除或被尽可能地消除了由于先天所带来的不同身份地位特征，而根据个人的偏好，只要不影响他人对美好生活的追求，就可以不受他人约束地向往着自己的美好生活，从而整个群体也处于一种好的秩序之中。康德用“人是目的”来规约这种好秩序。“要按照你同时也能够愿意它成为一条普遍法则的那个准则而行动。”这种普遍性，就是排除了身份、地域、财产、年龄等等身份特征后的普遍性，理想中的它能够保证好秩序的实现。

由于不同历史时期、不同社会状态下的道德先知对美好生活的秩序理解不同，于是就造成了彼此相分但又相似的道德的原则判断范式。本研究就以我国不同历史时期对道德的原则判断的四种典型范式为例，阐述不同范式下的道德的原则判断和教育特点。

第二节 “仁”德“君子”：孔子的道德原则判断与教育

君子去仁，恶乎成名？君子无终食之间违仁，造次必于是，颠沛必于是。

《论语·里仁》

在孔子的视角中，“好人”就是“君子”。而君子之所以是君子，那是因为他的言行举止符合“仁”。也就是说，“仁”就是孔子道德的原则性表述。在这种逻辑构造下，本节的内容大致可以做如下的表述：安定是一个群体和个人实现美好生活的前提保障。当现实生活失去了这种安定后，人们就该为一种新的安定生活而努力。这种努力大致包括改善统治和收拾人心两个方面。改善统治的前提是统治者也具备求安的素养和志向。于是，这两个问题又合并成为了一个问题：群体中的人具备秩序和谐的人心道德吗？孔子对这种人心道德给予了一种原则性的规定：“仁”。仁表达的是一种和谐关系，人是关系中的一个角色。人“好仁”，秩序和谐的安定生活就能够实现。好“仁”的人就是能够对这些角色期待表示顺从，是好人。“仁，人心”。充满“仁”心的人就是君子。“仁者无忧”，仁心的获得过程是道德理性的形成过程，也是君子的教育培养过程。

一、“安”：孔子“求仁”的缘由判断

“一切划时代的体系的真正内容都是由于产生这些体系的那个时期的需要而形成起来的。”① 不管人们主观上是否愿意，作

① 《马克思恩格斯全集》（第三卷），北京：人民出版社，1960年，第554页。

为人类社会特有现象的道德，它都是以社会现实为理论根源，以解决现实问题为理论归旨。过一种美好的生活总归是人类的目标，但在具体的时代里，因为人们面对的实际问题不同，美好生活的阻力不同，所以，道德思想者需要根据时代特点，寻求合适的道德的原则性表述，并推而广之，以为群体生活中的人们所接受。所以从这一理念来看，道德的原则理解并不存在阶段性的水平进步与否的问题，而只存在表述和实现的范式转换的问题。

孔子生活在奴隶制崩溃的春秋末年，这是一个不安的年代。西周以周公为代表的西周贵族统治者认为“皇天无亲，惟德是辅”，“我道惟宁王德延”。周朝的统治要靠自身的道德，建立起了以敬德保民为基本原则，以恭敬畏惧、勤俭无逸、孝友惠爱等为基本内容的思想道德意识。[①] 不仅如此，他们还将这种道德意识充实于“礼”中，形成了一整套的道德规范、政治法律和典章制度。这一套道德意识形态和规范制度非常集中地反映了统治者的具体利益、愿望和要求，实现了一种等差状态的社会和谐和秩序安定。然而，时间不仅延展了这一套道德的制度价值空间，也使这套价值体系因为生活而逐渐失去了往昔的光芒。具体来说，这一消解过程包括相互牵扯的两个方面：第一是“宗法”作为一种道德价值，它并不被人们所广泛遵守；第二是载德的“礼”成了“仪”，脱离了德性内容和生活实际，变得繁琐和空洞。

以敬德保民为核心价值的道德的破坏主要体现为：(1) 西周的道德思想与价值制度是建立在中原生活群体的道德比周边“蛮夷”高尚的自我心理暗示的基础上的，但这一“同姓同种、

① 陈瑛：《中国伦理思想史》，长沙：湖南教育出版社，2004 年，第 27 页。

内中华而外夷狄、尊王攘夷”的道德标榜因为利益的考虑而遭到解构。如开创晋国霸业的晋悼公虽然认为“戎、狄无亲而贪，不如伐之”，却因为和好有利于利用诸戎狄加强自己争霸的力量，并争取和平的生存环境，又使魏绛与诸戎定盟和好。魏绛的和戎之策，使晋国免除了戎狄的侵扰，迅速提高了在诸侯国中的地位。[①]《左传·庄公二十八年》还记载了晋献公“又娶二女于戎，大戎狐姬生重耳，小戎子生夷吾。晋伐骊戎，骊戎男女以骊姬归，生奚齐，其娣生卓子”，彻底打破了同种通婚的道德理念。可见，当时诸侯统治者对于异族的政策并非“伐异尊王”的道德标榜，而是出于纯粹的安全与霸业的考虑，这标志着敬德保民核心价值的道德原则在外围遭到破坏。（2）诸侯战争不断，争夺土地和人口，破坏了宗法制所确定的分封册命规则，使与宗法制同步的道德理想在周统治的群体内部遭到质疑。虽然春秋时期仅有二百余年的短暂历史，但其间的战争却难记其数，仅见于记载的就有“侵六十，伐二百又三，战二十三，围四十四，入二十七，迁十，灭国五十”[②]。所谓“溥天之下，莫非王土；率土之滨，莫非王臣”[③]的天下共主局面，对于周王而言，已经成为了一种统治理想而非现实。（3）春秋时期不仅在道德共同体的外围和内部等方位发生了道德理想原则与日常行为冲突，共同体内部在垂直角度也发生了与宗法制相应的道德矛盾，具体表现为统治阶级内部道德错位和统治阶级与被统治阶级之间的道德冲突。在统治阶级内部，周王室不被诸侯所尊重，周初所确立的“宗周”道德精神和政治等级已经遭到破坏。“平王之时，周室衰微，诸侯强并弱，齐、楚、秦、晋始

① 《左传·襄公四年》。

② 杜预等注：《春秋三传》，上海：上海古籍出版社，1987 年，第 9 – 10 页。

③ 《诗经·小雅·北山》。

大，政由方伯”[1]。孔子在论季氏伐颛臾的时候就说“天下有道，则礼乐征伐自天子出；天下无道，则礼乐征伐自诸侯出。……天下有道，则政不在大夫。天下有道，则庶人不议”。但当时就是“礼乐征伐自诸侯出”，甚至“自大夫出”，“陪臣执国命”的无道时代。无道的时代也是无德的时代，这样的时代是无法长久的。(4) 统治阶级和被统治阶级之间的道德关系存在一种身份的界限。在西周的道德思想体系中，统治阶级是以一种道德优胜者的面目出现的。但这种道德体系并不排除被统治阶级生存和上升的可能，而是“民生厚而用利，于是乎正德以幅之”[2]，“幅”，就是度。然而，春秋时代各种生存资源被统治阶级所把握，正所谓“山林之木，衡鹿守之；泽之萑蒲，舟鲛守之；薮之薪蒸，虞候守之。海之盐蜃，祈望守之。县鄙之人，入从其政。逼介之关，暴征其私。承嗣大夫，强易其贿。布常无艺，征敛无度；宫室日更，淫乐不违。内宠之妾，肆夺于市；外宠之臣，僭令于鄙。私欲养求，不给则应。民人苦病，夫妇皆诅。”[3] 正所谓“众怒难犯，专欲难成”[4]，统治者不能监守自己的道德本位，超越了道德所许可的身份界限，不是保民而是犯民，这样的社会自然无法和谐安定。

敬德保民的原则不仅因为利益考虑而不被人们所遵守，体现它价值的规则也因为脱离生活实际而无法被人们所尊奉。主要表现有：(1) 周礼的某些规定脱离了社会实际，限制了人类的正常生活自由。比如鲁昭公娶吴女为夫人，称吴孟子。但“同姓不婚”是周礼最重要的原则，这一点应该为监守周礼的

① 《史记·周本纪》。
② 《左传·襄公二十八年》。
③ 《左传·昭公二十年》。
④ 《左传·襄公十年》。

孔子所知道。可是当陈司败问及昭公是否知礼的时候，他却回答说“知礼”。即使此事被陈司败以“君子不党”批评，孔子的说法也只是“我”有过错，而没说昭公是否知礼的事情。这说明在春秋末年“同姓不婚”原则开始动摇。动摇“同姓不婚”原则的原因自然有诸侯贵族好色、政治联合的需要，但另外一个方面也说明了“同姓不婚”本身开始脱离道德含义的问题；（2）周“经礼三百，曲礼三千”，条文繁琐，即便在周代也估计人们难以有效遵守。在《论语·乡党》中我们就能看到孔子监守这些礼仪的局促情形，就上朝时因为与不同的人交流，就表现出“侃侃（温和快乐）”、“訚訚（正直恭敬）”、“踧踖（恭敬不安）”、“与与（行步安详）”等让现代人难以区分的表情，这实在有些难为人。

原有的道德原则性理解不能很好地协调个人与群体之间的关系。对于当时的道德思想者而言，一种新的道德原则性解释的提出成为了历史赋予的使命。从上面的分析来看，这种新的道德原则性理解需要满足两点基本要求：首先是作为时代的要求“安”。频繁的战争不仅让老百姓难以忍受，就是那些既得利益的获取者也觉得朝不保夕，希望有一种全新的道德价值体系来保护他们的既得利益和生活安全；其次就是作为传统的存留，身份等级的区分也成了一条重要的要求。以“仁”为核心原则的道德体系适应了这两条基本精神。

二、“仁”：“君子”的道德原则判断

（一）仁：关系中的“君子”判断

孔子的“仁”有三种含义，都可见于许慎的解释[①]：一是

---

① 引自段玉裁：《说文解字注》，上海：上海书店，1992年，第365页。

"亲也，从人二"；二是"古文仁从千心作"；三是"古文仁或从尸"。据谢阳举的考察，仁的前两意均为"从尸"之仁的衍生。[①]《礼记·曾子问》载孔子曰："祭成丧者必有尸。"什么是"尸"？"尸"就是扮装鬼神的死人的后代，比如长孙或同姓晚辈，古人以为这个就是祖先灵魂的化身，由这个尸者象征性地代表祖先来享受一番祭祀礼品。由于设尸而祭时，祭者对被祭者的感情，如虔诚、敬重、不忍等等都高度对象化地集中在尸这个象征的身上。这就是"仁"的思想原始面目——它正体现了设尸是为了对神灵"尽心"的这种心性自发的表达。孔子"仁者爱人"是"仁"之本源意义的一种扩张。此时，仁虽然成了人与人横向之爱，是一种"关系"，但仍然不脱离它的自发的、纵深的、内在超越的心性。这个内涵相对于对等之仁爱的仁是具有基础性和优先性的。横向之仁有赖于纵深心性之仁才得以发生。正由于这种心理对象化的"仁"自发地存在着，它才能最后将怜爱之情平移投射到活人身上。

孔子的"仁"表达的主要是一种关系。这种关系是以血缘为基础来推演的。血缘关系种种，其中以父子兄弟为根本。有子曰："君子务本，本立而道生。孝悌也者，其为仁之本与。"父子兄弟以血缘相亲，生物学上称为"亲子关系"。亲子关系是出于生物种属延续的血缘遗传，出于天然，出于自然而然，具有一定的普遍性和稳定性。孔子即从这一看来是出于自然而非人力所及、伴随血缘关系而天然出现的亲子关系中，建立了"仁"道德的原则理解。不仅如此，从血缘来推演整个社会关系，还有当时社会背景的考虑。西周克商后，将异姓编织到姬姓周天子的血缘宗法秩序内，建立了以姬姓血缘关系为核心的

① 谢阳举：《"仁"的起源探本》，载《管子学刊》，2001年第1期，第46页。

泛血缘或曰拟血缘关系。[①] 由此，整个国家都是处于一种想象的血亲关系中。由父父子子和孝悌再加以引申，生物的自然亲子关系就被扩展成为一种更为普遍的社会关系。《论语·颜渊》："樊迟问仁，子曰：'爱人'。"这里所说的爱人就已不限于具体的血缘关系，而是包括所有的群体范围内的人。"仁"的概念与政治实践结合起来，就成为"仁政"。"《书》云：孝乎惟孝，友于兄弟，施于有政。是亦为政，奚其为为政？"仁政即由父父子子的原则加以推广，成为君君臣臣。由此观之，孔子的仁的基础是孝悌，即对父母、兄弟核心家庭的爱，由此渐次扩到爱众，即对宗族的爱，由对宗族的爱扩展到对整个华夏民族的爱。在此基础上再往前一步对人类的爱。

孔子的"仁"表面上讲究的是"爱人"关系，本质却是在追求"人爱"，即人能够被不同关系中的人所认可、所爱护。被人认可和爱护的人就是"君子"。这一点在孔子的语录里没有直接说出来，但我们却完全可以根据他的上述言论做这样的判断。怎么样叫"仁"，就是爱或者尊重从父母兄弟开始一直延续到整个人类。但我们又是靠什么来衡量这样一种爱的呢？那就是从父母兄弟开始一直到整个人类对你这个人都持一种肯定的态度。所以，所谓仁，就是遵从亲人和以此类推的人的期望，或一般人对某人作为儿子、姐妹、朋友等角色期望表示顺从，即做个"君子"。从这个意义出发，我们就很容易理解孔子"克己复礼为仁"的意义，那就是要按照"仁"的标准"为人"。如果一个人能设身处地为别人着想，克制自己不符合"仁"的贪欲，关心别人的利益与安全，用调节社会人际关系

---

① 巴新生：《孔子"仁"的泛血缘文化特征及其在先秦儒家仁学史上的地位》，载《历史教学》，2002年第6期，第7页。

的“礼”来规范和约束自己的行为，那就能实现“安无倾”的社会理想。

孔子教导学生，按照别人的期待做君子，存在着“闻”与“达”的区别。“夫达也者，质直而好义，察言而观色，虑以下人。在邦必达，在家必达。夫闻也者，色取仁而行违，居之不疑。在邦必闻，在家必闻。”① 也就是说，“为仁”的君子要按照别人对自己的角色期待来生活，但并非为了获得外界的声誉而生活。两者的区别是目的和手段的区别：仁的标准在于别人的言论和表情，这是实现仁的手段，但我们不能把别人的言论和表情当成为仁的目的。如果这样，那么这就是为了获得好名声做君子或好事，而非一种好“仁”的德性诉求。所以，孔子才有“巧言令色，鲜矣仁”的判断，才有“人不知而不愠，不亦君子乎”的感叹，才有“先行其言，而后从之”的告戒。

（二）仁：关系中名正言顺的君子

孔子的“仁”表达的是一种关系，这种关系是一种名正言顺的关系。在“仁”的名义下，人有了做君子的要求，这个要求是由人周围的人（群体范围内的人）所认可的。那么，群体的人凭什么认可这个人，认为他具有“仁”的品质，是个君子呢？这个尺度并不是随意的，它有一个客观的可以参考的标准，那就是根据本人所处的地位，所赋予的身份，所规定的角色来确定做君子的标准。也就是说，这个人是不是君子，其根据不是我们现在所认为的所有人面前一条尺子，所谓道德面前人人平等，而是根据个人身份不同而给予不同的道德要求。我们没有一定的说法认为现在的就是进步的，而以前的就是落后的，因为名分道德如果得到有效遵守的话，社会就能成为和谐的社

① 《论语·颜渊》。

会，而个人也能因为想追求身份的上升而追求道德崇高。

孔子于此的深意还需要从他的“正名”说起。从字面上讲，正名的含义有二：一是纯伦理的，一是纯逻辑的。纯伦理的“名”指“名位”，正名就是纠正不正之名，或立定正当之名。“齐景公问政于孔子。孔子对曰：‘君臣、臣臣、父父、子子。’公曰：‘善哉！信如君不君，臣不臣，父不父，子不子，虽有粟，吾得而食诸?’”① 作为正当之名，君臣父子与国人的名分道德标准就是“为人君，止于仁；为人臣，止于敬；为人子，止于孝；为人父，止于慈；与国人交，止于信。”② 在此，仁、敬、孝、慈、信因为身份的不同而各自承担了群体既定角色的扮演，承担了“仁”的含义。纯逻辑的名指字词。正名就是根据既定名分关系来选择合适的字词表达道德含义。“孔子侍坐于季孙，季孙之宰通曰：‘君使人假马，其与之乎?’孔子曰：‘吾闻取于臣谓之取，不曰假。’……。故孔子正假马之名，而君臣之义定矣。”③ 言顺于正名，君向臣要马只能叫“取”，而不能是“借”，这才符合君臣的道德名分。纯伦理和纯逻辑的“正名”含义都在道德理性所能思考的道德范畴之内。

(三)“忠恕”：“君子”在关系中的实现路向

既然“仁”表达的是一种关系，在关系中人要符合自己身份地言说与行动。那么，具体来说，“仁”又是如何在群体人际中体现呢？孔子本人明确地说：“能近取譬，可谓仁之方也已。”④“能近取譬”的意思就是推己及人，是“忠恕”⑤ 之道，

① 《论语·颜渊》。

② 《大学》。

③ 《刘向新序·杂事第五》，http://www.yifan.net/yihe/novels/classic/lx/lx05.html.

④ 《论语·雍也》。

⑤ “夫子之道，忠恕而已矣。”《论语·里仁》。

是“仁”由道德原则向日常生活下滑落实的具体方法和途径。

对“忠恕”的解释历史上可见两个版本：[①] 一是“尽己之谓忠，推己之谓恕”[②]。“忠”是对自己而言的，“恕”是对他人而言的。“忠”、“恕”的关系是内外、体用、本枝、己物的关系。由于有内心的忠，才有行动上的恕。“恕”就是“己所不欲，勿施于人”；[③] 二是分为消极和积极面。如杨伯峻《论语译注》开头所载《试论孔子·关于忠恕和仁》中：“分别讲是‘忠恕’，概括讲是‘仁’。”接着说：“孔子自己曾给‘恕’下了定义：‘己所不欲，勿施于人。’这是‘仁’的消极面。另一面是积极面：‘己欲立而立人，己欲达而达人。’”[④]

但不管是何种解释，它们都包容了一个路向：那就是“仁”是由一种内己而外推的结果。我们且不说这种外推是否包含了积极的“立”人和消极的“恕”人，首先需要看到的是孔子是从个人的身份道德需要来实现“仁”的。在既定群体内，每个人都有自己的群体身份，都有符合自己身份的利益需要、理想追求和德性要求。但人是群体的人，当我们在实现自身要求的时候势必需要考虑群体中他人的相关德性目标。推己及人方式的确立首先是对道德主体自己德性要求的一种肯定。只要有推己及人的能力，那他就能成为仁者，这一点对于破除周代统治者“敬德保民”的道德垄断模式，建立普通士人所能够实现的道德王国来说十分重要；推己及人方式的确立其次是对道德原则层次的肯定。由忠而恕，由己到人，这恰恰符合道

① 冯浩菲：《关于孔子忠恕思想的界说问题》，载《孔子研究》，2003 年第 4 期，第 59 – 60 页。

② 《论语集注》卷二。

③ 《论语·卫灵公》。

④ 杨伯峻：《论语译注》，北京：中华书局，1980 年，第 16 页。

德的原则层次的核心内容；推己及人方式的确立有助于道德理性的形成。对于正常的人而言，己之所欲也为人之所欲，己之所不欲也为人之所不欲。从自身的感受体验来思考人我关系，实现道德的原则性要求，这是一种理性的道德路向。

三、君子德性与道德理性的教育

按照孔子的表达习惯，为“仁”的好人称为君子。君子的说法并不是从孔子那里开始的。按吴正南对《诗经》、《尚书》、《春秋》、《礼记》、《论语》等的研究，君子一词大致出现在西周的初年，“君”有“尊”、“大”的意思，“子”是男子的通称，连在一起就是“尊贵男子”的意思。[①]“君子”从创生到孔子代，含义大致经历了三次演变：在西周社会，属于尊贵男子的人都是有地位的人，由此，“尊贵男子”自然演变为“有地位的男子”，即今天所谓的“贵族男子”；后来，“有地位的男子”逐渐演变成了“在位的统治者”，但由于这些统治者的言行并不符合尊贵的含义，所以出现了诅咒君子的内容，如“彼君子兮，不素餐兮”。此外，此时也有女子对丈夫或情人以君子称谓。在前面两次演变中，“尊贵”、“有地位”、“在位的”的男子也应该是个道德高尚的人，所有也出现了对君子若干道德品质的内涵要求，如“无逸”、“谦谦”、“慎独”等等，这些都为孔子的第三次演变创造了条件；孔子在继承“君子”原有含义的基础上，做了第三次引申。孔子的这次引申就是把君子的本质由一种地位的规定转变成一种德性的规定，虽然内涵转变后的君子仍然可能具备某种政治地位，如“为政以德，譬如北

① 吴正南：《“君子”考源》，载《武汉教育学院学报》，1998 年第 10 期，第 29－38 页。

辰，居其所而众星拱之”，[①] 但在德性修养面前，政治地位显然不是最重要的德性衡量标准，因为“先进于礼乐，野人也；后进于礼乐，君子也。如用之，则吾从先进”[②]。虽然孔子仍然沿用了“君子”来称呼那些当位者，但显然他的道德天平已经偏向了“野人”；这种野人其实就是孔子引申意义上的“君子”。所以，当孔子把君子的衡量标准转向的时候，这表明“仁”德身份的确定开始由血统身份走向了文化身份。

在孔子的言语范畴中，君子除了偶尔称呼“在位统治者”之外，主要都是作为道德人格意义用对比的方式出现的。比较之一就是“圣人”。但圣人却并不是现实的仁德目标。他说：“圣人吾不得而见之矣；得见君子者，斯可矣”[③]。这不仅是因为圣人在人格上是最理想从而现实常人很难成就外；也因为圣人不仅是一种德性的修养，也需要一种统治地位的保证，如尧舜禹等；还因为圣人只是一种历史上遥想的光辉，不足为现实人生做榜样。比较之二是“小人”。当孔子不再过多地把“君子”头衔赋予“在位者”的时候，“小人”也就在孔子的演讲中逐渐脱离了“被统治者”的身份，而变成了一种非“仁”者的统称。

“君子”对于教育而言，它高悬着圣人的光辉，处处要求“在位统治者”修养仁德之心，处处教诲野人“进于礼乐”，从而实现名实相符，有位者有为，有为者有位的理想境界。而所有与此相违背的都是小人行径，都是背道而驰的。这就是讲不讲道德的原则区别。也就是说，在孔子君子人格塑造中，“有位”的身份是道德的前提，而道德却又对身份进行确认和维护，

---

① 《论语·为政》。
② 《论语·先进》。
③ 《论语·述而》。

两者相辅相成。教育成就君子，主要是在道德理性的培养上下工夫。孔子论“知（智）”的相关思想为这一论断提供了证明。

首先，君子和谐德性是“仁”性与“智”性的统一体。柏拉图认为，人的灵魂里存在三种品质，即理智、激情和欲望，三者分别是人们在学习、愤怒和满足自然欲望时动用的身体的一部分。理智是“人们用以思考推理的，可以称之为灵魂的理性部分”；欲望是“人们用以感觉爱、饿、渴等等物欲之骚动的，可以称之为心灵的无理性或欲望部分，亦即“那种满足和快乐的伙伴”。激情是“我们藉以发怒的那个东西”。人的这三个部分彼此友好和谐，理智起领导作用，激情和欲望受理智领导，这样的人就具有节制的美德。柏拉图称保持和符合和谐状态的行为为好的行为，相信指导这种和谐状况的知识便是智慧。在德性构成上，孔子与柏拉图是相通的。一方面，孔子说“我欲仁，斯仁至矣”[①]、“君子无终食之间违仁，造次必于是，颠沛必于是”[②]，肯定为仁由己的德性的情感和欲望，另一方面，孔子也说“智者利仁”、“君子可逝也，不可陷也；可欺也，不可罔也”[③]，强调智慧的存在对于君子德性的重要性。

“智”对于君子人格的完备又可以分为两个部分：第一是对内求诸已的部分。在回答子张“辨惑”时，孔子说“爱之欲其生，恶之欲其死；既欲其生，又欲其死，是惑也”[④]。“欲其生”是一种情感欲望，“欲其死”也是一种情感欲望，惑就是因为“不智”而对自身思想和行为失去理性把握。“智”的主要功能就是使人跳出单纯的情感藩篱，清醒地意识到自己社会

① 《论语·述而》。
② 《论语·里仁》。
③ 《论语·雍也》。
④ 《论语·颜渊》。

角色和身份，做出符合“仁心”的行为。所以，真正的仁者也是智者，这就是孔子“未知，焉得仁”[1] 的本意。第二部分是外施于人的部分，这主要是针对有位者而言的。在《颜渊》篇中，樊迟问仁，孔子说“爱人”，再问知，孔子说“知人”；在《雍也》篇中，樊迟问“知”，孔子说“务民之义，敬鬼神而远之，可谓知矣”。可见，有位的仁者的智至少体现在两个方面：一是了解大众需要，关注人事的本领；二是知人善用。所以当子游为武城宰时，孔子就问他，“汝得人焉尔乎？”[2]

其次，道德理性的培养是君子德性形成的重要组成部分。“仁”是人的内在理性要求，而“智”则是对“仁”的自觉意识。只有通过学习，培养道德理性，把求真与求善结合起来，才能成就君子德性。孔子说，“好仁不好学，其蔽也愚。”有的人想求仁，却不喜欢学习“为仁”知识，不懂得智慧对于仁德的牵引，这就容易流于所谓“德之贼也”的乡愿。“学而不思则罔，思而不学则殆”，君子德性的形成并不仅仅是对一些礼仪的训练与习得，而思考必须参与其中。它需要思考的不仅是什么是体现道德要求的礼仪，怎样才能更好地习得这些礼仪，更主要是在原则层面思考“为什么这就是道德？我为什么要讲道德”？孔子把这种思考的落脚点定位在“安”与“仁”上。“安”是原则层面的道德理由，“仁”就是原则层面的道德本质。既然道德理性将道德本质赋予了“仁”。那么，什么是“仁”？孔子的道德理性认为，所谓“仁”，就是“君子思不出其位”、“不在其位，不谋其政”，而在其位就要正名，使自己的言行修养符合道德名位的要求，做适合自己身份的事情，说

① 《论语·公冶长》。
② 《论语·雍也》。

适合自己身份的话，这样的人就能为群体关系中的人所认可，成其为君子。“故君子名之必可言也，言之必可行也”，社会就自然而然地恢复到有序状态，实现社会政治的和伦理的固有秩序。可见，仁在严格意义上发端或者开始于人我之“间”，既不可能有一个作为绝对起源和出发点的、作为主宰和归宿的自我，也不可能有一个起同样作用的绝对他者。“仁只是一个人与人相互对待、相互造就的构成原则和中庸（用）原则，一种看待人的天性的纯境域方式”[①]。仁在严格意义上并没有任何‘本身’可言，如何在日常生活和行动中体现“仁”，这是道德理性在学习和成长过程中所需要回答的问题。

第三节 “循三纲”“可谓善”：董仲舒的道德原则判断与教育

循三纲五纪，通八端之理，忠信而博爱，敦厚而好礼，乃可谓善。

《春秋繁露·深察名号》

孔子以“仁”释德，认为在一种和谐的人与人的关系中的君子就是这种仁德的践行者，并由此提出了君子的人格理想和培养目标。这种道德的原则解读有着自身无法克服的问题：这种和谐的人际关系该存在一个什么样的共同体当中？孔子时而以一种客观存在的生活群体作为共同体，提出了亲亲原则，时而以理论虚构的君子作为共同体的唯一成员，提出了尊尊原则。

① 陈岸瑛、周濂：《走向思的源头——张祥龙先生访谈录》，载《中国学术论坛》，http：//www. frchina. net/data/detail. php？id＝1943。2005－01－23 20：52：47。

在孔子那里，客观人际道德状况没有为主观设想准备好生存的土壤。好人不好当，孔子道德的原则性建构的弊端为提出一种新的“系统”原则性道德判断范式埋下了伏笔。以董仲舒为代表的汉儒们从幕后走到了前台，实现了道德的原则判断的范式转换：用一种系统的范式来实现对道德的原则性解读。

一、历史对接：用“纲”（系统）解读道德

“纲，维纮绳也。”[①] 本义是提网的总绳。“纲”通常是与“纪”作为对应概念而出现的，“纲纪四方。”[②] “纲者网之大绳，故盘庚云，若网在纲，有条而不紊，是其事也。以举纲能张网之目，故张之为纲也。纪者，别理丝缕，故理之为纪。以喻为政，有举大纲，赦小过者，有理细微，穷根源者。”[③] 推演之，董仲舒用纲纪来表达道德，无非是为当时纷繁杂乱的道德要求思考出一个整体性、系统性的能放能收的原则出来。他说“循三纲五纪，通八端之理，忠信而博爱，敦厚而好礼，乃可谓善。”[④] 然而，董仲舒并非三纲的系统表述者。在他之前后都有学者论述和表述过三纲，那么为什么本研究把董仲舒作为三纲道德的代表者呢？这是第一个问题。第二个问题是，正如前面所言，纲的概念是与纪相对应的，董仲舒的三纲是与五纪（俗称为“五常”）对应着提出来的，那么，为什么本研究把三纲而不是五纪（或三纲五纪）理解为董仲舒道德的原则性表述呢？

董仲舒对三纲的具体内容没有直接的说法，后来班固所撰

① 《说文》。
② 《诗经·大雅·棫朴》。
③ 孔颖达：《毛诗正义》。
④ 《春秋繁露·深察名号》。

《白虎通》对之是这样解释的，“三纲者何谓也？谓君臣、父子、夫妇也。……故《含文嘉》曰：君为臣纲，父为子纲，夫为妻纲。”但班固的解释和《礼纬》的说法是不同的。在班固那里，三纲是指三对关系，但在《礼纬》中，三纲却是三对单向的关系。这种区别从三纲的萌芽时期就已经出现了。孔子说“君君臣臣父父子子”，意思是伦理关系中的每个人都要有与自己身份相同的样子，“认为调控这些关系的道德准则是双向的，即君礼臣忠，父慈子孝，双方都要承担自己的道德义务。”[①] 这种双向关系的思路在孟子和荀子那里也有所表露。如孟子说：“君之视臣如手足，则臣视君如腹心；君之视臣如犬马，则臣视君如国人；君之视臣如土芥，则臣视君如寇仇。”[②] 如荀子说：“若夫君臣之义，父子之亲，夫妇之别，则日切磋而不舍也。”[③] 但单向关系理解也并非没人表示过。就是荀子本人，他也说过“君者，国之隆也；父者，家之隆也。隆一而治，二而乱，自古及今，未有二隆争重而能长久者。”[④] 韩非子也说：“臣事君，子事父，妻事夫。三者顺则天下治，三者逆则天下乱，此天下之常道也。”[⑤] 在先贤相互矛盾的认识背景中，董仲舒提出的“三纲”新异何在？这种新异又如何面对历史的传承呢？

董仲舒与前人最大的不同就是他是以“系统”来表达他的道德诉求。所以尽管内容相仿，但实质却发生了根本性的变化。所谓系统，有学者将其内涵概括为四：“其一，系统是由若干要素组成，要素是构成系统组分或单元，单一的要素不成其为系

① 陈瑛主编：《中国伦理思想史》，长沙：湖南教育出版社，2004 年，第 319 页。

② 《孟子·离娄下》。

③ 《荀子·天论》。

④ 《荀子·致士》。

⑤ 《韩非子·忠孝》。

统，任何一个系统必须有两个以上的要素构成，即承认系统内部应具有可分析的结构；其二，‘系统’在于‘系’，即系统内诸要素之间、系统要素与系统整体之间的相互联系、相互作用，形成了特定的结构；其三，‘系统’还在于‘统’，即要素彼此之间联系成为一个统一的有机整体；其四，系统作为一个整体对环境表现出特有的功能，功能之所以为整体所具有，是由于功能以结构为载体，并在系统各要素的功能耦合中突现出来。”① 董仲舒把国家当成一个大系统，即“大一统”，认为如果人人都能够从系统的整体性出发，考察系统中个人间的关系，接受作为系统特征的“三纲”规定的角色，维护整个系统的正常运转和群体的福利，履行个人应尽的义务，那么这样的生活就是道德的生活。在系统的思想中，前面提到的单向或双向关系就成了系统内部对称要素之间的关系。至于对称要素之间的关系到底是什么样的，这留待下面从董仲舒一贯的阴阳合偶的系统思想来解读。

解读董仲舒的道德思想，不能回避的问题是怎样理解“三纲”与“五纪”、“五常”之间的关系。董仲舒说“循三纲五纪”，又说“夫仁、谊、礼、知、信五常之道，王者所当修饰也。”(《汉书·董仲舒传》)有人据此认为五纪就是五常，这种认识是错误的。首先，五纪的提法并非始于董仲舒，也一直不包含董仲舒“五常”的内容。《尚书·洪范》里有“协用五纪”，指的是“一曰岁，二曰月，三曰日，四曰星辰，五曰历数”等天象与时令，《庄子·盗跖》中“子张”所说的“五纪”：“子不为行，即将疏戚无伦，贵贱无义，长幼无序；五纪六位，将何以为别乎？”俞樾指出：“今按五纪即五伦也，《家

① 陈其荣：《自然哲学》，上海：复旦大学出版社，2004年，第46页。

语·入官》篇群仆之伦也，王肃注曰：伦，纪也。然则伦纪得通称矣。”① 董仲舒后的《白虎通》又有“六纪者，谓诸父、兄弟、族人、诸舅、师长、朋友也”的说法。可见，在思想史的脉络并没有赋予“五纪”有“五常”的内容。其次，所谓“纪”，是相对纲而言较为次要的伦理关系，“小者为纪”。所以董仲舒“五纪”的内涵究竟是什么，我们虽然无法从文献中获得，但显然不可能是“五常”。第三，董仲舒的“五常”也并非一个平面上的逻辑统一体。其中“仁”与“义”相对应，“仁治人、义治我”，组成一个统一体；“仁”又与“智”统一，“莫近于仁，莫急于智”。董仲舒其实很少论“信”，在《春秋繁露》中大概只有两处，一处说的是明主贤君要取信于民，一处说的是不掩盖自己过失的性情；如果把“仁”、“义”、“智”都当成性情来理解，那么，“礼”又是作为“体情而防乱”的外在规则而具有道德含义，正因为如此，董仲舒才认为“礼之所重者在其志”。第四，既然“五常”在董仲舒那里不属于一个统一体，那他为什么还要提出“五常”呢？这缘于他的逻辑类比推演方法。董仲舒谈天说地都是为了人，一方面类比法为他建立了逻辑较为严密的伦理体系做出了巨大贡献，但另一个方面，为讲究形式上的体系严密有时候他也不得不东扯西拉，为了在人间给“五行”配对，就组织一些常见的美德德目封为“五常”。但这人间的“五常”既不能象天的五行那样相互平行发挥作用，也无法相互繁衍和转化。可见，只有“三纲”，而不是“五常”才能表达董仲舒道德的原则主张。

二、问题梳解：“纲”表述道德的系统特征

“三纲”的确切含义是什么？董仲舒没有明说，但一致的

① 郭庆藩：《庄子集释》，北京：中华书局，1961年，第1004页。

理解是指君臣、父子、夫妻等三种主要社会关系。近代史上通常把董仲舒的三纲理解为“君为臣纲”、“父为子纲”和“夫为妻纲”的单向关系。这种理解有些一厢情愿，因为即使是断章取义的理解，我们既能找到诸如“君不名恶，臣不名善”之类的单向佐证，也能找到“夫兼于妻，妻兼于夫”之类的双向反例。正确解读董仲舒的“三纲”内涵，还需要从他一贯的阴阳和偶的系统思想出发。

“百物皆有合偶”，为了诠释他的合偶思想，董仲舒借用了阴阳概念，提出了“物莫无合，而合各有阴阳”① 的基本主张。在自然范畴里，人也是一物，天地的阴阳系统同样也能在人和人际中得以体现。正是从这一点出发，董仲舒才有下面的引申拓展：“天有阴阳，人亦有阴阳”②、“天地之阴阳当男女，人之男女当阴阳，阴阳亦可以谓男女，男女亦可以谓阴阳”③、“君臣父子夫妇之义，皆取诸阴阳之道。君为阳，臣为阴。父为阳，子为阴。夫为阳，妻为阴。”④ 也就是说，君臣、父子和夫妇的关系就是阳与阴的关系，也是合与偶的关系。君臣、父子和夫妇是社会的三大主要关系，如果能够实现这种关系的和谐有序，那社会也就能实现安定和谐。董仲舒从这一先在假定出发，系统地建构了道德的“三纲”原则主张。

首先，三纲系统是能够“统”的。“三纲”的偶合统一取决于二：一是每一单纲的对立元素能够统一，二是纲之间能够统一。对于前者，董仲舒借阴阳关系说“阳兼于阴，阴兼于阳，夫兼于妻，妻兼于夫，父兼于子，子兼于父，君兼于臣，臣兼

① 《春秋繁露·基义》。
② 《春秋繁露·同类相动》。
③ 《春秋繁露·循天之道》。
④ 《春秋繁露·基义》。

于君……阴阳无所独行，其始也不得专起，其终也不得分功，有所兼之义。”[①] 从头到尾，君臣、父子、夫妻之间都无法单独存在而有所“兼”。对于后者，董仲舒从天与天子的阴阳关系入手，颠覆了孔子“仁”者先“亲亲”后“尊尊”的主张，[②]而用君臣关系来统一父子和夫妻关系，说“天子受命于天，诸侯受命于天子，子受命于父，臣妾受命于君，妻受命于夫。诸所受命者，其尊皆天也，虽谓受命于天亦可。”[③] 可见，最终是“天”实现了三纲之间的统一。

其次，纲内对立元素能作为系统元素而独立存在。也就是说，三纲里面的每一组成元素都有它存在的意义，都能为系统的整体功能做出各自的贡献。如君须“贵爵而臣国”、“深居隐处”、“任贤使能”、“量能授官”、“引贤自近”、“考实事功”、“务坚其政，刚坚然后阳道制命”，臣须“朝夕进退，奉职应对”、“供设饮食，候视烘疾”、“委身致命，事无专制”、“竭愚写情，不饰其过”、“伏节死难，不惜其命”、“推进光荣，褒扬其善”、“受命宣恩，辅成君子”、“功成事就，归德于上”[④]；父之“所生”、“所长”、“所养”、“所为”、“授之”，子是“长之”、“养之”、“成之”、“续行之”、“受之”[⑤]，等等。

第三，纲内对立元素能相互依存、渗透和转化。这与它所依托的阴阳或者说偶合思想是一致的。如相互依存，“有美必有

---

① 《春秋繁露·基义》。

② 董仲舒在《无行相胜》篇通过太公诛杀营荡的故事表明了他对“亲亲”原则的否定。导致营荡杀身之祸的原因是他认为仁义就是“爱人者，有子不食其力；尊老者，妻长而夫拜之”的“亲亲”原则。而在董仲舒的道德体系中，“丈夫虽贱皆为阳，妇人虽贵皆为阴。”（《春秋繁露·阳尊阴卑》）。

③ 《春秋繁露·顺命》。

④ 《春秋繁露·天地之行》。

⑤ 《春秋繁露·五行之义》。

恶，有顺必有逆，有喜必有怒，有寒必有暑，有昼必有夜，此皆其合也”；相互渗透，“阳兼于阴，阴兼于阳，夫兼于妻，妻兼于夫，父兼于子，子兼于父，君兼于臣，臣兼于君”①；相互转化，“阳气起于北方，至南方而盛，盛极而合乎阴；阴气起乎中夏，至中冬而盛，盛极而合乎阳。”②

第四，然纲内元素是有主次之分的。“阴者，阳之助也”③、“阳贵而阴贱”④，正是类比于阴阳，所以“臣兼功于君，子兼功于父，妻兼功于夫，阴兼功于阳，地兼功于天”，而不是相反；也正是从如此的主次尊卑观念出发，董仲舒要求“善皆归于君，恶皆归于臣”⑤，主张“人臣之行，贬主之位，乱国之臣，虽不篡杀，其罪皆宜死”⑥，认为“子不奉父命，则有伯讨之罪”⑦，强调“丈夫虽贱皆为阳，妇人虽贵皆为阴。”⑧

纲内的主次之分有“＊为＊纲”的意思。后人常将这一点变成“三纲五常”的基本含义，认为两千多年来，它“对于禁锢、麻痹我国人民的革命意志”一直“起了极大的反动作用”。反驳该意见的学者通常把持历史主义的观点，以为“只是到了以后，随着封建生产关系走向反动，董仲舒对三纲的论证，才真正变成束缚社会发展的绳索”，而之前“其社会和政治的意义是进步的”。⑨ 在此，我无须对这两种对立观点表明态度，而

① 《春秋繁露·基义》。
② 《春秋繁露·循天之道》。
③ 《春秋繁露·天地之行》。
④ 《春秋繁露·天辨人在》。
⑤ 《春秋繁露·阳尊阴卑》。
⑥ 《春秋繁露·楚庄王》。
⑦ 《春秋繁露·顺命》。
⑧ 《春秋繁露·阳尊阴卑》。
⑨ 王永祥：《董仲舒评传》。南京：南京大学出版社，1995 年，第 274－275 页。

只是认为这两种观点都是从直观的社会现实出发论及思想的意义，从而忽略了两个理论事实：一是虽然董仲舒在三纲的元素之间有贵贱的区分，但他同时还有阴阳互存、互兼和互化的观点，“三纲”变为“＊为＊纲”看似是董仲舒的事情，其实并非如此；二是董仲舒论及三纲原则，一直都是从一种理想的状态出发。理想状态的君、父、夫并非现实状态的君、父、夫。抛弃了理想的前者责任，而一味论及后者的义务，显然不合于董仲舒的原意。

三纲之所以能成为一种道德的原则范式，其主要原因是它能够在理论上实现国家范围内的伦理统一，而这恰恰是秦汉以来社会现实对思想界提出的主要任务。汉初一直所奉行的黄老学说，最大的贡献就在于修养了百姓、增强了帝国的综合实力，但“无为而治的黄老学说在思想本质上是极端的自由主义或无政府主义，显然与帝国中央政府在政治、经济、文化、思想领域事实统一治理的路向相抵触、相悖逆，根本不利于社会伦理秩序的建立。”[①] 董仲舒本着阴阳合偶的辩证法思想，克服孔子“好人”模式的道德困境，建立起笼括社会基本人际关系的动态系统，这满足了当时社会现实的需要，从而成为一种典型的道德系统范式的原则主张。

三、“三纲”教化：性情紧张与仁义理性

董仲舒把人的灵魂分解为性情，性情说是董仲舒道德哲学的一个重要方面，也是他“三纲”道德原则在心灵扎根的前提条件。董仲舒以阴阳解释性情的关系，提出“性禾善米说”，

---

① 余治平：《唯天为大：建基于信念本体的董仲舒哲学研究》，北京：商务印书馆，2003年，第468页。

从而为道德理性的建立寻找到了灵魂的依据。董仲舒认为存在三类不同“性”的人，独“中民之性”具备道德理性教化的可能。

董仲舒认为人的灵魂由性与情组成，而性与情又是阴阳之气在天与人身上的体现。“天地之所生，谓之性情，性情相与为一瞑，情亦性也，谓性已善，奈其情何？故圣人莫谓性善，累其名也。身之有性情也，若天之有阴阳也，言人之质而无其情，犹言天之阳而无其阴也。”① 性与情都为天地所生，在发生学意义上，性就是情，情就是性，性与情一同开始，一同运行，也一样发生作用。

从性情论来看董仲舒并非严格意义上的唯道德理性主义者，但接着我们又发现董仲舒一直都在性上论善，认为善只能是出于性而非情。“善如米，性如禾”董仲舒把性比喻为禾（布、卵、茧、璞、瞑），而把善比喻为米（麻、雏、丝、玉、觉），从而提出了著名的“性禾善米说”。“善出性中，而性未可全为善也”②、“性虽出善，而性未可谓善也”③，董仲舒以为米出于禾，但禾不可能一定会成为米；善出于性，但性也不可能就一定为善。“止于内谓之天性，止于外谓之人事”④、“止于内谓之天，止于外谓之王教”⑤，也就是说，“性”是先天禀赋，是“天”、是“天性”，而善却是后天人为的结果，即“人事”和“王教”的结果。

人性中既然有善的潜质，也有为善的可能，但为什么不能

① 《春秋繁露·深察名号》。
② 《春秋繁露·深察名号》。
③ 《春秋繁露·实性》。
④ 《春秋繁露·深察名号》。
⑤ 《春秋繁露·实性》。

为善呢？董仲舒认为这是“利败之”。他说：“凡人之性，莫不善义。然而不能义[①]者，利败之也。”[②] 即人容易热衷于眼前的实际利益，而把道德原则放到一边。但他也说：“天之生人也，使人生义与利。利以养其体，义以养其心。心不得义不能乐，体不得利不能安。”[③] 可见董仲舒并非不承认利在人生生活中的作用，只是认为不能惟利是图，见利忘义。所以，他认为该以义制利教化民众，使民众成为“正其谊（义）不谋其利，明其道不计（急）其功”[④] 的君子。

董仲舒的“三纲”终究只是一种原则性的道德建构，要使这种建构深入人的心灵，改造人的人性，这还需要“立太学以教于国，设庠序以化于邑，渐民以仁，摩民以谊，节民以礼。”其中“礼”是“仁”、“义”的外化，对它的学习和把持还要以“志”为方向，所谓“礼之所重者在其志”[⑤]，而这所“志”的就是“仁”与“义”。在孔孟那里，仁义的关系是“人心”与“人路”的关系，而在董仲舒这里，“仁”与“义”却成了道德理性的两个相关的组成部分。董仲舒用了一组对比来描述两者关系：“以仁治人，以义治我”、“以仁安人，以义正我”、“仁之法，在爱人，不在爱我；义之法，在正我，不在正人”、“仁谓往，义谓来”、“仁大远，义大近”、“仁造人，义造我”。而教化就在于让“君子求仁义之别，以纪人我之间，然后辨乎内外之分，而着于顺逆之处也。”[⑥] 但我们不能据此就认为董仲舒

① 因为在董仲舒的人的善性结构中，“仁”与“义”是两个对等但功能不同的两个要素，所以，有时候他虽然只单提“仁”或“义”，但所指却是整个善质。

② 《春秋繁露·玉英》。

③ 《春秋繁露·身之养重于义》。

④ 《春秋繁露·汉书董仲舒传》。

⑤ 《春秋繁露·玉杯》。

⑥ 《春秋繁露·仁义法》。

的“仁义法”“在本质上强调的都只是‘自律’，根本还没有接近于‘他律’”①。因为，对于董仲舒而言，“三纲”就是一种外在法度，已经具备了他律的性质和要求。董仲舒强调仁义的区别，本质上是对道德的内外双重功能所区分的理性内容要求，这与自律或他律的道德动力来源无关。

“三纲”原则深入人心成为“仁义”道德需要道德理性的发挥。在董仲舒那里，道德理性发挥的路径就是“深察名号”、“循名得理”：法天的“三纲”道德正确规定了生活中每个人的系统身份和地位，并依此给予相对于其他人的名分。道德理性就是要根据每个人相应的名分判断出其应当的道德对待。比如“天子”名就是“天之子也”，这规定了其美德就该是在道德系统中法天而立道，按天意行事，对天尽人子之道；比如“民之号取之瞑也”，就是因为“万民之性，有其质而未能觉，譬如瞑者待觉，教之然后善”②，规定了民在道德系统中就该自觉地接受仁义教化。

第四节　“性即天理”：朱熹的道德原则判断与教育

性即天理，未有不善者也。

《孟子集注》

“三纲”包容了人世间的一切伦理关系，董仲舒用它来解读道德，并使之在原则层面上通自然“天道”，下接实践“权变”，从而建立了一整套完善的系统范式的道德判断体系。董仲

① 余治平：《唯天为大：建基于信念本体的董仲舒哲学研究》，北京：商务印书馆，2003 年，第 298 页。

②《春秋繁露·深察名号》。

舒的这套“王道之三纲”为汉王朝建立最广大疆域的霸业，为中央集权的地方郡县制的逐渐普及，为人民生活秩序的安定等等做了足够的收拾人心的工作。作为意识形态和道德理念，其命运是与大一统的汉王朝紧密相连的，它既为后者提供理论的论证和指导，又以后者为自己根本的社会支柱。因此，当汉王朝的统治分崩离析的时候，这一理论也就不证自明地瓦解了。特别是汉以后，除了唐王朝实现了比较长久的全国性统一和平外，“三纲”所支持的地域基本上都处于风雨飘摇之中，这一状态一直持续到并加剧于朱熹所在的年代。因此，重新理解道德，并提供合适的证明就成了当时紧要的任务。

“三纲”道德理解范式崩溃的并不仅是政治的过错，“三纲”自身也有难以克服的漏洞，突出地表现在：首先，在理论设计上，“三纲”不仅是一种道德模式，也是一种政治模式。这种配套设计最容易导致的问题就是当人们无心细致理解“三纲”精神时，就不自然地用政治来理解道德，把皇帝统治意志的是否畅通作为道德的唯一评价指标。道德评价本身并没有错，错就错在用错了标准，因为事实已经证明谁也不能保证现实封建王权的正确使用。我们知道，孔子时代的礼乐制度如此，封建王权的统治制度同样如此，任何现实的东西都无法作为一种永远正确的标准而存在。其次，尽管董仲舒在理论设计上强调“仁义法”，强调前者爱人，后者正我的区别，但“三纲”本身却很容易被当成一种外在于人心的规范存在：道德就不再是“仁，人心”的内在诉求，而成为一种范本外在于人本身。当“三纲”就成了一种外在摆设的时候，讲道德就不再是出于道德自身的缘故了。

可见，克服“三纲”原则判断范式的以上两种漏洞就成了新的道德原则判断范式的根本要求。朱熹积极地利用前人的理论成果，创造性地用“理”作为道德的原则表述，建立起一整套内涵丰富的道德体系。朱熹的“理”是一种“伦理”，道德就是对伦理的遵守，该“理”超越了具体制度和习惯规范，认为它们之所以是善或恶的，那是因为它们尊崇或违背了先在的“理”的缘故。

朱熹的“理”表达了对一种美好生活的向往。在朱熹所在的年代，不仅南宋宣布自己的统治秉承天命，在唐王朝留下的地理版图内，与之并存的政权还有辽、金、西夏、大理、吐蕃诸部、西辽、蒙古等。这些政权无不宣布自己统治的合法性。特别是金与南宋之间的拉锯战，破坏安定、残害生灵，但都以一种天意的说法坚持认为自己行为的正确。在这种情况下，朱熹高举“理”的大旗，他的理想社会寄希望于南宋政权，但却努力通过乡规里约来实现“理”的扩张；他力举抗金，但却以“理”来规约南宋的最高统治者。这就是说，朱熹的以“理”为主导的理想社会的实现至少需要包括两个方面：首先是以血缘、地缘和人情为纽带建立起稳固的道德共同体，这种道德共同体的扩张就形成了南宋王朝范围内的“理”序道德共同体；其次，以“理”“正”君，通过人君的正心术，以实现天下的和平安定。

一、“天理”：原则判断的抽象与实现

朱熹的“天理”实际上有两层意思。一是本体意义上的，通常又被朱熹以“太极”、“道”与“天理”所称呼。在这重意义上，“理一分殊”指的是“理”本来就只有一个，但它落实和体现于万事万物之中，万事万物中的理还是同一个理。格物就是格具体的物，但知晓的理却只能是唯一的理，所谓累积与顿悟都只可能是纯粹的次数归纳与醒悟，“理”却没有任何质

的变化；一是事物之理，我们习惯称之为具体规律。在这重意义上，“理一分殊”指的就是理本体与各事物之理的区分。“合天地万物而言，只是一个理；及在人，则又各自有一个理。”[1]所谓累积与顿悟就是指在日益积累具体的事物之理的基础上，突然发现这些理背后还有个更加深层的理在支配着，以使它们表现出这些具体的人伦要求出来。

“理”的两层意思使理具备了收缩伸展的可能。从逻辑伸展来看，本体“理”具有无极而太极的性质，万物同该“理”。该“理”是宇宙本原和最高的伦理原则的本体，它经由“气”而派生了万事万物，万事万物的存在和运转方式也都表现出它们各自的独特规律，这些独特规律就是具体的“理”。从逻辑收缩来看，人类可以通过对各种具体事物的揣摩钻研，发现各自的独特规律，在不断钻研的基础上，突然醒悟这些具体的“理”上面还有一最高“理”的存在，正是因为后者，前者才有存在的可能。“理”的收缩自如既保证了“理”的超越性，使之不被世间具体人事所左右，也保证了“理”的实践性，使之不成为玄家的清谈和佛门的虚空。概括来说，朱熹在人伦方面对“理”的具体化有两套方案。

(1)“三纲”是“理”的具体化。朱熹说：“其张之为三纲，其纪之为五常，盖皆此理之流行，无所适不在”[2]、“三纲者，君为臣纲，父为子纲，夫为妻纲。”[3]因为有“三纲”体现了“天理”，所以做子女的就该以使父母欢愉为宗旨，“父母有过，下气怡色柔声以谏，谏若不入，起敬起孝，说则复谏，不说，与其得罪于乡党州闾，宁孰谏。父母怒不说，而挞之流血，

---

① 《朱子语类》卷一。
② 《晦庵先生朱文公文集》卷七十。
③ 《论语集注》卷二。

不敢疾怨，起敬起孝。”[①] 做臣民的就该“故以孝事君”、“以敬事长”、“然后能保其禄位，而守其祭祀。”[②] 做妇女的就该守“三从之道：在家从父，适人从夫，夫死从子。”[③]

（2）“五伦”是“理”的具体化。“三纲”在朱熹的解释里主要是一种单向关系，而五伦包含了双向的义务和权利。朱熹说：“尝窃谓自天之生此民……叙之以君臣、父子、兄弟、夫妇、朋友之伦，则天下之理，固已无不具于一人之身矣”[④]，“五品，父子、君臣、夫妇、长幼、朋友五者之名位等级也”[⑤]。在五伦之中，朱熹认为最根本的是君臣与父子两伦，“君臣父子之大伦，天之经，地之义，而所谓民彝也”[⑥]。五伦是天理之当然，所以人无法超脱于外，朱熹用了充分的证据证明了这一点。他说，“天下只是这道理，终是走不得。如佛老虽是灭人伦，然自是逃不得。如无父子，却拜其师，以其弟子为子；长者为师兄，少者为师弟。”[⑦] 试图自己超脱的佛老超脱不了这人伦，试图把别人隔离出人伦也隔离不了，“如父慈子孝，虽九夷八蛮，也出这道理不得”。[⑧]

朱熹在具体的伦理设想方面并没有超出前人的论述，而更多地表现为一种归纳和总结。不仅如此，海纳百川的概括总结带给他的不仅是“集大成者”的名誉，也有无法解决的矛盾冲突。如“三纲”的单向关系与五伦双向关系的相互冲突；“理”

① 《朱子语类》卷二十七。
② 《朱熹集》卷六十六。
③ 《大戴礼记》卷八十。
④ 《朱熹集》卷十五。
⑤ 《朱熹集》卷六十五。
⑥ 《朱熹集》卷七十五。
⑦ 《朱子语类》卷六十四。
⑧ 《朱子语类》卷十六。

的唯一性与解释的多样性的相互冲突；“理”的格物后得的优越性与人伦现实的普遍性之间的冲突；君臣人伦遭遇父子人伦的冲突。这些冲突把朱熹的任务凸显出来了，他要么为所有的人伦关系寻找到一个超越于任何现实的先验存在，以此作为现实道德合理性的依据和目的；要么在现实层面改革混乱的人伦主张，提出新的能够自成一体的合理人伦关系设想。偏向任何一端都可能给朱熹带来不便：如果照顾前者，那么所有的努力都可能被混乱的现实冲淡；如果照顾后者，那么先验理由的缺失自然会使他的努力不被别人所承认。事实表明，朱熹在两难的天平中偏向了前者。这到底是因为时代的需要，是师承的传统，还是别的什么原因？我们不得而知。

二、“天理”：原则判断的人伦与人性

为了保证上述外在人伦关系与内在心理的顺利对接，朱熹不仅把人伦与“理”实现了对接，也把构成这些人伦关系的心理要求与“理”进行了联姻。大致的途径是：（1）从“人伦”的外在关系到“孝弟”的内在心理。无论朱熹对人伦是做单向或双向的理解，其基本的关系是一定的，那就是从父子开始到君臣、朋友等。可以说，每对关系都对应着一种心理要求，在朱熹看来，这些心理的习得首先是从“孝弟”开始的。因为他认为“于亲孝，故忠可移于君；事兄弟，故顺可移于长”。（2）由“孝弟”进而为“仁”德。朱熹秉承了孔子的思想，认为“孝弟”为“仁”之基础。他说：“这个仁是爱的意思，行爱自孝弟始”，又说：“亲亲、仁民、爱物，三者是为仁之事。亲亲是第一件事，故孝弟也者，其为仁之本与！”。也就是说，“孝弟”与“仁”有两层关系：一是孝弟是仁的根本，前者是后者的基本成分；二是孝弟是仁事，“仁是理，孝弟是事”，“孝弟”

是"仁"行之事。(3) 搭建"仁"的实践回归路径。朱熹说,"仁是爱之理,爱是仁之用。未发时,只唤做仁,仁却无形影;既发后,方唤做爱,爱却有形影。"① "仁"的内涵是"爱","爱"又是"仁"行的途径。从这重意义上讲,任何人伦关系都应该是"爱"的关系,所以"仁"行天下,"理一"是爱,"分殊"还是爱;当然,爱的方式各不相同,比如做儿子的孝,做臣子的忠,所以在这里"理一"是爱的时候,分殊却产生了各种各样的"理",比如忠、孝、弟等等。

外在"人伦"与内心"仁"爱对接只是问题解决的第一步,细致解决"仁"的心理德目才能为对接做好充足的心理准备。朱熹为仁准备了两套德目,一是"不言智礼义者,仁该全体。能为仁,则三者在其中矣。"②;二是"该仁也者,五常之首也,而包四者,恻隐之体也,而贯四端"③。那么,到底该取那一套解释呢?从次数上讲,他并提"仁义礼智"比并提"仁义礼智信"的时候多;从朱熹的言语来看,他似乎倾向于仁包四德,而不是五常。如他说,"仁则为慈爱之类;义则为刚断之类;礼则为谦逊;智则为明辨;信便是真个有仁义礼智,不是假,谓之信。"④ 可见,朱熹在本体"理"的实践过程中,再一次地表现出他的综合杂糅和含混特点。

朱熹在对接中所要做的最后一步就是在人的心理为"理"找到合适的位置。朱熹说:"仁者,人之所以为仁之理也,然仁,理也;人,物也。以仁之理,合于人之身而言之,乃所谓道者也",也就是说,"仁"就是"理"或"道"。不仅如此,

① 《朱子语类》卷二十。
② 《孟子集注》卷三。
③ 《论语或问》卷一。
④ 《朱子语类》卷二十。

朱熹还用一个专有的名词“性”来表示“理”，规定对于特殊的物——人——而言，“理”只能用“性”来称呼。性与理的区别也就是人性与物理的区别：“天之生物，有有血气知觉者，人兽是也；有无血气知觉而但有生气者，草木是也；有生气已绝而但有形质臭味者，枯槁是也。……以其分之殊，则其理之在是者不能不异。故人为最灵，而备有五常之性，禽兽则昏而能备，草木枯槁则又并与其知觉者而亡焉。”① 当把“天理”给予“人性”后，人伦之爱就有了“仁”的“理”了，这正所谓“人物之生，必得是理，然后有以为健顺仁义礼智之性”。②

值得注意的是，这句话并没有说完，它紧接着的是“必得是气，然后有以为魂魄五脏百骸之身”③。为什么还要接上一句呢？这与朱熹的天理运行观是分不开的。朱熹以理和气为逻辑原型，说明宇宙本体是如何转化为现实的具体的人性的。就理气的关系而言，一方面是“理气相即”，理和气在事实上不可分割；另一方面是“理本气末”，理为本体，气为现象与功用。所以，人之为人的普遍共同本质是秉承了天理的人“性”，这个性又叫“天命之性”、“天地之性”、“义理之性”、“本然之性”；而这是为了与另外一种性，即“气质之性”相对应。在朱熹看来，天地之气转化为人的气质，即人的感性生命之躯、具体的生理和心理结构，它是人的实际存在样式。“天地之性与气质之性的关系，如同理于气的关系一样，也是本体和现象的关系，也是相即不离的”，④ 人应该秉承天理，获得天命之性，但人却由于禀受气质的清浊、昏明、偏正、纯驳不同，造成了

① 《晦庵先生朱文公文集》卷五十八。

② 《大学或问》卷一。

③ 《大学或问》卷一。

④ 黄明喜、于述胜：《中国教育哲学史》（第2卷），济南：山东教育出版社，2000年，第162－163页。

对“天命之性”的偏移，而这就需要教育来“变化气质以复性”了。

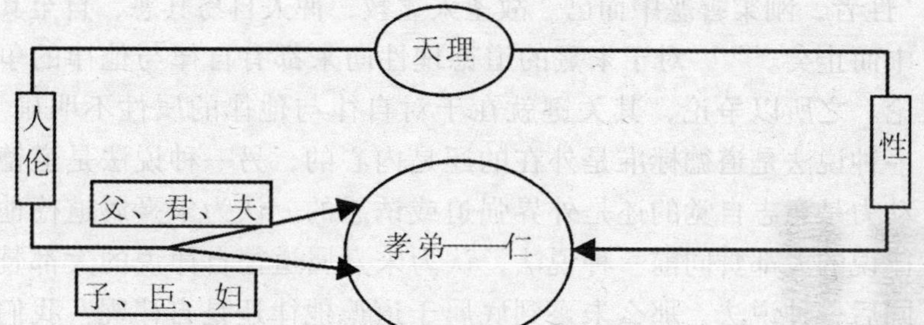

总结上面的分析，我们不难发现存在两条路径的对接：一是天理产生了外在的人伦，人伦就好象支出的双角叉，叉中间能够连接的线就是那“忠、孝、弟”等“仁”爱精神，而这种精神又在人心的某个角落里；一是天理在人身上又称为人“性”，其实应该叫“天命之性”，而这“性”却又是一种“仁”爱之“理”。可见，朱熹的两头包抄实现了“人伦”之理与人“性”之“理”的统一，实现了“理”的本体抽象与人心具体的统一，从而把一种本体的理转化为人伦的性，建构了完整的道德原则体系。

三、“理”性养成与醇儒人格

“变化气质以复性”，这句话有几层意思：首先，气质是人所要改造的对象。气质的变化过程就是人们对潜在的天命之性和不完全、片面的气质之性转变为现实的、全面的和完全的“性”，本质上也是一个化气质为义理、使人的生存活动理性化的教育过程。

其次，气质虽然可以变，但气质的变化并不是一个轻而易举的过程，也不取决于任何外在的力量，而取决于理性的自觉。

朱熹说："人之为学，却是要变化气禀，然极难变化。……须知气禀之害，要力去用功克治，裁其胜而归於中乃可。濂溪云：'性者，刚柔善恶中而已。故圣人立教，俾人自易其恶，自至其中而止矣。'"[①] 对于朱熹的道德理性向来都有自律与他律的争论。之所以争论，其关键就在于对自律与他律的属性不明确。一种说法是道德标准是外在的还是内心的，另一种说法是道德动力是意志自觉的还是外界强迫或诱惑的。认为朱熹属道德他律说的大都赞同前一种说法，认为朱熹属道德自律说的大都赞同后一种说法。那么朱熹到底属于道德他律还是自律呢？我们不妨先来看看康德的说法："自律原则就是：在同一意愿中，除非所选择的准则同时也被理解为普遍规律，就不要作出选择"，"如若意志在它准则与自身普遍立法的适应性之外，从而走出自身，而在某一对象的属性中去寻找规定它的规律，就总要产生他律性。"[②] 可见，康德眼中的自律与他律的关键区别就是道德的普遍原则要求能否合于自身的意愿。不合却强迫遵从就是他律，合而自然遵从就是自律。而无论是他律还是自律，动力都是来源于自身的自由意志。按康德的说法和上面的分析，朱熹主张的道德应该属于自律道德。

最后，气质变化的过程是"穷理"的理性化过程。"穷理"根据"理"的不同可以一分为二：一是穷本体之理，即知其所以然之理；二是穷具体人伦之理，即知其所当然之则。这两种穷理过程对应两种理性要求，即"知"与"觉"的要求。朱熹是这样解释知觉关系的："知，谓识其事之所当然；觉，谓悟其理之所以然。"[③] 知主要是理解，懂得所以然的道理；觉则是体

① 《朱子语类》卷四。

② 康德著，苗力田译：《道德形而上学原理》，上海：上海人民出版社，2002年，第60页。

③ 《孟子集注》卷九。

悟，意味着主体由纯粹的知进一步体认到所当然要做的事和成的人，并且所知也转化为主体的内在德性。“从人格本体的建构看，由知（明）到觉（悟），显然是主体意识的重要飞跃，道德的境界和道德的意识正是通过由知到悟的不断过渡而逐渐形成的。”① 觉悟的过程是认知的过程，觉悟出来的是“理”。过程与结果之间有着某种不一致性，这不仅体现在前者是内化，后者是外在，更体现在前者如果不以后者为导向的话，觉悟就会成为一种工具理性，而失却了道德理性的主导地位。朱熹很强调两者的不对等关系，他对“仁”与“智”等关系的强调体现了这一点：“仁者，天地生物之心，得之最先，而兼统四者，所谓元者善之长也。”② 也就是说道德理性自然地包括了觉悟的要求，但分开讲，仁爱需要觉悟理性的辅佐。

“变化气质以复性”的最终目的是为了成就醇儒人格。什么是醇儒？如何实现醇儒？对此，朱熹在与陈亮的争论中做了阐述：“愿以愚言思之，绌去义利双行、王霸并用之说，而从事于惩仇窒欲、迁善改过之事，粹然以醇儒之道自律”③。按照朱熹的解释，醇儒的基本特征即在于注重内在的涵养，实现天理与人心的浑然一体。这种人格期盼有个基本的前提假设，那就是以为理想人格的全部内涵已具体而微地蕴涵于天理的依据之中，道德修养的过程无非就是转换不良的气质，净化后天的习染，以回复到本善的起点。这种前提假设把天下士人的道德任务都简化为内圣，这一方面源于现实没有给他们提供外王的机会；另一方面也由于很多士人一旦从政后就忘记了人格修养的

① 杨国荣：《善的历程：儒家价值体系的历史衍化及其现代转换》，上海：上海人民出版社，1994 年，第 291 页。

② 《孟子集注》卷三。

③ 《晦庵先生朱文公文集》卷三十六。

考虑。所以说，这种提法有它的现实意义，但它作为一种人格目标既容易造成人格模式的简单、封闭，也因为以为强调忍让、收敛而造成人格的扭曲。

第五节 “必以约为之基”：严复的道德原则判断与教育

今夫社会一切权利，必以约为之基，此其说诚无可议。

《严复集·〈民约〉平议》

朱熹把“天理”当成了框，在它的名义下，一切前贤发表的伦理主张都能往里面装。当然，朱熹也不是混装，而是通过纵向上天理与人伦的对接、横向上人伦与人性的对接，实现了从本体自然到价值原则、从外在律令到内在心性等双重路向地把这些像珍珠似的道德言论巧妙搁置。然而，当历史走到严复的时候，朱熹这套“天理”范式的道德原则主张显然无法面对时代的挑战。

一、灾国难民与“特操”德性

国内外对严复的研究特别是其政治与道德主张的动机研究大致表现为对立的两极①：一是以史华兹为代表的，他们主要

① 其实还有一种解释，那就是以汪晖为代表，他认为，在严复那里，“无机界、有机界、精神、社会、道德之本原、政教之条贯、保种进化之公例，以至农、工、商、兵、文字、语言、女权、民主、宗教、国家、种族，都必须纳入到天演的范畴中加以理解”。见：汪晖：《现代中国思想的兴起》（下卷，第一部），北京：三联书店，2004 年，第 863 页。本研究大致赞同这种观点，因在严复的道德自然章节中已有相关论述，故这里不再分析。

是围绕“寻求富强”来研究严复的理论假设；一是以黄克武[①]为代表，他们主要是围绕“自由”来探讨严复的理论工作。研究的主题不同，对严复道德及其动机的解读也就不同，而这些又深深地埋藏着解读者各自的民族与地域的身份特征。[②]

史华兹认为，严复的一切主张和曲解原著式的翻译都是为了一个目的：寻求中国经济的富裕和政治（军事）的强盛。所以，“严复的所有信奉必须都放在由国家危机造成的背景中来看”。也就是说，当我们在理解严复对科学、自由、平等、民主和群的价值的肯定的时候，要清醒地认识到“引起严复最强烈反响的，却是它们能作为达到富强的手段这一直接价值。”[③]抱着这一目的，严复在西方找到了两样致富的法宝：一方面是必须充分发挥人的全部能力，另一方面则是必须培育把能力导向为集体目标服务的公益精神。所以，严复的道德原则主张就是“公”，“把公心置于自由思想的中心位置”[④]。史华兹的判断不谓没有道理，但为什么侧重于富强方面的推测？这与他置身中国之外的身份特征有关。对于史华兹而言，他是事后写作（写于1964年），他看到的中国只是一个曾经经济贫穷、政治落后的任人宰割的国家，他们无法设身处地地认识到当时中国亡国灭种这一严重的可能性（这两个判断的差别是弱与亡的差别），

① 黄克武，台湾中央研究院近代史研究所副研究员。严复研究方面的代表作是《自由的所以然——严复对约翰弥尔自由思想的认识与批判》，上海：上海书店出版社，2000年。

② 当做如此判断的时候，并不意味着否定他们研究的真实性，而只是说明他们的研究因为带有身份特征，采取不同的研究方法，从不同的视角切入这个论题，而各有侧重或偏颇。

③ 本杰明·史华兹著，叶凤美译：《寻求富强：严复与西方》，南京：江苏人民出版社，1996年，第59页。

④ 路易斯·哈茨：《序言》，引自本杰明·史华兹著，叶凤美译：《寻求富强：严复与西方》，南京：江苏人民出版社，1996年，第2页。

所以他们无法想象时局给严复更多的思考是如何“保种”，而不是如何“富强”。

相反，台湾学者黄克武在《自由的所以然》中认为严复对穆勒的误会是与对穆勒的批判交织在一起的。他指出，严复不是不了解穆勒对个人自由和个人尊严具有终极价值的想法，而是不了解的是弥尔关于“自由的所以然”。严复的自由主义思想显露出三个特点：(1) 追求富强；(2) 肯定自由、民主、与资本主义，但拒绝己重群轻的个人主义，并强调己群并重；(3) 调适性的渐进改革。[1] 当研究把中心定位到“自由”上的时候，道德就成了“合适”的问题：自由对个人和国家的发展来说是合适的，自由在多大程度上对个体和群体来说是合适的？等等。黄克武的研究不谓不扎实，然而上述评论都是在穆勒思想与严复译著间展开，从而忽略掉了严复当时面临的另外一个问题——区别于外患的内忧问题——国民几无“特操”的能力。这种能力绝对不是站在个人与群体对立的角度所做的思考，而是对个体受压制、怎样积极有效地寻求身心解放的一种热切期望。也就是说，在严复那里，是积极自由延伸出消极自由，而不是相反。这一点对于缺乏真切生活体验的台湾学者而言，的确难以想象。

事实是，对于严复来讲，除了史华兹所说的寻求富与强，除了黄克武所言的寻求个体权利与界限外，严复更为关注的问题是：如何“保种”和“明特操”。当然，并不是只有严复认识到了国与民的灾与难，比如与严复有这密切联系的洋务派和维新派就认识到并试图改变这一状况。但严复不同意他们的做

---

① 黄克武：《自由的所以然——严复对约翰弥尔自由思想的认识与批判》，上海：上海书店出版社，2000年，封三。

法。首先是洋务派，洋务派兴办洋务，试图富强祖国，但他们把“保国”与“保教”混同，试图在旧的道统和伦理关系中做文章，所谓新民“智德力”根本不会出现；其次是维新派等，虽然他们积极掀起了全国性的抵制美约运动，并积极立宪变法，但严复认为他们是错误地利用了群众的斗志，“言破坏，则人人以破坏为天经；倡暗杀，则党党以暗杀为地义”，这实际上是在利用“头脑简单之少年”，并非真正的“兴民权”。①

严复清楚，“保种”与“明特操”并不一定意味着“幸福”的实现，但它却是民德的根本。史华兹非常精明地发现，穆勒是从“能力”和活力的角度来讲个性的，而严复则倾向于把这种形式的“个性”与他自己的斯宾塞主义的“民德”概念相联系。比如穆勒书中有一章的标题是“论个性为人类幸福的因素之一”，严复却把它翻译成“释行己自繇明特操为民德之本”，并在概述段落里说“民少特操，其国必衰”。② 这反映了严复把美好生活下降到了其基本条件“保种”的层次，又把“特操”规定为一种基本的德性，从而实现了德性修养与“保种”和“明特操”两个基本目标的统一。

二、“特操”德性与“契约”原则判断

严复把“特操”定义为德性，面临的直接问题就是：这种德性的原则标准是什么？或者说，严复认为“特操”乃为人之为人的价值之所在，那么这种价值的普遍性当作如何解读？很少有人能意识到，在严复的心目中，潜在着一种契约的精神。

① 严复：《与熊纯如书》，载《严复集》（第3册），北京：中华书局，1986年，第645页。

② 本杰明·史华兹著，叶凤美译：《寻求富强：严复与西方》，南京：江苏人民出版社，1996年，第126页。

这种精神支撑着严复对世界“天演”本体的信念，贯穿着严复对特操德性与群体生存的思考，也通融于价值理想与现实改革的可能与力度之间。

说严复用“契约”来理解道德，有些冒天下之大不韪。因为在不少学者的心目中，严复对“卢梭”、“社会契约”、“天赋人权”这些关键词一直都甚为恼火[①]。直接的证据就是，严复在《〈民约〉平议》中，对卢梭的社会契约论进行了观点列举和系统批判。严复认为，“卢梭民约之大经大法”有三：“（甲）民生而自由者也，于其群为平等而皆善，处于自然，则常如此。是故自由平等而有乐善者，其天赋之权利也。（乙）天赋之权利皆同，无一焉有侵夺其余之权利。是故公养之物，莫能与私。如土地及凡土地之所出者，非人类所同认公许者不得据之为已有也；产业者皆篡而得之者也。（丙）群之权利，以公约为之基；战胜之权利，非权利也。凡物之以力而有者，义得以力而夺之。”[②] 严复列举完卢梭的主要观点后，逐一反驳认为：（1）人权并非天赋，而是能赋（能力获得）；（2）公约是以气力为基础，而非权利为基础；（3）和约是交易，而非出于公许。[③] 从上文看来，严复的确对“社会契约”没什么好感。但问题是，我们也能在严复的著作里逐条找到其对社会契约的肯定。

---

① 支持这一观点的论著大致有：王宪明，舒文：《关于戊戌时期严复传播〈社会契约论〉和〈天赋人权论〉问题的再探讨》，载《河北学刊》，1997 年第 1 期。第 98 – 101 页；颜德如，宝成关：《严复笔下的卢梭思想》，载《中华文化论坛》，2004 年第 2 期，第 132 – 136 页；欧阳哲生：《严复对卢梭思想之批判述评》，载《求索》，1995 年第 6 期。第 111 – 113 页；郑师渠：《严复与卢梭的〈民约论〉》，载《福建论坛（人文社会科学版）》，1995 年第 2 期，第 45 – 50 页。

② 严复：《〈民约〉平议》，载王栻主编：《严复集》（第 2 册），北京：中华书局，1986 年，第 335 页。

③ 严复：《〈民约〉平议》，载王栻主编：《严复集》（第 2 册），北京：中华书局，1986 年，第 335 – 340 页。

比如，在人权天赋上，“彼西人之言曰：唯天生民，各具赋畀，得自由者乃为全受。……侵人自由者，斯逆天理，贼人道。”[①]；在权利契约上，“今夫社会一切权利，必以约为之基，此其说诚无可议”[②]；在民约公益上，“卢梭之为民约也，其主张公益，可谓至矣”。[③]

那么，到底是严复自身反复无常，还是我们误读了他？《〈民约〉平议》最后一段的首尾两句话或许能给我们某些提示。严复是这么写的：“总之，卢梭之说，其所以误人者，以其动于感情，悬意虚造，而不详诸人群历史之事实。……然则统前后而观之，卢梭之所谓民约者，吾不知其约于何世也。”严复的话至少有三层意思：第一层意思是卢梭之说故做玄虚，情感鼓动，而非诉诸理性；第二层意思是卢梭的说法不符合历史事实；第三层意思是卢梭的“民约”主张现在不可行。其中，第一个方面说的是天赋人权观，这在严复道德自然有关章节有所讨论，这里略去不议。第二层意思本来就不是个问题，因为卢梭向来都是把社会契约当成一种主张，而并非说它已经成为历史事实了。倒是第三层意思值得推敲。卢梭的“民约”为什么现在不可行呢？通观《〈民约〉平议》，大致理由还是外忧内患，即外面殖民者力量强大，他们讲究的是强权，靠力气来制定和约，获取权利。“约固在也，力实成之”，而不是相反。“夫和约亦约也，犹交易然。所售者，和平而争息也。而受约者，以土地为之代价。”[④] 所以跟他们说契约，无非是以土地为

① 严复：《论世变之亟》，载王栻主编：《严复集》（第1册），北京：中华书局，1986年，第3页。

② 严复：《〈民约〉平议》，载王栻主编：《严复集》（第2册），北京：中华书局，1986年，第339页。

③ 严复：《〈法意〉按语》，载王栻主编：《严复集》（第4册），北京：中华书局，1986年，第1022页。

④ 严复：《〈民约〉平议》，载王栻主编：《严复集》（第2册），北京：中华书局，1986年，第340页。

代价来换取和平；而内患呢，就是国民缺乏行使权利的能力。如果在这种情况下鼓吹民约，那将会造成“喋血捐生”又“无济于治”的“一误再误”的结果。[①] 有学者指出，严复之所以这么排斥卢梭，其本意却不是在排斥契约思想，而是在讽劝康有为、梁启超。该学者详细考察历史资料后发现严复评论卢梭有两次高峰：一次是在 1905 年以《政治讲义》为标志，而这“多处批评卢梭的言论，自应与批评抵制美约运动中的情绪化行为和梁启超等人宣传鼓动的特点有着不可分割的联系”[②]；一次是在 1914 年以《〈民约〉平议》为标志。但严复在文中对卢梭“动于感情，悬意虚造，而不详诸人群历史之事实”的批评与当时对康有为、梁启超的批评如出一辙，如“若论造成此势，则清室自为其消极，而康、梁以下诸公为其积极。二者合，而大乱遂有不得不成之势”、“梁任公笔下大有魔力，而实有左右社会之能……于是头脑简单之少年，醉心《民约》之洋学生，至于自命时髦之旧官僚，乃群起而为汤武顺天应人之事”、“大抵任公操笔为文时，其实心救国之意浅，而俗谚所谓出风头之意多”。[③] 可见，并非严复不赞同契约民权，而在于他认为当时的中国无法真正实现契约民权。

坦白地讲，导致中国不能真正实现契约民权的原因就是：列强不跟清廷讲契约，而国民没有“特操”能力行契约。归根结底，国民少“特操”。假如国民有“特操”，就能行契约，其国也必强盛；国家强盛，就有跟外人讲契约的可能。那么，“特

① 严复：《与熊纯如书》，载《严复集》（第 3 册），北京：中华书局，1986 年，第 614、633 页。

② 蔡乐苏：《严复拒卢梭意在讽康、梁》，载《近代史研究》，1998 年第 5 期，第 29 页。

③ 严复：《与熊纯如书》，载《严复集》（第 3 册），北京：中华书局，1986 年，第 645－646 页。

操”究竟是什么？在严复的心目中，契约为什么能成为“特操”的衡量标准呢？“特操”在穆勒原书中是“individuality（个体性）”，而“individual（个人）”则被翻译成“特操异撰”之士，或“豪杰非常之人”。严复把“特操”作为人的最高德性。个人“各修其特操，在循异撰，而各臻乎其极”时，就能“各进极其高明，而成纯粹雍和之全德”。①

当我们在个体自由发展的层面解读严复的道德价值要求的时候，我们不能忘记了从他一贯的天演论推导出来的不仅只是个性的发挥，还有就是人的群体性存在。严复曾经区分过两种不同性质的群：第一种是生物学概念，即人类为了保存自己的生存资料而在摆脱自然的控制的过程中所形成的群；第二种是伦理学概念，它既标志这一种社会群体或社会结构，同时又表示这个群体或结构赖以形成的道德本质。② 第一种概念使“民人者，固动物之类也”③，而第二种概念则使“人之所以异于禽兽者，以其能群也”。④ 也就是说，群性本身就是人性，“能群”是人的最基本的德性，“特操”的基本表现就是“能群”，即能在一种契约的精神状态中生存。

“能群”不仅是“特操”的性质规定，“群”的存在与意义本身就需要“特操”来保证和发扬。从而，严复说“特操”并不是说一个人“放诞、恣睢、无忌惮”⑤，而是始终站在群体的

---

① 严复：《群己权界论》。北京：商务印书馆，1981年，第66、67页。

② 汪晖：《现代中国思想的兴起》（下卷，第一部），北京：三联书店，2004年，第863页。

③ 严复：《原强修订稿》，载王栻主编：《严复集》（第1册），北京：中华书局，1986年，第16页。

④ 严复：《原强》，载王栻主编：《严复集》（第1册），北京：中华书局，1986年，第6页。

⑤ 严复：《〈群己权界论〉译凡例》，载王栻主编：《严复集》（第1册），北京：中华书局，1986年，第132页。

角度来赋予它意义。特操之人，首先是"兼成己成德之功"，然后就是"明德新民"，"常为世俗之师资"[①] 对于严复当时的社会而言，国家就是一个最直观、最值得和最需要关注的群。"无特操则其群必衰"、"民少特操，其国必衰之理"、"特操之民，社会所待以进化"，相反，如果国家"不自由则无特操"[②]。在国家"群"上，严复尽情地表达了"特操"与"群"的同一关系。

"群"的本质是契约式存在，"能群"则为契约能力。在《〈民约〉平议》里，严复认为在评议卢梭的《社会契约论》前，我们必须要区分两种性质的契约。[③] 这两种性质的契约正好对应于"群"的两种含义，是我们正确理解"特操"德性与"契约"原则关系的关键。第一种契约是霍布斯（严复译"郝伯思"）在《利维坦》（严复译《勒肥阿丹》）中论述的：基于人性恶的假设，人之始犹禽兽，在弱肉强食面前，不得已而相约为群。有群就有君，民"一身天赋之自由，与所主万物之权利"都给了君主，此种权利让渡既是民所愿意也是君所愿意的事情。君民的契约就此形成。这种契约是民让渡自己权利而服从，而君则享有完全之自由的契约。第二种契约是洛克在《政府论》（严复译《治术论》）中论述的：基于人性善的假设，人天生平等无束。为了保证人人都能按照自然法所赋予的权利谋求彼此间舒适、安全、平和的生活，人们能协议联合组成一个共同体，愿意各自放弃他们此前单独行使的部分权利让渡给了统治者。而契约之所以有价值，那是因为它保障了个人的自然

---

① 严复：《群己权界论》，北京：商务印书馆，1981 年，第 75－76 页。

② 严复：《群己权界论》，北京：商务印书馆，1981 年，第 67、74、76 页。

③ 严复：《〈民约〉平议》，载王栻主编：《严复集》（第 2 册），北京：中华书局，1986 年，第 334－335 页。

权利，即“特操”的发展和运用权利。

自由与契约如同个体与群体一样，是一物之表里。霍布斯的契约理念是与现代意义上的“消极自由”所配套的契约理念：[①] 民众不关心是谁来统治他们，而关心统治者能给我多大的活动限度；民众有没有能力不能成为考核是否拥有自由的标志，但被控制的程度却决定了自由的可能。它是民与君的契约，是基于“自我约束”后的权利诉求。洛克的契约理念是与现代意义上的“积极自由”相配套的契约理念：[②] 民众都是自己的主人，而统治者的职责乃是维护和促进公共福利；民众只有有了成为自己主人的能力，才能真正地享有自由。它是民与民的契约，是基于“自我肯定”后权利让渡。

行文至此，我们就可以解决两个似是而非的问题：（1）严复反对卢梭的契约论。我们通常是从“自我约束”的层面去理解了契约精神，并把它作为严复反卢梭的理论假设。而事实是，严复恰恰以为基于“自我约束”后的权利诉求是不可能做到的，因为列强是用气力而非约束来拟订和约。严复并没有放弃他一贯的基于“自我肯定”后权利让渡的契约理念，这种契约

① “消极的自由”，和针对以下这个问题所提出的解答有关，亦即：“在什么样的限度以内，某一个主体（一个人或一群人），可以、或应当被容许，做他所能做的事，或成为他所能成为的角色，而不受到别人的干涉?”。在这种意义下，自由就是“免于……的自由（Liberty from…）”。若我是自由的，意思就是我不受别人干涉（强制）。不受别人干涉的范围愈大，我所享有的自由也就愈广。参见伯林著，胡传胜译：《自由论》，南京：译林出版社，2003年，第189－200页。

② “‘自由’这个词的‘积极’意义源于个体成为他自己的主人的愿望。我希望我的生活与决定取决于我自己……我希望成为我自己的而不是他人的意志活动的工具。……我希望成为一个主体……希望被理性、有意识的目的推动……我希望是个人物……希望是一个行动者……我希望意识到自己是一个有思想、有意志、主动的存在，是对自己的选择负有责任并能够依据我自己的观念与意图对这些选择做出解释的。”伯林著，胡传胜译：《自由论》，南京：译林出版社，2003年，第200页。

理念与他“保种自强”基本心态是一致的；（2）舍己为群。严复的确有“群己并重，则舍己为群”[1]的说法，但这说法却是站在生物学的“群”和“契约”的角度说出来的，他要求舍己为群，其实就是希望个体的消极自由服从于国家的整体利益。又因为从个体积极自由的角度看，国家的整体利益恰恰是个体所“约”和其“特操”实现的，所以“舍己为群”的本质意义并不是个体利益服从于整体利益，而是消极自由服从于积极自由的需要。我们完全可以正确地说，消极自由与积极自由不可分割，前者是后者的前提，后者本身就包含了前者的内容。但两者毕竟是基于不同的人性假设和不同的契约理念下的自由方向。用严复的话来说，就是前者“虚”后者“实”，前者是“自由”，而后者是“自繇”，不可混淆使用。[2]

“契，刻也”；“约，缠束也”。[3]严复理解的“契约”看起来是对自我权利的让渡，但让渡的前提恰恰是对“特操”的一种积极肯定。表面上看，严复是在反卢梭反《民约》，而恰恰在这“反”的过程中表达了他的契约观：一种建立在个体能力（特操）发展的前提下，建立在国家民族强盛的基础下的关于主体共享权利的约定。“其为约也，实自立而自守之，自诺而自责之，此约之所以为公也”，这样的“约”“行于平等”，是真正的约，而不像“尊者之约”“行于上下”，“非约，令也”。[4]所以，能够真正地“以约为之基”，这是衡量是否具备“特操”

① 严复译：《天演论》，载王栻主编：《严复集》（第5册），北京：中华书局，1986年，第1393页。

② 严复：《〈群己权界论〉译凡例》，载王栻主编：《严复集》（第1册），北京：中华书局，1986年，第133页。

③ 《说文》。

④ 严复译：《天演论》，载王栻主编：《严复集》（第5册），北京：中华书局，1986年，第1367页。

德性的原则性标志。

三、"新民德"的德性解释与道德教育

民众"以约为之基"实现"特操"，其前提条件就是民众的德智体的优秀。在对国外的观察中，严复发现，"彼民之能自治而自由者，皆其力、其智、其德诚优者也"，所以，"是以今日要政，统于三端：一曰鼓民力，二曰开民智，三曰新民德。"[①] 严复此说的提出，标志着以"人的全面发展"为的特征的现代道德教育思想在中国的开端。

首先，他第一次提出人的德智力全面发展的德性观，打破了传统意义上覆盖一切、主宰一切的由"道"至"德"的人性一体论。从此，"道德"失去了一统人性的地位，而成为和"智"、"力"并列的人性完备的三要素之一。在历史上，虽然孔子提出了"仁者不忧，知者不惑，勇者不惧"的"君子道者三"[②]，从三个纬度来解释君子德性，但这三个纬度以"仁"为核心的。这不同于严复，严复思想中的学问、体质等可以摆脱道德的束缚而单独发展。尽管在严复的思想建构中，这三者能够统一于"特操"德性，但思想毕竟与现实有些差距。在现实教育中，严复的德智力全面发展的德性观一方面为人性的开放和自由，为个体的知识、能力和意志力量的提升提供了可能性；另一方面它也为"专家没有灵魂，纵欲者没有心肝"[③] 大开方便之门。

---

① 严复译：《原强（修订稿）》，载王栻主编：《严复集》（第1册），北京：中华书局，1986年，第27页。

② 《论语·宪问》。

③ 马克斯·韦伯著，于晓等译：《新教伦理与资本主义精神》，北京：三联书店，1987年，第142－144页。

其次，“德育当主于尚公”[①]，“新民德”中的“德”已经不再是传统意义上的个体完善的道德意义上的“德”，而是强调“自由”、“平等”基础上的“各私其国”的一种现代公民意识、一种现代政治伦理。[②] 严复认为，中国传统道德实质上是一种“以奴虏待吾民”和“奴虏自待”的奴隶道德，而现代公民道德只有强调国民不再是“奴虏”而是主人，并承担自治的权利和义务时，才能保证了主体道德理性的完全发挥，保证了“特操”和真契约的实现。“尚公”教育的提出一方面解放了人的自由，保证了人权的平等，另一方面也开了一条把道德仅仅等同于公德的口子。“公”是相对于“私”而言的，它主要有两条含义：一是相对于个体利益而言的群体利益，另一是超越一切群体而言的人类利益。所以，相对于后一条含义而言，前者的公只是局部的，本质上就是一种“私”。就“尚公”的原始意义而言，它应该是超越于一切群体利益的人类美好生活考虑；但对于严复思想的紧迫任务而言，他的“公”被解读得显然没有那么彻底，而成了以国为单位的私。即使从功利的角度考虑，道德本应当公私利益兼顾，但严复如此的解读显然开了以私代公、以公的名义行私的口子。从此，道德教育就经常被理解为以“爱国”为旨归的教育，所谓道德理性也变成了“爱国”理性，这显然是违背严复本意的。

---

① 严复：《论今日教育应以物理科学为当务之急》，载王栻主编：《严复集》（第2册），北京：中华书局，1986年，第282页。

② 郭灿：《严复与近代文化转型》，载《深圳大学学报（人文社会科学版）》，1996年11期，第93页。

本章小结

从“君子”、“系统”、“天理”到“契约”，道德的原则判断出现了如此的范式变化，但不变化的是道德对美好生活的原则支持。这是因为：美好生活首先就是一种道德生活，美好生活的实践需要一个绝对的原则标准，这个标准就是“公正”。“君子”、“系统”、“天理”、“契约”演绎的都是公正；美好生活其次是一种德性生活。尽管对德性的解释千变万化，但不会改变的就是人性成就德性的可能。也就是说，无论道德判断如何演变，它都连接着外在的人际公正和内在的德性完美。牵着外在与内在的这条线就是道德理性的力量。

德性是中外都流行的伦理学词汇。西方系统论述德性的始祖是亚里士多德。亚里士多德列举了很多具体的德性条目，如温和、勇敢、羞耻、节制、义愤、公正、慷慨等等。但亚里士多德又给以上德目套上了两条绳子：一是实践。德性只生成于德性的活动，不谈实践而空谈德性是无意义的；二是适度，德性是使我们在所有这些事物上做得适度的那些品质。怎样的实践才是适度的，这当然取决于道德的原则判断。道德的原则判断就是选择那些出于意愿的并且是预先考虑好的道德心向。意愿和考虑当然都是理性活动，即道德理性的判断行为。中国系统阐述德性的始祖是孔子，孔子认为君子应该具备“恭宽信敏惠”的德性，这种德性来源于孔子自己所言的“视思明，听思聪，色思温，貌思恭，言思忠，事思敬，疑思问，忿思难，见得思义”[①] 的“思”。思的过程就有道德理性的原则判断内容。

---

① 《论语·季氏》。

也就是说，不管德性如何，其最后的发挥作用还需要道德理性的支持和控制。道德理性此时就是一种实践理性，它就是要在道德实践中思考什么样的行为才是道德行为，并践行之。也正如亚里士多德和孔子所认为的那样，真实的德性只有一种，或者叫适度，或者叫中庸。当道德理性所把握的适度或中庸置于外在实践时，它就表现为“公正”。“公正”就是公开地、合乎理性地考虑人际关系。公正是道德生活的唯一标准，也就是康德所言的“绝对律令”，它是人是否讲道德的唯一判断标准。当然由于道德理论家对道德的原则性标准理解不同，所以就造成了道德的“君子”、“系统”、“天理”、“契约”等不同的原则判断范式。

道德教育就是要让学习者在道德认知和行动中“死守善道”，服从于道德理性所选择的原则标准。这就牵涉到两个方面的问题：第一个方面是道德如何表现它的原则存在？这属于道德认知的范畴，即道德主体如何判断道德的存在样式。第二个方面是道德如何体现为人性追求？这属于道德心向的范畴，即道德主体如何认可他所认定的道德？这两方面缺一不可。如果教育者仅仅强调前者，那么道德就往往表现为一种外在的规范要求，而缺失了道德主体的理性体认过程，成了康德所言的“他律”道德；如果教育者仅仅强调后者，那么道德终将失去一条客观的原则标准，而成了自以为是的道德。道德教育就是要唤醒主体的道德理性，充分思考德性修养和人际道德的真实所在，做到发自内心的而又属于普遍的道德律令的坚守。

我们可以从两个案例来具体地展示该道德教育问题。

案例一：2005 年 12 月 6 日以来，国人对一位叫做洪战辉的人发生着兴趣，并将他推到了央视 2005

年感动中国候选人的高度。“洪战辉的仁爱之心，做事的责任感，无忧无惧、不卑不亢、自强不息的个人修养，足以承担一个时代‘道德英雄’偶像的称号”，教育学者任晓林说。当人们在对洪战辉十几年来的“普通人”精神风貌由衷赞美的时候，洪战辉却宣布“不接受捐款”，并与“自立、自强”联系起来，这又让国人兴奋地以为“他的‘道德’精神能和雷锋的‘奉献’精神一样，在21世纪成为全体国人的民族精神”。①

但本研究并不如是观。有意（媒体使之与本身没有道德含量的超女事件对比）无意（洪战辉把不接受捐款等同于自立自强）地拔高洪战辉事迹的道德意义，实际上是过度地理解了道德的含义。洪战辉不接受捐款，但他又不能很好地照顾他自己

① “核心提示：在湖南怀化学院的校园内，每天早上一位23岁的男生，都会用自行车，把一个10多岁的小女孩送到石门小学，晚上再接回到他们的住处—男生宿舍下的楼梯间。这位男生就是2003年从河南省西华县考入怀化学院经济管理系的洪战辉。而那位小女孩和洪战辉并没有血缘关系，是犯有间歇性精神病的父亲捡来的弃婴。由于母亲离家出走，这位捡来的妹妹，由他一手带大。从洪战辉读高中时，他就把一直把妹妹带在身边，一边读书一边照顾年幼的妹妹，靠做点小生意和打零工来维持生活，如今已经照顾了12年。”本故事最先报道的是《郑州晚报》，后来被新华网、人民网、《郑州日报》等多家媒体跟踪报道和转载。2005年12月18日9：30，GOOGLE网以关键词“洪战辉”搜索的网页达29400条之多。可参见：《河南大学生带着捡来的妹妹求学12年》，http：//news. xinhuanet. com/school/2005 - 12/08/content_ 3892860. htm，时间：2005年12月08日10：04：48；《新闻述评：带妹求学大学生　时代偶像的榜样力量》，http：//news. xinhuanet. com/politics/2005 - 12/09/content_ 3898459. htm，时间：2005年12月09日10：50：31；《带妹求学大学生：接受捐款会让我丧失自立》。http：//society. people. com. cn/GB/1062/3930151. html，时间：2005年12月09日11：21；《洪战辉：无法选择命运但可以改变命运》，http：//www. edu. cn/20051214/3165971. shtml，时间：2005年12月14日17：04。

和他妹妹的生活，这首先伤害的是他和他妹妹的一种好生活的权利，是对自己和他妹妹的不道德；其次，道德并不是洪战辉个人的事情，社会自愿捐款反映了民众对一种生活共同体的认同。洪战辉不接受捐款，就是在用一种自我道德崇高换取社会道德共同体的实现。对于洪战辉而言，真实道德应该是积极利用社会民众的力量，实现自己和妹妹的健康成长。表面上看起来，这只是又一次的“道德高标”案例，但实质却是对道德本身性质的误解：（1）道德的原则尺度是唯一的，而不存在“高标”与“底线”之分；（2）道德是属于更大群体范围的，而不是洪战辉个人或者他兄妹俩的事情；（3）道德讲“自立”的德性，但该德性却是以道德理性的“适度”为核心。

> 案例二：“生活中的法律”课堂中，在课本所提供的一大堆法律名称中，老师按“是否与我有关”作为引子，引起了同学的讨论：因为学生认可的“与我有关”就是直接相关，比如《未成年人保护法》、《教育法》等法律与自己直接相关，《母婴保健法》勉强相关，因为自己曾经是婴儿。但是《个人所得税法》、《中华人民共和国兵役法》等都与自己太遥远了，所以无关。老师引导学生认识到因为父母的收入而与《个人所得税法》有关，因为需要安定的读书环境而与《中华人民共和国兵役法》相关。①

① 这是我在江苏镇江市中山路小学五（1）班听到的宦学义老师上的一堂“品德与社会”课。原计划两个课时，但由于时间仓促，我只听到了学生在第一堂课中的争论，而没有听到老师在第二堂课中的引导。所以我的分析不一定符合第二堂课的实际情况。

法律不是道德，但好法律的遵守需要主体的道德感。这堂课之所以不成功，其关键就是教师认识到了道德与生活息息相关，在“回归生活”为主题的新课程改革背景下，他就千方百计地引导学生寻找到法律与自己的难舍关系。这种做法的后果是很严重的，它容易导致：（1）为了道德教育需要，而编造其与“我”的联系。如强行地把爱祖国与祖国的大好河山相联系，使学生“全面了解祖国优越的地理环境，丰富的矿藏资源，壮丽的自然风光，从而培养热爱祖国的深情”等等；（2）从生活经验中去寻找讲道德的好处。如因为与“我”有关系，所以“我”要爱它。往下推理就是因为它与“我”没关系或关系不大，所以“我”可以不理会它；（3）为了给自己的不道德行为开脱，而寻找其他与之相关人的罪恶表现来论证自己的罪恶合理性。如外国也有腐败，腐败也与外国人生活相关，所以中国可以有腐败的说法。之所以造成这样的局面，其关键原因就是道德教育者虽然认识到了道德是存在于你我生活中的，但却忘记了道德的标准却不能在经验生活中自动生成。一种绝对的配享美好生活的道德是原则性的，它产生于“截断众流”的道德理性之中。

第三章　道德的实践判断与教育

道德的原则律令需要在实际生活中来体现它的存在。实践层面的道德判断需要解决的主要是小群与大群、我群与他群的复杂性群际关系。“义”、“权”、“义（宜）”、“辨”等核心词汇的含义随着时代情境的不同而发生转换，但究竟我正在与哪个群体共享道德生活？我能与哪个群体共享道德生活？我该与哪个群体共享道德生活的问题却一直是道德理性在道德实践时所需要考虑的。道德教育应向学生揭示道德实践的群际冲突，明确道德的先验原则在不同的群体有着不同的实践效果。当学生明了事实后，教育者通过他们在实际生活中的权衡与判断，促进学习者道德理性的最终形成。

第一节　群际生活：道德实践判断的基点

道德是配享美好生活的秩序原则。如果主体认识到道德对于自我的美好生活的重要意义并进而形成道德的原则判断的时候，我们说他已经在原则层面上形成了“什么是道德”的道德判断。但从“什么是道德”到具体的道德实践还需要经历一次判断。这是因为道德的原则性表述太过于抽象，所以它需要寻求一种具体的判断方式，需要解决“我如何讲道德”的实践困境。于是，道德的实践判断应运而生。

一、道德实践的复杂性

道德的具体化过程就是道德行为的形成过程，学者对道德行为形成模式已经有了比较成熟的研究，主要有两种互补的观点：(1) 有三种主要模式：日常生活习俗的确认式、人类情欲的超越式和社会运作模式的补充式。① (2) 中国传统伦理学有一个相当成熟和完备的道德规范体系，这一伦理道德规范体系蕴涵着独到的构建方法：因循自然的方法，阴阳互补的方法，以名定责的方法，由本推末的方法。② 以上学者的研究是从伦理学的角度开展的，它揭示的只是人类一般的道德行为形成方式。由此，他们的研究也有两个方面的局限：首先，这样的道德认识一旦形成，就成了僵硬的东西了，后来人只需接受这种规则，而缺乏道德主体对道德本身的理性判断；其次，该模式只是人类一般的道德行为形成模式，但道德的形成不是一种简单的逻辑生长，而是道德主体在具体生活情境下出于道德的实践判断和行为反映。

道德实践的复杂性主要体现在对具体情境下行为的道德意义的判断上。一种行为，我们对它的道德判断可以从三个方面展开：(1) 是不是道德行为？这要看行为发动者在行为发生时是否有道德意向，即主观上“讲不讲道德”。如果有道德意向，那么就可能是道德行为；而如果没有，我们只能说它是符合道德的行为，也可能是不道德的行为。(2) 是不是道德行为？这要看行为本身的事实判断。有些行为在一方看来是道德允许的

---

① 谢昌荣，任建东：《论道德规范的生成形式》，载《长沙电力学院学报（社会科学版）》，1999 年第 3 期，第 39 - 42 页。

② 焦国成：《中国传统伦理道德规范体系的构建方法》，载《中国人民大学学报》，1996 年第 3 期，第 29 - 36 页。

行为，因为这种行为不违背某种道德规则，而在另一方看来却是不道德的行为，因为它违背了某种道德规则。典型例子就是关于堕胎行为的争论。其实，这种争论不是“讲不讲道德”的争论，而是对行为本身的事实判断出现了分歧。比如支持妇女有堕胎权利的观点并不是不尊重人的生存权利，而只是认为胎儿没有生命，而反对妇女堕胎的观点并不是不尊重女性的自由权利，而只是认为生命权是最基本和最大的权利。所以，解决这类争论的关键不是道德本身，而是对生命存在的信念不同。(3) 是不是道德行为？习俗的观点认为这主要看对某种规则的道德意义的判断，载着病危人去医院的车该不该闯红灯？一种观点认为该闯，因为救人生命是道德行为；一种观点认为不该闯，因为闯红灯违背了基本的交通规则，不仅是对生命的不尊重，也是对别人权利的不尊重，因而不是道德行为。看起来，这是对救人规则行为与遵守交通规则行为那个更符合道德的争论，其实却是对道德行为发生群体范围的争论。即行为者本人此刻“应该与谁”共享道德生活：是该与一切生命个体共享道德生活，还是该与道路上的人共享道德生活？因为对这“应该”的对象发生了歧异，所以导致了对该行为道德价值的争论，也就是对哪种行为才是道德行为的争论。

以上复杂的道德判断过程就是主体道德理性的形成过程。在道德实践层面上，道德主体不仅在思考与判断“我”该不该发生该行为（也就是该不该用行为来体现一种道德生活？），也在思考和判断究竟什么样的行为才是道德行为？他思考的不仅是行为的事实本身，也在思考“我”如此行动的道德意义究竟该在什么样的群体范围内得到体现？这种思考是主体身临其境的思考，思考的结束就是道德行为的开始。思考的过程中主体的道德理性在开始形成，道德理性将在实践层面做出自己的道德判断和行为。

二、道德实践的群际特征

(一) 群与群际的真实存在

道德实践构成的复杂性来源于其群际特征。群的存在决定了群际的存在。"群"是一个复数概念。当我们将道德作为群体美好生活的秩序原则的时候，有一个问题就已经潜伏了，那就是：道德行为的道德意义究竟该在什么群体范围赋予？在道德的原则判断上，"群"是道德产生的前提条件，所有的道德判断都是在既定群的范围内展开的。但一旦到了实践阶段，这个潜伏的问题就开始暴露出来，因为随时随地，当我们思考或发生道德行为的时候，我们都无法回避道德的群际问题：我的行为对哪个群体的人具有道德意义？我能与哪个群体共享行为的道德意义？我应该与哪个群体共享行为的道德意义？具体来说：

我能与哪个群体共享道德？这里说的是群的客观存在。对于个体而言，有些群的存在总是客观的。任何国家都有"爱国"之类的道德要求，但爱国者却生活在不同的国家内。不同国家的爱国内容和方式是不同的，甚至有些根本冲突。比如希特勒统治时代的德国人的爱国就同当时法国人的爱国相冲突。①对于国家内的绝大多数人而言，生活在哪个国家是不能选择的，所以，一般而言，如果道德主体把"爱国"作为自己的道德准

① 希特勒的罪孽不等于希特勒主观上不讲道德。事实是，希特勒本人就认为德国的衰败是道德堕落的结果，要挽救德国就必须"重振道德"。我们不能简单地认为这是希特勒的鼓惑宣传，因为希特勒对德国人的道德自觉确信无疑，认为"只有日尔曼民族使道德律令成为行动的指南"。波里非亚特也承认："纳粹的屠杀持续了多年，(在德国) 却没有任何政界、法律界、医学界或者宗教界的领袖(转下页)

则的时候，他只可能与他生活所在的国家的人一起共享“爱国”的道德。希特勒所要求的爱国道德是把本民族的好生活建立在外民族的灭亡的基础上，对于有良知的德国人而言，他会拒绝这样的爱国道德，而选择保护或至少不侵害外族人的方式而生活。于是，这就产生了第二种群，即由“我该与哪个群体共享道德”的问题所推导出来的群。

我该与哪个群体共享道德？这里说的是群的主观存在。导致群的主观存在可能有两种前提：一是前面所分析的，即客观存在的群并不能满足自己的道德需要；一是因为在特定的情境下，我们本身没有一种客观的群的属性，属于哪个群完全靠自己的主观选择。比方说送病人去医院而闯红灯事件中，到底我该与人类生命体同系道德，还是与普通路人共享生活，这完全凭借自己的道德判断。

群与群际的存在是一种主客观共同作用的结果。如果是一权种纯粹的客观存在，那用马克思的话语来表述就是“虚幻的集体”，因为在这样的群里面，共同体至上的话语剥夺了个体话语，尽忠、奉献、服从的道德要求排斥与否定了个体的尊严、权利和利益。而如果只是一种纯粹的主观存在，那也是一种虚幻的集体，因为这种群超越了真实的生活情境，而变成了个人主观的梦想和呓语。主客观相互作用而诞生的群是一种真实的

（接上页）提出有意义的反对。人们发现：纳粹主义的伦理原则……与西方的伦理历史存在着某种承接……因而德国人接受纳粹的屠杀达 12 年以上，却仍然认为自己是有道德的人……仍然认为这是实现纳粹的最高目的所必须付出的代价。”转引自：杨慧林：《追问“上帝”——信仰与理性的辩难》，北京：北京教育出版社，1999 年，第 113 页。

尽管如此，我并非承认希特勒的行为具有真实的道德意义。之所以他所确立的道德主张不能为包括我在内的世界上更多的人所接受，关键还是因为他的道德主张所确立的日尔曼民族把世界上更多的人抛弃在外了。

群，“在真实的集体的条件下，各个个人在自己的联合中并通过这种联合获得自由。”[1]

（二）群与群际的类举

尽管任何人都试图把自己所认可的道德建立在一种普遍化的基础上，或者把它变成一种普遍性的原则。但实际上，个体经验所认可的道德却很难做到真正意义上的普遍化。这一方面当然是由于其他个体并不认可这样的普遍性，另一方面更由于个体生活范围和心理思考范围的限制，自觉不自觉地把缩小或者扩大了道德的普遍化程度。[2] 这种群际一般可以从血缘、地缘、身份等三个纬度来划分。

血缘：夫妻之间虽然没有血缘关系，但血缘关系的基础却来源于夫妻婚姻所产生的“房”或者“家”。这种血缘可从男性的角度区分为血统。如父子，以及上溯到宗族、更上追溯到民族、种族；也可以从女方追溯到亲戚，乃至“四海一家亲”。如果说，“讨了媳妇忘了娘”的俗语表明了该男人只愿意把道德行为的意义范围放到夫妻之间的话，那夫妻离婚却争抢子女抚养权的事实则表明该主体更相信道德的适用程度在于两代人之间，而不是原本的夫妻之间。简单的夫妻关系能构成一家人，“一家人不说两家话”，道德首先在家庭内部产生和应用。家的拓展可为族。族同宗，所以又叫宗族。宗族一般都有自己所认可的道德规范和秩序。这些规范和秩序是以宗族为单位的，他们的道德的适用程度也只存在于本宗族内。血缘关系的拓展到

---

① 《马克思恩格斯全集》（第3卷），北京：人民出版社，1965年，第82页。

② 有一种现象特别不能经受逻辑的推敲：往往两个不同的群体都宣称自己所信奉的道德是最真实的、最先进的，从而认为其他群体的道德主张如同他们群体特征一样该被取代或消灭。但我们却发现他们都共享着一般的伦理学主张，都有这彼此相同的道德生活诉求。这种现象从另外一个方面反证了道德实践的群际事实和道德普遍化的难度。

极至就是民族、种族，谓之同种。当道德以种族为基点的时候，所产生的种族冲突很多的是由于种族道德认可的冲突。此外，亲戚也绝非简单的由婚姻关系产生的事实，它其实也产生了一种群体的想象空间，亲戚之间的关照与牵制使道德得到落实。

地缘：土地是人生存的根本条件之一，正像血缘群体限制了人们的社会空间一样，乡土也限制了人们的自然空间，从而使人们的思维空间受到了限制。因人们生活范围的大小，可以粗略地划分为国家内的地方和国家之间的地方。国家内的地方的基本单位就是村落或者社区，它是一般人“生于斯，死于斯”的日常生活范围。我们常把因地方利益侵犯国家利益的行为当成是不道德的行为，但就其地方本身而言，这恰恰是一种为了生活群体谋福利的道德行为。小地方生活群体常常成为道德考虑的出发点。虽然我们有民族、种族、政权和信仰等等各方面的不同而成为某个国家区别于他国的标志，但国家地理范围的彼此分割却是最为明显的区别。国家要为各自领域内的民众谋福利，它通过政府意志和法律等武器在统治领域内把一个想象的生活群体变成现实。在群体内部，它需要民众克服小地缘的心理，把国家这个群体的利益作为民众的行为标尺。比如“爱国”基本上就是该群体的基本道德要求，所有的行为是否是道德行为都必须放到要求面前检验。以国家群体作为道德唯一出发点使国家利益能直接延伸到个体，克服了小地方的狭隘利益，符合国家范围的民众的总体利益。地方小群体的消解导致的往往是国家的大群体的形成，这不过是道德实践范围的一种拓展，它并没有解决道德的地域范围问题。把国家作为道德行为的出发点常常使国家利益凌驾于全球的利益之上，把世界作为某国繁荣幸福的工具。

身份：如果说血缘与地缘成为道德外部判断的基础是源于

某种生活经验而具有合理性的话，那么把身份作为道德实践的出发点和范围恰恰是人们想象出来的事情。现实生活的人们都有追求生活卓越的向往，一般都认为这种美好生活都是一种群体性的美好生活，可现实生活的人们并不因血缘亲疏和地理远近而成为能否共享美好生活的划界依据，于是，一种身份群体形成了。身份群体的基本单位是“朋友”，扩大化而成为“阶层”或者“阶级”。古人说“同门曰朋，同志曰友”，“朋友”它超越血缘、地缘、阶级、职业、性别等一切现实条件的分别，在相同的生活体验和患难与共的情境中，成为具有共同的人生信仰、共同的理想追求，乃至共享道德生活的某种人为群体。朋友的扩大化就是具有某种共同经济特征的阶级或者阶层。居于某个阶级和阶层的人常常把与他具有共同经济特征的人当成能够共同生活、共享理想和道德生活的人，他习惯于把他所属群体的道德主张当成是最理想的道德表征，并期望通过普遍化或者唯一化而成为其他身份特征的人的道德。

血缘、地缘、身份是主客观相互作用而产生的群际差别的根据。在现实道德判断中，三个角度往往共同发挥作用，这种作用我们通常统称为文化作用。例如：我们常说中国是一个文明之邦、礼仪之邦，这说的并不仅仅是认为一个地域范围内的道德水平的高低，也是说居住在这个国度里的人的民族血统（中华民族）的道德水平；给世界带来灾难的二战时期的德国宣称“日尔曼民族是世界上最优秀的民族”，这个优秀的血统包含了道德优秀的含义，但却是以民族文化的名义宣布和开展的；在中国的伦理学教科书中常有“无产阶级道德与封建阶级道德和资产阶级道德的界限”的阐述，在革命史教科书中又有“通过无产阶级革命，消灭资产阶级和封建阶级，建立无产阶级专政的国家”的革命纲领，可见，身份与地域也能结合起来以革命文化的形式来作为道德判断的出发点。

（三）道德实践的两种群际路向

血缘、地源和身份使人的群体性有了我群与他群、大群与小群[1]的区别。此与彼、大与小区别作为事实而存在，道德在群际冲突上主要表现为两个方面：一是道德的根基或者说出发点的问题；一是道德的普遍化问题。就前者而言，是我群或小群的整体利益还是他群或大群的整体利益作为根本出发点，这将是道德行为在具体生活面前的选择，即道德的实践判断问题。

无论是逻辑还是历史经验，都证明了实际上只存在两种路向：

其一是将我群或小群的美好生活和理想追求作为道德的根本出发点，并以此协调处理群际外的道德冲突。可能的处理方式有：（1）最极端的方式就是消灭群体外的生命。历史上历次的大屠杀在充分展示人的兽性的同时，也展示了屠杀主导者的简单道德推理逻辑：是他们挡住了我们追求美好生活的道路，所以为了将我们共享的生活和道德普遍化，他们不得不被灭亡；（2）其次的方式是利用。在古希腊雅典最繁荣的时期，境内人口约在40万左右，其中奴隶20万，外邦侨民3.2万，公民及其家属16.8万。所谓公民，亚里士多德界定为“有权参加议事和审判职能的人”，具有这种权利的公民约4万，仅占总人口的十分之一。然而，为了这十分之一人的美好生活和道德理想，有二分之一的人被当成了生产工具。公民共享的道德无法普及到这些奴隶的角落里；（3）同化。同化是一种比较温和的道德普遍化路径。它认可不同群体的存在，并认为自己群体内的生活和道德是最理想的生活和道德，主张用自己的“先进”生活

① 这里说的是小群，而非自我。

同化其他群体的生活，把其他群体生活变成本群体生活的复制，把其他群体的道德变成本群体道德的延伸。如果本群体的道德主张与其他群体相冲突时，本群体的道德主张将成为最后的评判标准。

其二是将他群或大群的美好生活和理想追求作为道德的根本出发点，并以此作为小群和个体之间道德冲突的协调指针。这种路向下可能的处理方式有：（1）并存。康德用绝对律令的形式规定了道德的基本原则："你的行动，要把你自己人身中的人性和其他人身中的人性，在任何时候都同样看作是目的，永远不能看作是手段。"① 主张人的理性要为自己的道德立法。可站在理性启蒙的角度，他实际上承认了两类理性的存在：任何人作为学者在全部听众面前所能做的那种运用，为理性的公开运用；一个人在其所受任的一定公职岗位或者职务上所能运用的自己的理性，为理性的私下运用。② 康德主张理性的启蒙，其实是主张人必须永远有公开运用自己理性的自由，也就是为履行绝对律令的理性自由。康德为公共理性寻找到了一种形而上的理论依据，但他却在大群的总体道德的背后，为私下运用理性（即以小群为道德出发点）留下了空间。实际上，不存在严格意义上的公开和私下，一件事情是否为道德的，并不是看它所发生的地方（私下或者公开），而是看它的目的和带来的影响（是牵涉到大群还是仅仅是小群内的）。比如会计精巧地做假帐可能是出于公司本身的利益考虑，但我们决不能从私下理性的角度称赞它为道德的，公司的假帐牵涉到整体国民的税

① 康德著，苗力田译：《道德形而上学原理》，上海：上海人民出版社，2002年，第47页。

② 康德著，何兆武译：《历史理性批判文集》，北京：商务印书馆，1990年，第24－25页。

收和诚信，所以我们必须用公共理性来思考它的道德性问题。(2) 包容。私下理性与公共理性不能并存的事实让罗尔斯察觉。所以他在《政治自由主义》中正式提出了公共理性的概念，主张用公共理性来处理源于完备性学说之间争执的矛盾，源于地位、社会分层或职业差别的矛盾，以及源于民族、性别或种族差别的矛盾，源于判断力担当的矛盾。在公共理性的理念下，道德的实践判断就是从最大的群的角度出发，将人类整体的美好生活和每个个体的福利作为道德的根基，而将因不同完备性学说、不同地位、社会分层、职业、民族、性别等等而产生的小群道德的包容其中。

尼布尔曾猛烈地批判了第一种路向。在《道德的人不与道德的社会》里，他至少列举了三个原因①：第一，群体道德意识是由组成群体的各成员关于群体应采取何种行为的不同见解组成的，群体内的个人必须考虑其他成员的利益，因此个人的自我超越能力在群体中受到很大限制；第二，个人进入群体后，道德责任转嫁给了整个群体或者分散给了群体的每一个成员，因而削弱了个人的道德责任感；第三，维持群体自身的生存本能，驱使群体以自身利益为绝对价值，而不顾甚至损害其他群体的利益。当然，作为对应存在的另一种路向也不是尽善尽美，图海纳就质疑——我们能否共同生存，那种既彼此平等又相互差异的生存②：因为在实践中，往往是某群体把自己群体的道德当成了一种最普遍的道德，忽视或者蔑视其他群体的道德诉求方式；在理论上，还没有一种能被各个群体所接受的绝对的

① ［美］莱茵霍尔德·尼布尔著，蒋庆等译：《道德的人和不道德的社会》，贵阳：贵州人民出版社，1998 年。

② ［法］阿兰·图海纳著，狄玉明译：《我们能否共同生存？——既彼此平等又互有差异》，北京：商务印书馆，2003 年。

普遍化道德。

无论是那一种路向，都是一种客观存在与主观假设相结合的产物，它无法排除一个事实：那就是大群或小群、他群或者我群并不因人们的主观愿望而存在或消失。于是，道德主体就面临着一个群际的道德判断问题。

三、道德实践判断的群际选择

（一）可能的道德实践判断

在考察道德的群际范围应该如何选择的时候，我们不妨首先来思考到底有哪些可能的群际行为。每种行为的结果从性质上讲，可以区分为有利、有害和无关。为简便起见，我们不讨论无关行为的道德意义，在分类的时候就直接把它放到有利一类中。每种行为的作用对象也可以区分为三种：行为者自己、小群（或我群）、大群（或他群）。为简便起见，我们不讨论行为对我群或他群的作用，在分类时候就直接把它对应地放到小群和大群中。我们可以用表格的方式穷举完所有可能的群际行为。见表3－1。

从表3－1中，我们可以看出，有8中可能的群际行为。其中第一种是行为者、小群、大群都得利的行为状态，这是一种和谐的道德行为状态，不需要讨论；其中第八种是既损人又损己，我们认为这是一种无德的行为状态，也不在我们的讨论之列。因为在实际生活过程中，大多数人是既想讲道德，但客观条件和主观心向却又无法保证和谐道德行为的实现。于是还剩下六种可能的群际行为。在这种局面下，道德主体面临着激烈的心理冲突和可能的行为选择。在不同的群际之间，哪种行为才是道德行为呢？

表 3－1　可能的群际实践判断列举表

行为序列	对自己		对小群（我群）		大群（他群）		道德判断
	有利或无关	有害	有利或无关	有害	有利或无关	有害	
1	A		A		A		道德和谐
2		B	A		A		群体优先
3	A		A			B	小群优先 1
4		B	A			B	小群优先 2
5	A			B	A		大群优先 1
6		B		B	A		大群优先 2
7	A			B		B	自我优先
8		B		B		B	道德缺失

（二）道德实践的群际判断

有一种观点认为，在利益主体相对独立性的前提下，从伦理学的角度来划分人的行为和相互关系，不外有以下三大类情况：第一，自己的行为有损于他人和社会，个人从中渔利甚至个人也无利可图；第二，自己的行为有利于他人和社会，个人也从中得到好处；第三，自己的行为有利于他人和社会，个人的利益被牺牲或损害。在这三种情况下形成的各不相同的行为规范，构成了道德实践层次的基本框架。与此相应的道德规范就有：第一，不准，防止他人和社会受害；第二，应该，通过各类社会角色的互利互惠，实现造福于人类的目的；第三，提倡，通过规范特殊情况下个人的行为，实现人类和社会的美好理想。①

这种观点跟主流意识相吻合，也容易操作，在中国有其代表性。但我们也发现这种观点的矛盾和漏洞。第一，该观点有

① 蒋建华，赵林捷：《道德规范的层次性及其若干问题的探讨》，载《学术界》，1998 年第 1 期，第 82－85 页。

一种严重的自我侵害和利益否定，把损己利人称为高尚人的道德规范行为，而把前两种称为“法人”和“普通人”的道德。我们认为，道德行为绝非仅仅表现为利他行为，也应该表现为利我行为。一种良好的道德状态应该是自我和群体都处于一种满足和美好的状态。我们应该提倡的是良好状态，而非极端行为。第二，该观点简单化了人际关系。尽管它列举了“他人”和“社会”，但并没有对“他人”和“社会”的内涵进行区分。它把道德行为发生的领域简单地看作是人与我之间，这是不符合复杂的事实情况的。第三，该观点忽视了道德产生和运用的理性冲突：行为应该在哪个群体范围内赋予道德意义？这是一个复杂的理性判断过程。

同样也有一种主流的观点简化了这个复杂的道德判断过程。那就是以道德原则的名义认为集体主义是社会主义社会的道德行为出发点。集体主义的提法来源于马克思，但在实际运用过程中，它体现出了与马克思相异的几点认识：首先，集体利益高于个人利益，个人利益服从集体利益，这是最基本的原则。其次，在集体利益之下不否认个人正当利益。再次，在集体利益与个人利益发生矛盾时，牺牲个人利益维护集体利益。① 这种集体主义其实是一种特殊的小群利益优先的主义。这种小群超越了家庭所自然构成的群，但也不同于国家这个相对而言的大群②。这样的小群优先主义的道德选择不仅会剥夺群体成员的正当权利，也会忽视群体外的他群和大群成员的利益。不仅

① 卢坤：《从个体伦理到“集体与个体”二维伦理——论当代集体主义道德建构路径》，载《哲学研究》，2005 年第 3 期，第 115 - 116 页。

② 李雨村认为，集体是与国家和个人相对应的概念。他说，“在国家、集体、个人利益关系之间，三者之间的利益关系不是恒定不变的，而是动态的。”见李雨村：《对集体主义内涵的重新界定》，载《理论前沿》，2004 年第 16 期，第 15 页。

如此，这种简单的对某种唯一群体范围的推崇还会导致主体道德理性的缺失。

正如表 3 - 1 所示，在和谐的道德生活里，个体、小群（我群）和大群（他群）相互组成了一个群际圈，我们不能把群际圈里的任何一极绝对化，使它成为这个圈的最高目的。一种道德的生活不仅是个体的，也是群体的，但它又并不单独地属于哪一个群体。这三极中的每一极都同时是目的与手段。行为如果要成为道德所认可的道德行为，那么它的道德意义就需要三者共同来赋予。任何实践领域的道德理性发展，都面临着个体的自主性、对小群（我群）的参与、对大群的归属感三者的联合的发展。

道德的实践判断呼吁着道德理性的努力。在人类历史发展的不同时期，道德主体面临着不同的群际冲突。在群际冲突中，我们的主体理性在思考着“如何行为才是真正的出于道德的行为”，试图寻找着个体、小群和大群之间的和谐与平衡。思考的过程就是道德的理性判断过程。道德教育在道德主体的实践过程中通过道德判断，实现了道德理性的展现、发展和成熟。

第二节　“君子义以为质”：孔子的道德实践判断与教育

君子义以为质。

《论语・卫灵公》

“仁”在孔子的思想体系中，传达的是一种原则性的道德。秉承“仁”德的人在日常行为举止中会表现出一些规范性的动作和言语。这些规范动作和言语的规则被称作“礼”。我们也可以这样说：在某一既定生活群体里，“礼”是发自于主体之外的，来自于社会性的规则要求，而“仁”却是发自主体内的，表现为社会性的言行原则。“仁”与“礼”的如是关系，使得两者的统合变得复杂起来：一方面，如果把持“仁”德的人都走到一起，形成一个“同仁”的君子“群体”，那么，这个群体内部就能够实现“礼宜乐和”的社会理想秩序；另一方面，因为“群”的形成不仅需要客观上的体现，也需要主观上的认可。一旦某“群”被认定，“群”外和“群”内也就被人为地划出了距离，“仁”需要在群际间寻找一种平衡表现。

可见，在“仁”之外，存在一种划定“仁”德群际范围和寻求群际平衡的道德实践。孔子将这种道德实践品质称为“义”。就外显而言，如果说“仁”的核心着力点在于主体“我”与客体“他”之间的关系，“仁”的有与无意味着主体缺德的否与是；那么“义”的核心着力点就是主体“我”能与并且该与哪个客体“他”共享“仁”德？“义”的有无则意味着主体道德实践理性的在与否。被称为亚圣的孟子很好地概括了孔子的“仁”“义”关系，那就是“仁，人心，义，人路”。“义”是仁心的一种实践展露。

一、“义”：道德的实践判断

君子之所以为君子，就在于他拥有“仁”德，而一个人是否拥有“仁”德，其关键在于他是否能被别人所认可。在孔子的心目中，这个“人”是有群际区别的。根据对《论语》的分析，孔子至少区分了以下几种群：家与国；乡与国；华夏与夷狄（有道之邦与无道之邦）；君子与小人；人与非人。在不同的群中，君子“仁”德不一定表现为某一固定样式，这也就是孔子所说的“君子之于天下也，无适也，无莫也，义之与比。”①

① 《论语·里仁》。

(一)“义”在家与国之间

道德在家与国两个群际的选择上，孔子的判断最为现代流行的观念所批判。相关的材料是“叶公语孔子曰：‘吾党有直躬者，其父攘羊，而子证之。’孔子曰：‘吾党之直者异于是：父为子隐，子为父隐。直在其中矣。’”[①] 现代较为流行的观念认为，孔子用血亲伦理取代了社会正义，公正与正义观念因受到挤压与扭曲而难以得到普遍确立与伸张。[②] 所以理该受到抵制和批判。这里，我并不想用所谓“人性角度”来为孔子的这种言论做辩解，而想探询的是：叶公的观点基本上等同于现代流行的主张，孔子也并非不知道这种观点，但他为什么还要提出“父为子隐，子为父隐”的别解呢？对这个问题可有两种解释：首先，孔子只是说出了另外一种关于“直”的实践判断，至于他家乡的“直”是否符合“仁”，孔子并没有明确的说法。我们甚至可以说，孔子对君子“仁”德的基本品质“直”在面临家与国群体范围的选择时，他也是处于矛盾和选择之中。孔子提出的只是一种可能的求“仁”之路，究竟哪条道路是合理的？这取决于“义”的判断。其次，假设文本的正确理解应该是孔子认为“父为子隐，子为父隐”才是“直”，才合“仁”，那么，我们应该从“仁”的起点来看待这种选择。孔子的“仁”表达的是一种关系，这种关系是靠“能近取譬”的方式建立起来的，对于普通一人而言，这个“近”就是“家”。所以，当“家”与“国”在道德上能实现一致的时候，孔子要求君子“在邦无怨，在家无怨”，当“家”与“国”的群际范围发生冲突的时候，选择“家”而舍弃“国”才符合孔子“仁”

① 《论语·子路》。

② 张海晏：《公正与私情之间》，载《光明日报》，2005年2月18日。

的本意。这不是所谓“人性”的问题，因为寻找超越家庭范围的正义也是符合“人性”的。

（二）“义”在乡与国之间

“在每种人类群体中，群体缺乏理性去引导与抑制他们的冲动，缺乏自我超越的能力，不能理解他人的需要，因而比个人更难克服自我中心主义。”① 如果这里把尼布尔所说的群体限定为日常生活群体，那么，孔子在这一问题上的认识就基本上与尼布尔的见解不相上下。孔子批评一种乡愿式的道德取向，认为乡愿是“德之贼”②。导致孔子形成这种认识的关键原因还不是在巧言令色式的似“仁”非“仁”上，而在于德的践行范围决不能只存在与乡邻等狭小群体之间，而需要在更大的范围，如“国”的群体范围内寻找生存空间。当然，我们也不能简单化了孔子思想中的“乡”、“国”道德关系。“原思为之宰，与之粟九百，辞。子曰：毋！以与尔邻里乡党乎！”③ 国之德性在于在其位、谋其职、享其俸，然而当行为在“国”前没有大的出入时，孔子还是讲究乡里德行的。

（三）“义”在华夏与夷狄之间（有道之邦与无道之邦）

“夷狄之有君，不如华夏之无也”④，孔子的这句话在讲究民族大团结的今天经常是被当成糟粕而不齿。殊不知，如果“华夏”与“夷狄”并不是一民族之间的差别，今天的糟粕判断就有些断章取义了。据林丽娥的整理和考据，⑤ 在春秋甚至

① ［美］莱茵霍尔德·尼布尔著，蒋庆等译：《道德的人和不道德的社会》，贵阳：贵州人民出版社，1998 年，第 3 ~ 4 页。

② 《论语·阳货》。

③ 《论语·雍也》。

④ 《论语·八佾》。

⑤ 林丽娥：《从正名思想谈〈公羊传〉对孔子华夷大义的阐发》，载《管子学刊》，1994 年第 1 期，第 39 – 40 页。

更早，华夷就已经不是一种民族区别，因为在地域上，当时的“中国”境内早已有“夷狄”的杂居；在血统上，春秋华夷通婚，非常寻常；在生活上，尽管“夷狄”居处饮食没有“华夏”精致讲究，但他们也并非没有礼仪生活规范；在语言上，虽然不同，但这不足以成为孔子做上述判断的关键因素；在风俗习惯上，各朝各代各诸侯国都有自己的民风民俗，以风俗来作为华夷之别，则欠公允。那么，是什么造成了华夷的关键之别呢？其关键在于孔子所主张的“仁”德的有无。“子欲居九夷。或曰‘陋，如之何?’子曰：‘君子居之，何陋之有?’”① 如果有“仁”德的人居住，地理位置上的“九夷”仍然可以无陋；相反，即使地理位置在中原，行与不行“仁”德，夷狄的称谓就随时取消和赋予。如同一年，因为吴君的持德与缺德，《公羊传》就有鲜明的对比评价：“吴何以称子？夷狄也，而忧中国”、“吴何以不称子？反夷狄也。”②

行“仁”德的国家为“邦有道”，是“华夏”，不行“仁”德的国家为“邦无道”，是“夷狄”。在道德生活大环境“邦”的选择与适应上，孔子的态度也是处于矛盾的权衡中：一方面，他认为生活需要在讲“仁”德的邦国中，所以有“危邦不入，乱邦不居。天下有道则见，无道则隐”③ 的感悟；另一方面，他又讲无道之邦的改造，如君子居九夷，也讲无道之邦的生活方式和状态，如“邦有道，谷；邦无道，谷，耻也。”④ 在这多种的选择中，我们似乎摸清楚了孔子的消极遁世主张：如果可以选择居住的邦国，那么君子的智就表现在“里仁美”、“择处

① 《论语·子罕》。
② 《春秋公羊传》。
③ 《论语·泰伯》。
④ 《论语·宪问》。

邻”、“有道则仕”上；如果居住在无道之邦中而又无法选择的话，那就“无道则隐”、以富且贵为耻、“死守善道”上；但另一方面，我们又看到孔子积极入世的态度：君子可以选择九夷之地居住；在无道之邦中，只要有君子居住，照样可以通过弘道、正名等方式而得到改变。在这入世与遁世之间，到底哪种才是最佳的道德选择？这个道德的权衡就是“义”的判断。

（四）“义”在君子与小人之间

对不道德者要不要讲道德，这是古今中外伦理学界一直争论的问题。在高标道德与底线伦理的尺度内，似乎以德报怨是一种高标道德，而以德报德属于一种底线伦理。罗尔斯在名著《正义论》里明确主张一种对不宽容者的宽容，认为“不宽容者可以有抗议的权利，但这不是作为不宽容者的抗议权利，而只是作为当正义原则受到侵犯时反对侵犯的权利。”[①] 可是，上述各种主张并没有在理论界和实践界达成一致意见。那么，以仁释德的孔子在这一问题上又是什么态度呢？“或曰：‘以德报怨，何如？’子曰：‘何以报德？以直报怨，以德报德。’”[②] 君子怀德，小人怀怨，这是君子与小人最大的不同，那么，面对两种不同德性取向的人，孔子认为君子要以德来面对君子，以直来面对小人。可见，孔子在这里不仅做了不同德性人格的区分，对道德群际也做了程度区别：直，正直，不隐藏，对待小人就用平等的人格来对待，不隐藏自己的怨恨，但也不用怨来对待，相当于今天讲的权益伦理；相对于直而言，德就是身份伦理，就是以“仁”的身份人格区分对待处于不同身份位置上的人。“直”其实也是一种“仁”，一种对待距离较远的人的

---

① 罗尔斯著，何怀宏等译：《正义论》，北京：中国社会科学出版社，1988年，第216页。

② 《论语·宪问》。

"仁"，所以，虽然有不同的对待，但两者又统一于"仁"所包容的道德主张中，这就是仁者"泛爱众而亲仁"的含义。

如此观之，这好象有了政治自由主义的影子，所谓"义"成了公共理性在寻求重叠共识的判断时所表现出来的德性。但恰恰相反的是，孔子一直都是在身份伦理而非权利伦理的角度建设他的道德框架。对于孔子来说，小人的存在就如同古希腊雅典时期的大量奴隶的存在一样，是为思想家主观建构起来的君子解决生计的必要条件和从事道德实践的中介。

(五)"义"在人与非人之间的判断

孔子在人与非人的道德关怀上的态度最为现代人所推崇，或者说他体现了一种生态伦理，如在人与马的关系上："厩焚。子退朝，曰：'伤人乎？不问马。'"[①] 虽然有李敖的考证，认为"不"有"后"的意思[②]，但这里主要是取其对比意义，那就是在"人"与"马"两种生物的生命对待上，孔子的道德天平究竟倾向于哪一边？此外，在人与鬼的关系上，孔子也是以"义"来践德的：一方面，孔子不惜花费牺牲和天物来祭祀祖先，如"赐也，尔爱其羊，我爱其礼"；另一方面当对待死者的礼节与活人的礼节发生冲突时，孔子又毫不犹豫地选择了后者，如"吾不徒行以为之椁。以吾从大夫之后，不可徒行也。"[③] 不仅如此，在活人德性真实性与死人对待虔诚度上，孔子的说法又是"礼与其奢也宁俭，丧与其易也宁戚"[④]，讲究先

---

① 《论语·乡党》。

② 李敖原话为："孔子仁民爱物，怎么会不问马呢？后来我才证明'伤人乎？不问马'这个'不'字是'后'的意思。先问有没有人受伤，再问马有没有受伤。"《李敖有话说·五月四日：好读书须求甚解》，http：//www. phoenixtv. com/home/zhuanti/fhxd/liaoyouhuashuo/200405/04/251239. html.

③ 《论语·先进》。

④ 《论语·八佾》。

待生灵后待亡魂的伦理秩序。

可见，在孔子的德性行为中，从来就没有某一固定的样板模式，一切都需要根据具体的生活境况来做出自己的道德判断。这就是“义”。“义者，宜也”，怎样的生活和行为合乎“仁”德就怎么样生活和行动。这看起来好像在用道德相对主义来注解孔子的“义”，其实不然，因为这种“义”是在“仁”的前提下做出的。“仁”就是道德的本质，而“义”不过是“仁”的实践表达。只要“仁”心不变，“义”带来的只是左右逢源的道德实践品质，而不是左右摇摆的道德骑墙态度。

二、“义”：以“利”为内容的实践判断

“义”，处理的核心问题是“仁”德的群际范围问题。我们且不论这个群是从哪个角度划分出来的，单说这群一旦形成，大群与小群的区别也就自然得以显现。孔子的“义”在大小群关系上体现出如下特点：第一，孔子常常“义”、“利”并提，因为在实际生活中，“义”所要处理的问题是以“利”为核心内容的；第二，所谓大群的“利”，更多的是指天子所在的国家整体利益，也称为“公利”；而小群的“利”则主要是相对于前者而言的诸侯国利益和家族利益，也称为“私利”；第三，所谓“义”，则指在公私利益之间的一种符合“仁”德的判断与行为；第四，私利不等同于个人利益。

在《论语》中，孔子讲“义”处达20多次，且常“义”、“利”对举。在孔子义利观中，有两个著名的命题：一是“君子喻于义，小人喻于利”①；二是“义以为上”②、“见利思义”、

① 《论语·里仁》。
② 《论语·阳货》。

“义然后取”[1]。这两个命题的意思大致可以归纳为：尽管处理的问题是“利”，但需要从“义”的角度来度量和处理，是否以“义”来取“利”，这是君子与小人的区分标准之一。利益是物质生活世界的，但更是社会生活世界的，只有在社会生活中，利益才会在人际社会关系互联中以潜在的方式表现它自身。“人们将其从潜在性转化为现实性形态，需要在利益形成的事物的自然关系与人际社会关系的各层面调节好自我利益与客观关系、他人关系和社会关系，使其所实现的利益处于诸关系和规则的中正圆润基点避免激起‘放于利而行，多怨’的人际社会冲突。”[2] 可见，是否以“义”来取“利”，这是是否以道德生活来引导日常生活的关键。

公利与私利是道德实践判断的两个支点。公利与私利，是对相对的概念。在孔子的语义中，“国”与“家”是“公利”与“私利”的基本附着条件。[3] 当时的家从“有夫有妇然后为家”，再到耕作劳民之家与诸侯大夫之家出现了社会阶级分化。诸侯大夫居于国家生活的中心地位，他们表现出来的私利是为了小家族利益而对国家权力公共本质的损害，而耕作劳民的私利则是家庭意义和性命存活意义上的利益需要。“国”是与“家”相对并且超越于家庭和家族利益的公共生活，公利就是超越家庭和家族利益上的公共利益。公利与私利都是一种可以获取的利益。孔子讲公利，要求“因民之所利而利之”；也讲私立，“富与贵，是人之所欲也”、“邦有道，贫且贱焉，耻

① 《论语·宪问》。

② 陆建：《公与私是中国传统社会运行的基本支点》，载刘泽华等著：《公私观念与中国社会》。北京：中国人民大学出版社，2003 年，第 316 页。

③ 陆建：《公与私是中国传统社会运行的基本支点》，载刘泽华等著：《公私观念与中国社会》。北京：中国人民大学出版社，2003 年，第 314 页。

也”。现在的问题就是：当公利与私利不可兼得，出现了矛盾的时候，怎么样的取向才是道德的取向？孔子的答复是干脆的：“不义而富且贵，于我如浮云”[①]、“富而可求也，虽执鞭之士，吾亦为之”，“义”成了取何种“利”的关键。

“义”是追逐“仁”德的“利”行理性。义是在公利与私利的取舍间获得道德意义的。孔子很少言利，即使有所涉及，也主要谈的是私利。又因为孔子常常义利对举，这就造成了一种错觉，好像义是一种公德，而利是一种私德。孔子之所以如此的原因完全可以从时代特点上考证。孔子生活在政治、经济和思想文化大动荡大变革的春秋社会。这一时期的“主要特征是：经济上伴随着以铁器和牛耕为标志的生产力的提高以及小商品经济的发展而来的是公田制度（‘井田制度’）的破坏和实物地租的兴起；政治上是王权衰落，诸侯纷争，卿大夫专政以至‘陪臣执国命’的混乱局面”。[②] 经济关系的这种变动和政治次序的混乱，反映并表现在道德思想领域，就是严重地冲击了统治者“敬德保民”的传统观念，产生了一种“事利而已”[③]的道德价值取向。在这种社会局面下，对于孔子道德理念的建构来说，劝说为政者以德理国，以“义”导“利”就成了践“仁”的关键。

执政者要推行德政，以富民教民为己任，必须“义以为上”。首先，“义”不是公利，而是指按照“仁”的要求去正确处理公利与私利之间的关系，这里的“上”是“至上”的意思，属于价值导向问题。讲“义以为上”，不是说可以以公利取消私利，而是指要把按照“仁”德要求去把“义”放在至高

① 《论语·述而》。

② 匡亚明：《孔子评传》。济南：齐鲁书社，1981 年，第 157－158 页。

③ 《左传·襄公二十年》。

无上的地位。其次，作为公利主要维护者的君主和官吏，他们又该如何处理私利与公利的关系呢？孔子说："君子谋道不谋食。耕也，馁在其中矣；学也，禄在其中矣。"、"事君，敬其事而后其食"[①]。这些都说明，为政者应该且能够实现公利与私利的统一。

特别需要注意的是，孔子的"利"决不仅仅指个人利益，也指小群利益。长期以来，我们一直把"利"称为"私利"，并将"私利"简化为个人利益，这样的简化造成的结果就是，如果某人在某事上选择了小群作为自己的道德行为取向，我们往往把他斥之为缺德，而实际上他并非不讲道德，而只是将道德的范围放到了小群体上。当然，一种绝对的小群利益考虑和绝对的大群利益考虑都是一种偏激的道德取向，它们都因丧失了"义"的理性判断而变得缺乏实际的道德生活意义，但这与"缺德"还是不可同日而语的。

三、"义"的道德理性与教育

（一）"义以为质"的君子品质

在主体的道德实践中，孔子讲"见利思义"、"义以为上"的价值导向，这是以"君子义以为质"[②]作为主体保障的。也就是说，"义"的提出不仅为实际生活能否成为一种道德生活提供了实践标准，也对"义"的主体属性和培养提出了规定和要求。"义"的存在是真实无妄的，其存在的根据就在于君子的品格之中。首先，"义"是一般人的天性所有的。孔子说"人之生也直，枉之生也幸而免"，又说人"性相近也，习相远也"。[③]

---

① 《论语·卫灵公》。

② 《论语·卫灵公》。

③ 《论语·阳货》。

看来，“义”是人天性所有的，但是否保持和发扬，这就在于后天的练习和教化之工；其次，“君子义以为质”，“义”又是君子人格的必然要求。拥有“仁”德的人能成为君子，但成就的路径却需要“义”来辅佐。“孔子言仁时，内里已经有义在了”，[①] 我们可以概括地说，在君子品格中，“仁”是君子行“义”的依据和原理，“义”则是君子行“仁”的具体运用和灵活体现。

从“义”出发，孔子的道德理性主张主要表现为两个方面：首先是对“仁”的内涵的把握上。内涵是指概念所反映的事物的特性或本质，孔子主张对社会规范象征的“周礼”进行“损益”，道德理性就需要把握“仁”本质含义。他说：“麻冕，礼也；今也纯，俭，吾从众。”[②] 人们改用丝绸制作冠冕，孔子认为这无损于礼所内涵的“仁”意，可以从权而从众。其次是对“仁”的外延的取舍上。外延是指反映在概念中的一个个、一类类的事物，君子的“仁”本该在大群和小群间都能得到体现，然而不能兼得之时，道德理性就该发挥作用了。例如对管仲的评价，子路和子贡都认为管仲不仁，因为有系列的证据表明管仲不节俭，不知礼，不殉主。然而孔子却以“仁”许之。其原因就是因为“桓公九合诸侯，不以兵车”，而这恰恰是管仲的功劳。孔子正是从小群的信与节和大群的安这两个外延着眼，权衡了两个方面的轻重，把握了管仲作为政治家最该具有的“仁”德本质从而以“仁”许之。

（二）“义”的道德理性的培养

孔子从两个角度提出了“仁”德君子的道德理性的培养途

---

① 吕绍纲：《金景芳先生与孔子研究》，载《孔子研究》，1991 年第 3 期，第 124 页。

② 《论语·子罕》。

径。第一个角度是防止固执。“子绝四：毋意、毋必、毋固、毋我”①，孔子自己也称“我则异于是，无可无不可”②。从人的灵魂的角度讲，理性需要克制一种绝对的自以为是、盲目照搬的意志，即要让理性主导人的意志。让理性主导意志并不是消灭意志，如果理性认可了“仁”，那么意志就应该发挥监守的作用了，如“君子无终食之间违仁”，否则就会出现“见义不为无勇”的局面。第二个角度就是倡导中庸。“中庸之为德也，其至矣乎，民鲜久矣”③。孔子对中庸之德的倡导是不遗余力的，这一点可见于他与子贡论人与乡党的关系上。“不如乡之善者好之，其不善者恶之”④。孔子认为，全乡人都喜欢的人未必是好人，因为他可能由此违背了“仁”在大群中的意义，全乡的人都恶的人未必是坏人，因为他可能恰恰是因为守住了大群的“仁”而损害了小群的利益。当问题无法解决的时候，孔子希望弟子超越了乡人评价的境界，提出了“善者好之，其不善者恶之”的新思路。这个思路就是中庸的思路：因为“善”的德性既包容而又超越了乡人的小群利益，在不同时代不同区域有不同的内涵。孔子要学生用“善者好之，其不善者恶之”作为好人的评价标准，就是希望学生具有道德理性，善于根据时代特点做出对人物的合理评价。

① 《论语·子罕》。
② 《论语·微子》。
③ 《论语·雍也》。
④ 《论语·子路》。

第三节　“有经有权”：董仲舒的道德实践判断与教育

天之道，有伦、有经、有权。

《春秋繁露·阴阳始终》

董仲舒用“三纲”来表述的道德是一种原则意义上的道德。作为一种系统模式，它克服了孔子“好人”（君子）模式道德所无法克服的评价尺度和范围的问题。但同“好人”范式相同的是，这种道德只有在排除了杂念干扰，秉承天人合一的纯粹理念下才可能建构得起来。然而，道德终归是生活中的道德，它必须能够在纷繁复杂的日常生活中实现自己独特的道德生活。董仲舒的“三纲”道德要想具备现实意义，它就必须降临人间生活，在从“权”的道德理性牵引下，做到既坚守原则律令，又能在日常生活中通融践行。

一、从“权”：生命共同体的道德诉求

董仲舒的“三纲”道德从原则层面实现了社会的君民同礼和秩序迥然。然而，这样的社会该在什么样的群体范围内实现？“汉承百王之弊，高祖拨乱反正，文景务在养农，至于稽古礼文之事，犹多阙焉。”[①] 从表面上看，汉王朝到了汉武帝时的任务就是积极利用先帝们的历史积淀，加强中央集权，消除诸侯割据，发展国防军事，解决边境问题。实际上，汉武帝也是这么做的。从汉武帝的做法看来，他的伦理教化只停留在统治区内，而留给统治区外的就是战争和杀戮。在统治者汉武帝的潜意识

① 《汉书·武帝记》。

里，道德共同体只有在赞同大一统思想和配合中央帝王集权统治的人群中才能建立起来，这样的共同体只可能是一个，并且是在他的统治范围内。为了建立这样的道德或政治共同体，其他的生命共同体就成了阻力而必须被消灭掉。这是一种心理优势群体常见的道德逻辑，虽然局外人经常封他们为“匪”、“贼”或“屠夫”，但历史一直在这种道德逻辑里延展，道德心理优势群体常常为他们这样的道德抱负而自豪和残杀生灵。

道德思想家与政治统治者拥有不同的社会身份，尽管董仲舒的道德设计同时也是政治设计，并在很大程度上就是为汉武帝量身定做的，但两者毕竟不是一回事情。当汉武帝考虑的问题是如何在统治区域内实现政通人和的理想社会的时候，董仲舒考虑的却是如何实现一切人类生命的保存和尊重。为实现各自的理想，汉武帝和董仲舒都借助于天人合一的道德论证和“三纲”伦理建构。但两者的区别也是明显的，汉武帝需要董仲舒的“三纲”，那是因为它能帮助自己实现统治区内的人民生活安定；而董仲舒设计“三纲”却是为了一种最大范围内的生命的道德生活。为了实现自己的抱负，董仲舒需要接受汉武帝的政治现实，并努力地实现“三纲”与政治的一统，但为了一种纯粹的道德诉求，董仲舒不得不认为在道德实践还有一种“权”的可能与必要。

从“权”首先表现在对汉疆域外民族的道德认同上。董仲舒用他一贯的阴阳思维来对应华夏与夷狄的区别：亲阳而疏阴、阳贵而阴贱，所以诸夏亲而夷狄疏，诸夏贵而夷狄贱，诸夏近而夷狄远，所谓“内其国而外诸夏，内诸夏而外夷狄”。但对于董仲舒而言，诸夏与夷狄区别的主要原因并不是肤色和疆域上，而在是否知晓“仁义”。这是一种自我道德精英的想法，因为没有哪一个民族或国家能够没有道德地存在。夷狄并非不讲道德，只是他们的道德解释不同于董仲舒的道德理解，更主要的是，他们的道德范围只是他们民族的生活范围，而没有把华夏各族生灵包容进去。这样，这里就潜伏着或许是董仲舒并没有明确意识到的矛盾，当夷狄把华夏排斥到他们道德圈外的时候，作为自我标榜道德高尚的华夏文明在面对夷狄的时候，是排斥还是包容呢？董仲舒选择了后者，他说，“质于爱民以下，至于鸟兽昆虫莫不爱，不爱，奚足谓仁？……故王者爱及四夷。”[①] 这种爱或者是许以仁义，使其逐渐消失疆域等物理意义上的区别，而形成与华夏相同的道德心理；[②] 或者是“与之厚利以没其意，与盟于天以坚其约，质其爱子以累其心”，因为“义动君子，利动贪人。如匈奴者，非可以仁义说也，独可说以厚利，结之于天耳。”[③]

从“权”也体现在对汉族统治疆域内各诸侯的道德认同上。汉朝统治是封建制向郡县制过渡并两种体制共存的时期。诸侯势力很大，他们往往霸占山泽、河流，勾结商贾，垄断铸钱、盐铁之利。他们不仅会占有大量的土地资源，而且还千方百计地兼并农民的土地，出现了“富者田连阡陌，贫者无立锥之地”的状况。不仅如此，诸侯还漠视天子权威，并试图改变既定统治。如吴王刘濞不肯拜受汉诏，还劝说胶西王与之同反，说什么“大王幸而临之，则天下可并，两主分割，不亦可乎！”[④] 如果纯粹从道德角度考虑，谁来做天子的意义并不大，因为天子是秉承天意的，而天意又是爱民的。但道德在生活中

① 《春秋繁露·仁义法》。

② 比如夷狄的潞子向往华夏礼仪，准备脱离夷狄但没有成功。董仲舒对这种举动表示赞赏说“《春秋》谓之子，以领其意。”《春秋繁露·观德》。

③ 《汉书·匈奴传》。

④ 《汉书·荆燕吴传》。

并不是纯粹的存在，推翻现有统治直接面临的问题就是生灵的涂炭。所以，董仲舒说“故王者爱及四夷，霸者爱及诸侯，安者爱及封内，危者爱及旁侧，亡者爱及独身，独身者，虽立天子诸侯之位，一夫之人耳，无臣民之用矣，如此者，莫之亡而自亡也。”①

可见，对于董仲舒而言，他的道德设计除了向天寻找自然依据和范本外，他还有两个方面的任务：一是借助与大一统的政治理想，在既定政治统治疆域内设计一套道德理解模式，实现政治生活与道德生活的统一。这既是现实的政治伦理任务，也是一种高尚的德性要求；二是超越于这套道德理解的政治疆域，为一种生灵的尊重和生命的保存而求“权”。这是一种理想的伦理政治，也是一种基本的权益尊重。此时，我们仿佛看到了董仲舒“三纲”里德性伦理与规范伦理的交叉和紧张。与他阴阳思想一致的是，他试图用前者包容但并不取代后者。

二、“三纲”之“道”：从“权”判断的道德依据

> 册曰：“三王之教所祖不同，而皆有失，或谓久而不易者道也，意岂异哉?”臣闻夫乐而不乱复而不厌者谓之道；道者万世之弊，弊者道之失也。先王之道必有偏而不起之处，故政有眊而不行，举其偏者以补其弊而已矣。三王之道所祖不同，非其相反，将以救溢扶衰，所遭之变然也。故孔子曰：“亡为而治者，其舜乎!”改正朔，易服色，以顺天命而已；其余尽循尧道，何更为哉！故王者有改制之名，亡变道之实。然夏上忠，殷上敬，周上文者，所继之救，当

① 《春秋繁露·仁义法》。

> 用此也。孔子曰：“殷因于夏礼，所损益可知也；周因于殷礼，所损益可知也；其或继周者，虽百世可知也。”此言百王之用，以此三者矣。夏因于虞，而独不言所损益者，其道如一而所上同也。道之大原出于天，天不变，道亦不变，是以禹继舜，舜继尧，三圣相受而守一道，亡救弊之政也，故不言其所损益也。繇是观之，继治世者其道同，继乱世者其道变。”①

董仲舒认为，上天可以通过天意或天道来表达它的意志。②而之所以道德需要从权，道德主体需要培养从权的道德理性，在董仲舒眼里，这也是上天通过“道”安排的结果。细究起来，董仲舒的道有两个：一是一般之道，如“道之大原出于天，天不变，道亦不变”；一是具体之道，如“继治世者其道同，继乱世者其道变。”具体之道也就是可变之道。通常或者说我国传统教科书对董仲舒的天道观的理解都只是把握了前者，而抛弃了后者。不仅如此，还把他与封建保守派联系起来，认为他的天道观阻碍了历史的发展。仔细分析董仲舒“道”的多重含义，不由地觉得这种认识的浅陋与片面。

在“天人三策”中，董仲舒对一般之道解说是“道者万世亡弊，弊者道之失也”。可见，这个“道”超越了生活的时空，而成了一种自然意义上的本体。董仲舒的道既是天道，也是人道。例如他说“夫乐而不乱，复而不厌者谓之道”、“人道者，人之所由乐而不乱，复而不厌者”③。对于董仲舒而言，这个

① 《汉书·董仲舒传》。

② 天道偏重于社会政治，而天意偏重于心理道德。但我们没必要做过多的区分，因为在中国传统政治或道德史上，道德与政治本来就是孪生兄弟，我们很难判断到底是前者规定了后者，还是后者影响了前者。

③ 《春秋繁露·天道施》。

“乐而不乱，复而不厌”之道主要就是他对道德的原则理解，即“三纲”：君臣、父子和夫妻的关系，就像天地、阴阳以及春夏秋冬那样，应分上下，差贵贱，别尊卑。一般之道并不只能是一种原则表述和心理向往，它只有在历史的长河中才能显身和产生作用。历史实践中的“道”就是一种具体的道，就是“先王之道”或“三王之道”。

“先王之道”或“三王之道”显然与“万世王弊”的道不同，它虽是先王或者三王法天而来的，但却“必有偏而不起之处”。之所以产生变道，那是因为“遭之变然”，事情发生了变化，所以治理的路径和措施也应该发生改变。这种改变有两种意义上的，一是风俗制度上的，即“改正朔，易服色”；二是行事策略上的，如“以为民”的“汤武弑”。但这种变化并不是随意性的，而有不易之则，即“变而有常”。从这个角度来说，“变道”或者说具体之道本身就是“天道”或一般之道的应有之义。所以董仲舒才说天道“有序而时，有度而节，变而有常，反而有相奉，微而至远，踔而致精，一而少积蓄，广而实，虚而盈”①，才说人道“所由适于治之路也”。②

当常道“三纲”用文字来归纳和表述时就是“经”，而“经”在实际生活中运用时就是“权”。“常”、“经”与“变”、“权”在董仲舒的言语中频频出现：“天之道，有伦、有经、有权”③、“春秋之道，固有常有变，变用于常，常用于变，各只其科，非相妨也”④、“春秋有经礼，有变礼”，问题是，“权”该在什么时候出现？“经”与“权”如何“各止其科”？这成了

① 《春秋繁露·天容》。
② 《汉书·董仲舒传》。
③ 《春秋繁露·阴阳始终》。
④ 《春秋繁露·王道通三》。

十分关键的问题。这里有两条思路：一是“‘经’代表着群体的共同利益，那么，‘权’则是个体的特殊利益所在。用‘权’代‘经’，实际上就意味着个体性、自主性对整体性、原则性的藐视、挑战和超越。”① 一是“经”代表着一种先在的原则设计，而“权”则代表着适应具体情境的变更。用“权”于“经”，则代表着具体性、灵活性对原则性、抽象性的应用。本研究认为第二种思路才能代表董仲舒的意思，因为他主张的“权”是在“经”的许可范围内，而不是相反。正所谓“夫权虽反经，亦必在可以然之域，不在可以然之域，故虽死亡，终弗为也。”②

在通常的理解中，“道”一般都作为统治者治理国家的规律来使用，这当然也包容在董仲舒的思想意识中。但对于董仲舒而言，“道”的意义重要的却并不是治理国家，而是治理人心。“王道之三纲，可求于天”，在《春秋繁露》中，董仲舒评说了很多王国诸侯故事，表面上看起来这是对统治者仁政与否的一种评判，而实际上其中贯穿的都是“三纲”原则如何在实际生活中“权”行的问题。如从表面看“三纲”要求，诸侯应该绝对地服从天子统治，但董仲舒却肯定了“夏无道而殷伐之，殷无道而周伐之，周无道而秦伐之，秦无道而汉伐之”③ 的行为，为什么？这就是因为董仲舒虽然用“三纲”来表述道德，但他却更愿意更深层地把握“三纲”背后的天道（天意）尊重生命的“为民”要求。也就是说，在董仲舒的眼中，那些“伐”不过是为了重新树立三纲的原始精神，而非破坏它。同

① 余治平：《唯天为大：建基于信念本体的董仲舒哲学研究》，北京：商务印书馆，2003 年，第 195 页。

② 《春秋繁露 · 玉英》。

③ 《春秋繁露 · 尧舜不擅移汤武不专杀》。

样的道理，“妇人无出境之事，经礼也；母为子娶妇，奔丧父母，变礼也。”① 原因就是“组建家庭、延续后代”和“慎终追远”比“妇人出境”更能体现“三纲”之“道”。

三、从“权”的道德理性与教育

由于对董仲舒的“权”的理解不同，有学者认为，中国儒家哲学不是道德哲学，而应该叫性情哲学，该论者是从康德“实践理性”的角度来论证这个问题的。② 在康德那里，不但“纯粹理性”与“情”没有一点关涉，而且“实践理性”也不允许“情”的干扰和介入。情是一切普遍有效的“道德法则”必须排除的对象，是要摈弃的“主观的”实质性对象。如康德一再强调，“任何其他单纯以经验原则为依据的规范虽然有一定的普遍意义，然而它即使有极小一部分甚至一个念头是出于经验的话，也是一个实践规则，永远不能称为道德规律”，③“实践上的善就是由理性观念决定意志，不过并不是出于主观原因，而是出于客观原因，也就是那些每一个有理性的东西，作为有理性东西都要接受的依据。”④

康德的话是有其道理的，但该论者用它来解读董仲舒却并不十分恰当。首先，董仲舒是有性情一说，但董仲舒并没有把性归属于一种纯粹的道德法则，而把情归属于法则的实践过程，恰恰相反的是，董仲舒论性情是在他阴阳辨证法的大背景下顺

① 《春秋繁露·玉英》。

② 余治平：《唯天为大：建基于信念本体的董仲舒哲学研究》，北京：商务印书馆，2003 年，第 192 页。

③ 康德著，苗力田译：《道德形而上学原理》，上海：上海人民出版社，2002 年，第 3 – 4 页。

④ 康德著，苗力田译：《道德形而上学原理》，上海：上海人民出版社，2002 年，第 31 页。

势推演的，他说性是阳，情是阴，虽说百物皆有合偶，但“阴道无独行”，情终归还是受性的支配和控制。所以说，康德与董仲舒的区别从一开始就存在了，当康德把道德法则的力量完全排除“情”而归属于主观纯粹意志的时候，董仲舒却认为“三纲”道德法则的力量来源不仅是性，也有情，但最终还是性。本研究认为，相对于康德一厢情愿地让性做独行侠时，董仲舒的论断对人性的把握显得更自然些。其次，本研究并不认为董仲舒是用情而非性来行“权”的。董仲舒提出的“三纲”道德，终归是对绝对原则的一种解读，而非原则本身，实践“三纲”的时候，道德实践者就势必要作出一些不属于“三纲”要求但却符合三纲精神的行为，从“权”和从“权”的道德理性由此而生。这一点其实与康德并不冲突。当康德口口声声要求以一种纯粹的实践法则作为道德实践的指导的时候，他恰恰忘记给这种纯粹的法则做个让人看得见摸得着的描述。董仲舒在康德向上帝乞讨纯粹法则的时候，也在说“道之大原出于天”。不仅如此，董仲舒还不忘给“道”做一个形象的解读，超越了孔子“好人”式的解读，而用“三纲”系统来作为道德行为的依据。于是，我们不难理解中国道德哲学为什么要从“权”的原因，乃是因为我们比别人做得更具体的缘故。从“权”并不是随意的跟着感觉走的事情，而需要道德理性的实践判断，从而使自己做出看似超出了“三纲”原则要求，但却是紧跟“三纲”的道德实践。

董仲舒强调用《春秋》来改造“中民之性”，这不仅是因为他认为春秋就是“三纲”史，更因为《春秋》的写作本身就是从“权”的写作，其中充满了道德理性的发挥。过去解读董仲舒与《春秋》的关系，往往从两个方面着手：一是从作者明哲保身的角度，认为董仲舒提出“辞指论”，目的是“既为了说明问题，但又不因此牵连自身”的狐狸行为，体现了如柏拉图式的哲学与政治的冲突，说明了哲人“隐晦地言说”的必要与可能，并由此得出了“春秋笔法”的言说规则；二是从认识论的角度，认为董仲舒的“辞指论”虽然有一定的治学道理，但更多地却是主观臆断，牵强附会地解读。“辞不能及，皆在于指”，按照董仲舒的意思，《春秋》说了等于白说，没说也等于说了，主要还是为了他“六经注我”的目的。这两种解释不能不说有其道理，但我们往往忽略了另外一个角度的理解：如果董仲舒的目的不在作者而在读者，他只是要求读者能够读懂春秋的微言大义，并形成独立的道德判断的理性能力，那么，董仲舒“辞指论”就有道德理性教育的内涵了。

董仲舒的“辞指论”，有些类似于课程中的隐性课程。按照阿普尔的解释，隐性课程有两大类：一是明着说但学生却是无意识接受的，比如课程里面、教室里面显在关于性别歧视、阶级歧视等内容；二是没明着说但实际上影响了学生，比如各种仪式教育、班级分配、教学制度等等里所蕴涵的歧视内容。实际上，这个“隐”要看是谁在“隐”，对谁“隐”？是国家统治者有意识，但老师学生无意识；还是国家统治者和老师有意识，但学生无意识；还是国家统治者、老师和学生都没有意识到，但实际上学生却无意识地接受了这种隐性的教育？董仲舒言下的《春秋》“辞”在“隐”，但“指”又不想“隐”：因为它对谁都没“隐”，如果读者能凭借自己的道德理性行“权”的话；对谁都是“隐”，如果只是作者本人具备“权”的道德理性写作能力。

《春秋》用辞写“三纲”之道，但“《春秋》之道，固有常有变”，所以，“《春秋》无通辞，从变而移”，事同则辞同，事异则辞异。辞虽变，但指不变，“大略之要有十指”[①]。通观董仲舒的“十指”，归结和首当其冲的还是本节开篇所论述的“王化”对百姓生命的尊重。春秋有常辞，常辞中“三纲”道德只与华夏而不与夷狄，但变辞却恰恰相反，为什么？因为华夏的晋国为保住霸主地位不尊重生命而挑战，而夷狄的楚国却能退军以避免对城中百姓的杀戮；按“三纲”道德的要求，诸侯不能做天子做的事情，但齐桓公、晋文公却做了。《春秋》却“诛意不诛辞”，“予之为伯”，为什么，因为他们虽做了“非诸侯所当为”之事，但事情本身却在“救中国”。董仲舒通过以上种种案例说明《春秋》就是从“权”史，如果学习者能从《春秋》中读出“辞”所“指”，那么，从“权”的道德理性也就具备了。

第四节　“天理之所宜”：朱熹的道德实践判断与教育

义者，天理之所宜。利者，人情之所欲。

《四书集注·论语集注》

在“三纲”理念的关照下，董仲舒用“权”于变，为形成政治大一统和尊重生命共同体的多民族统一国家在理论上扫清了障碍。但当他所依恋的原则式道德理解发生了偏移的时候，“权”作为道德行为的心理依靠就已经失去了它的有效解释力。

① “十指者，事之所系也，王化之所由得流也。举事变见有重焉，一指也。见事变之所至者，一指也。因其所以至者而治之，一指也。强干弱枝，大本小末，一指也别嫌疑，异同类，一指也。论贤才之义，别所长之能，一指也。亲近来远，同民所欲，一指也。承周文而反之质，一指也。木生火，火为夏，天之端，一指也。切刺讥之所罚，考变异之所加，天之端，一指也。”见：《春秋繁露·竹林》。

朱熹再一次把“义”拾掇起来，并从天理上赋予它以生命力，在具体事物对待上赋予它新的应用范围和重点，以此建立起了一套在理论上能自圆其说的道德实践判断方式。从董仲舒的“权”到朱熹的“义”，其转变主要有两个方面的原因：首先，董仲舒的“权”是为形成尊重生命的共同体，但它在尊重生命与共同体建设上的用力却并不是均等的。当他用权“权”尊重生命“权利”的时候，却经常淡忘了生命价值的“善”性追求。“权利”与“善”的优先性是当代自由主义和保守主义的主要争论点，但这一焦点在董仲舒那里并不是没有存在过。看起来，董仲舒为“三纲”找到了一块性情交融的德性“善”的居所，但实际上他更注重在历史上寻找尊重生命权利的道德权变。虽然到目前为止，仍然没有哪一种理论很好地协调了“善”与“权利”的关系，但历史演变至今，也已经证明对它两者的任何偏废都是不可能持久的。其次，当董仲舒的“权”来回奔波于不同的生命群体的时候，朱熹的“理”已经超越了具体的人际群体。也就是说，董仲舒“权”所需要解决的问题在朱熹“理”的框架中已经烟消云散了。正如前面所言，道德关系是个体、小群、大群之间的关系，当小群与大群已经失去了道德解释的必要的时候，个体与群际的关系紧张就开始成为朱熹“义”所要解决的核心问题。

朱熹讲“义”，认为它是“天理之所宜”。但要真正使这句话成立，还需要解决内外两个问题：一是心理内部问题。如果说性即天理从而人有善性的话，那么，义又是如何在心理与天理发生关系的？二是外部行为问题。如果说理是事、物之理，那么，“义”在理与事、物之间充当什么角色？

一、情是性之用：“义”判断的心理机制

朱熹把天理安放到人心里，并赋予了“性”的称谓。这不

由得让人想起在董仲舒那里，性情关系是阴阳关系在人身上的具体化，性情两者本为一体，都为天地所生，在发生学意义上，性就是情，情就是性，性与情一同开始，一同运行，也一样发生作用。当然，董仲舒也说，善只能是出于性而非情。那么，朱熹的人性结构是否等同于董仲舒的理解呢？问题或许该做否定的回答。

朱熹把人的心理按照其功能一分为三，分别是“知觉之心”、“主宰之心”和“义理之心”[①]。“知觉之心”即心的认知功能，它包括对价值和事实的两种认知。朱熹称对价值的认知为“道心”，对事实的认知为“人心”，这就有了“道心”与“人心”的区别：“人只有一个心，但知觉得道理底是道心，知觉得声色臭味底是人心……道心人心，本只是一个物事，但所知觉不同。”[②]“主宰之心”即心的意志功能，它表现为意志活动专一性和自主性[③]。知觉之心与主宰之心是心的不同功能，“心者人之知觉，主于身而应于万事也”[④]。“义理之心”又称“本心”，它指心本来就应该拥有作为道德的原则和行为判断的先验依据。在朱熹道德哲学里，“知觉之心”、“主宰之心”合一的意义是“义理之心”所赋予的，因为只有有了“义理之心”的先验依据，才有了知觉之心对不同对象的区别与认知，也才有了“主宰之心”所要坚持的先天道德判断。“心者，人之神明，所以具众理而应万事者也。”[⑤] 正是从“心”相互区分

① 黄明喜、于述胜：《中国教育哲学史》（第2卷），济南：山东教育出版社，2000年，第159页。

② 《朱子语类》卷七十八。

③ 朱熹说：“人之一身，知觉运用莫非心之所为，则心者固所以主于身而无动静语默之间者也”。见：《晦庵先生朱文公文集》卷三十二。

④ 《晦庵先生朱文公文集》卷六十五。

⑤ 《孟子集注》。

而又本然一体的不同功能出发，朱熹才认为心是人之神明。而在这些不同功能当中，义理之心才是具众理而应万事的主心骨。

心之所以能“具众理而应万事”，那是因为义理之心又可以细分为性与情两种不同的组成和功能。这就是著名的“心统性情”的命题。该命题是张载首先提出来的，朱熹赋予了这个“统”两层含义：一是兼有，“心统性情，统犹兼也”，把心看作是性与情的统一体；二是主宰，“统是主宰，如统百万军，心是浑然底物，性是有此理，情是动处。”① 心统性情，性与情的关系就是未发的“仁”与已发的“爱”之间的关系。朱熹说：“一身之中，浑然自有个主宰者，心也。有仁义礼智，则是性；发为恻隐羞恶辞逊是非，则是情。恻隐，爱也，仁之端也。仁是体，爱是用。”② 牟宗三非常正确地揭示了两者之间的关系，认为“道德实践所以可能之先验根据（或超越的根据），此即心性问题是也。由此进而复讨论实践之下手问题，此即工夫入路问题是也。前者是道德实践所以可能之客观根据，后者是道德实践所以可能之主观依据。……前者是本体问题，后者是工夫问题，就前者说，此一‘道德底哲学’相当于康德所讲的‘道德底形上学’，即其《道德底形上学之基本原则》一书是也。康德此书并未涉及工夫问题。”③

可见，朱熹的性情说与传统的性情关系说之间存在差距。传统性情说，比如董仲舒的性情说，可以分为“认知”与“意向”两者之间的关系。认知活动包括感性认识和理性认识两种，即“感知”（经验的）与“思维”（逻辑的）；意向活动不是认识，但也同样包括感性和理性两种，即“情感”和“意志”。

① 《朱子语类》卷九十八。
② 《朱子语类》卷二十。
③ 牟宗三：《心体与性体》，上海：上海古籍出版社，1999 年，第 7 页。

两者其实是一体之两面，因为有认知，所以有意向；因为认知是前提是基础，所以为根本。也正是如此原因，所以性中有情。但朱熹的“性”与“情”是并列关系，“性”并不包括“情”。对于朱熹而言，“性”是一种潜在本体，认知方面可称为“性知”或者“性智”，意向方面可称为“性向”。而“情”是一种显在表现，认知方面为感性认识和理性认识；意向方面为情感和意志。这种对应关系可用下表表示。[①] 从表4－1中可以看出，朱熹与董仲舒的性情说各自从不同角度进行分类，并按照各自的分类对“性”与“情”的涵义进行了规定，所以不存在谁是谁非的问题，而只是他们各自从自己的需要出发定义了性情而已。

性是理，有它的先验根据。那么情呢，它为什么就能那么老实地按照“性”的吩咐而发动呢？怎样才算它顺性而动呢？实际上，这是一个问题的两个方面：如果情不顺性，发动必然悖逆某个尺度；如果情顺性而动，则必然随了某个尺度。这个尺度在朱熹的心中就是“义”。“义者，心之制，事之宜也”[②]，所谓心之制，是说义为人心所本有的依理裁制行为动作的道德理性，所谓“事之宜”，就是“天理之所宜”，即人在处事接物时所必须遵循的当然之则。也就是说，“义”就是人利用天赋的道德理性（性）去调节自己的情感欲望、合理地行动生活，使行为动作各当其理。[③]

---

① 此段分析参考了黄玉顺：《超越知识与价值的紧张：“科学与玄学论战”的哲学问题》，成都：四川人民出版社，2002年，第1－3页。

② 《孟子集注》卷二。

③ 黄明喜、于述胜：《中国教育哲学史》（第2卷），济南：山东教育出版社，2000年，第170页。

表 3－2 董仲舒与朱熹的“性”、“情”解释

心		董仲舒分类	
		认知（性）	意向（情）
朱熹分类	显在表现（情）	感知/思维	情感/意志
	潜在本体（性）	性知	性向

二、理欲还是公私：“义”的实践判断对象

朱熹给现代中国人留下来的印象莫过于说过“存天理灭人欲”这个断言了。这个断言的意义在近代理解上遭受了反复：最先说是对正常人性欲望的阉割；后来有人平反说朱熹说要阉割的是不正常的欲望，相反正常欲望恰恰是天理所包容和保护的。如果仅仅到此，那仍然是在作表面文章。如果想搞清楚“存天理灭人欲”的行为意义，还必须首先将它还原到他的性情结构中去推敲。

朱熹论人欲，其实就是情欲。他说：“欲是情发出来底。心如水，性犹水之静，情则水之流，欲则水之波澜，但波澜有好底，有不好底。”① 既然情是性之发，而欲是情之发，那么，正如情之不可无一样，欲也是人之所不可无者；也正如情不是不好的，欲也不是不好的。这就说明朱熹并不总是认为天理与人欲是对立的两个概念，从而一味排斥人欲。这正如他接着阐明的一样：“天理人欲，分数有多少，天理本多，人欲便也是天理里面做出来，虽是人欲，人欲中自有天理。”② 但同时也说明，以情为中介，人欲有逆天理的，也有顺天理的，朱熹口口声声要灭的人欲，其实就是灭逆天理的人欲。

① 《朱子语类》卷五。
② 《朱子语类》卷十三。

说到此，那就延伸出一个问题：什么样的人欲才是顺天理的？归纳朱熹的表述，大致可以分为四类：一是以“礼”为标准：“如视听言动，人所同也。非礼勿视听言动，便是天理；非礼而视听言动，便是人欲。”；[①] 二是以“享乐”为标准：“饮食者，天理也；要求美味，人欲也。”[②] 三是以“利”为标准：“循天理，则不求利而自无不利；殉人欲，则求利未得而害已随之。”[③] 四是以“公私”为标准：“盖天理者，此心之本然，循之则其心公而且正；人欲者，此心之疾疢，循之则其心私且邪。”[④] 从这些不同的标准里，我们不难总结出朱熹的一个根本标准，那就是“公私”标准。也就是说，对于朱熹而言，欲望、利益等等就其自身而言无是非价值可言，但欲望和利益等等总是在社会生活中发生，会产生公共的与私人（非公共）的欲望利益的区分问题。在朱熹看来，人在这两种不同的欲望和利益面前，总会不自觉地首先考虑到自己或周围人的欲望和利益。“义者，天理之所宜”，就是区分这两种不同的欲望，从义的角度来衡量和处理两者之间的矛盾，“执中”以求两者之间关系的合理平衡。

但事实却是人们往往偏执于私人（小群）的利益和欲望，而很难在两者之间寻找到平衡。既然循天理的欲望和利益肯定会考虑到公共的利益和欲望，所以朱熹就干脆有时候把循天理的欲望叫“天理”或“公”，而把背天理的欲望叫“人欲”或“私”。于是他感叹说：“然天理人欲，同行异情。循理而公于天下者，圣贤之所以尽其性也；纵欲而私于一己者，众人之所

① 《朱子语类》卷四十。
② 《朱子语类》卷十三。
③ 《孟子集注》卷一。
④ 《朱子文集·延和奏札二》。

以灭其天也。二者之间，不能以发，而其是非得失之归，相去远矣。”当把理与欲的关系还原为公与私的关系后，“以义制利”便是理所当然的事情了。

以义制利，就是把天理具体化为义，把各种人际关系简化为利益往来，从而主张用贯通了天理精神的义来处理各种利益关系。这意味着：第一，按照现代伦理学的划分，朱熹如同康德，是纯粹的道义论者而非功利主义者，都主张有一种先天的道德原则作为待人接物的准则，而不是以对待事物的不同结果（以最少的投入获取最大的回报）来作为是否行为的依据；第二，不同于康德的是，朱熹不让道德问题悬浮在价值论的层面，而主张在实践层面根据具体情形作出合理的道德判断；第三，朱熹并非大公无私的道德唯高尚论者。但对于他而言，紧要的问题是如何对待私心过度的问题，所以他提出公私“得宜”的“执中”行为准则，说“利只在义之和。义本是个割截裁制之物，惟施得宜，则和，此所以为利。”[①] 所以他认为“宜必正，非是有意要正”，[②] 义则必公、公则必正，而这一切都是顺其自然，而非刻意为之的事情。

朱熹用了大量的笔墨写公私，但他又并非没有注意到“公”存在着大群之公与小群之公的区别。在修养次第上，他大致分了三类道德对待的群体。“亲亲、仁民、爱物，三者是为仁之事。”“仁如水之源，孝弟是水流底第一坎，仁民是第二坎，爱物则三坎也。”[③] 根据朱熹的表述，这三类群体分别是家庭、人类、生物。这当然是一种粗略的划分，实际上，朱熹的家也主要指的是对父兄，人类主要指的是南宋的民众，而生物

---

① 《朱子语类》卷二十。
② 《朱子语类》卷一二七。
③ 《朱子语类》卷第二十。

则很少在他的论述范围内。那么，这种修养的次第是不是就是道德对待的次第呢？朱熹在这一问题上是矛盾的，因为：（1）在“理”的光照中，不存在主次的问题；（2）按人的心理和生活环境，当然是先小群后大群；（3）但生活在国难深重的国家里，朱熹只是期望家族作为道德共同体的范本，而不期望它超越国家的整体公正和利益考虑。在矛盾面前，朱熹时而把“父子”关系放到“君臣”关系前面，时而又把“君臣”关系放到“父子”关系前面，或者干脆把夫妇关系置于首位，说什么“盖闻人之大伦，夫妇居一，三纲之首，理不可废”，[①] 足见朱熹于此的困顿。在宋以后的很长时间内，家族势力与国家行政力量基本处于各守一块地盘，相对对峙、相互尊重和相互补充的境地，这不能不说跟朱熹的影响有很大关系。

三、“理”性发展与道德教育

“义”作为道德理性自然包括了道德认知的成分，但绝对不只是认知，而主要是对一切认知的思考、批判和做出自我定向和行为选择。但问题是人并不是一开始就具备这种理性的判断和选择能力的。那么在这之前，习得一些常规的礼仪技巧就成了不得不为的事情了。这种观点也曾经被彼得斯阐述过，无外乎三：首先是安全的需要，没有理性觉醒前的儿童学习一些规则有助于克服孩子做出伤害自己和他人的行为；其次是心理学的理由，孩子在早期是没能力对行为的正当性提问；最后是哲学的理由，儿童在没有习得一定的规则之前，是不可能理智地接受规则的，等等。[②] 那么，朱熹又是如何来处理道德理性

---

① 《朱熹集》卷一〇〇。

② 彼得斯著，邬冬星译：《道德发展与道德教育》，杭州：浙江教育出版社，2000年，第245页。

的必要性与心理发展的可能性之间的关系的呢？

首先，因为道德理性尚未成熟，朱熹强调“礼”的学习。“礼者，天理之节文，人事之仪则”①，也就是说，礼既是理的表现形式，又是行为的价值规则。之所以如此，乃是因为“理”作为形而上的抽象，不可能成为经验之学的直接对象；而道德行为作为一种事实经验，又需要某种榜样模式以供参考模仿。“礼”于是产生并成为学习的对象。为了使儿童系统地学习这种体现理的礼仪规则，朱熹晚年曾致力于《仪礼经传通解》的编写工作。这一由朱熹完成的包括家礼、乡礼、学礼、邦国礼、王朝礼和丧祭礼等六大部分的编排目录，由伦理（家、国中的人际关系）统摄事由（家、国中的人的行为），由事由统摄知识（一切知识都可被看做是礼），由此构建了一整套行为的价值规范体系。② 随着礼的体系化，问题也就出现了：“理”是先验原则，“礼”是经验规范，他们是如何统一得起来？朱熹显然看到了两者之间的紧张冲突，故而提出了对礼变更的必要性。他说：“所因之礼，是天做底，万世不可易；所损益之礼，是人做底，故随时更变。”③ 而这变更的依据就是“义”。朱熹为了实现这种平衡，所以就在每个礼下加上了“义说”这个栏目，如与“士冠礼”相应有“士冠义”，与“士婚礼”相应有“士婚义”，与“乡射礼”相应有“乡射义”，等等。

其次，根据道德理性成熟的次第，朱熹强调学习内容的变更。“学之大小所以不同，特以少长所习之异同，而有高下、浅

① 《论语集注》卷一。

② 黄明喜、于述胜：《中国教育哲学史》（第2卷），济南：山东教育出版社，2000年，第170页。

③ 《论语集注》卷二十四。

深、先后、缓急之殊”①，也就是说，既然理性能力在不同的年龄阶段有深浅之别，实践能力与实践范围有高下大小之分，那么就该根据儿童心理发展的阶段性特征为依据，安排不同的教育内容。于是朱熹就区分了小学与大学，“小学者，学其事；大学者，学其小学所学之事之所以”②，又说“小学之事，知之浅而行小者也；大学之道，知之深而行大者也。”③ 小学与大学之间显然不能分割，前者是学“理”的常规表现规则，后者是学这些规则背后的道理（包括了理和义）。

通观朱熹在实践层次的道德理性和道德教育理念，不难得出两点结论：首先，朱熹认为儿童先以行为主，学习日常的基本道德规范，养成良好的生活习惯，这个阶段的“知”主要是对这些日常生活规范的认知和体验；后再以知为主，学习这些当然之则的所以然之故，这个阶段的“知”主要是对一种先验的道德原则的体认和通达。朱熹用儿童的生理年限规定了小学和大学的时间阶段，实际中人的道德理性成长可能没有这么严格的区分，但这一为学次第，的确有道德理性成熟过程的心理学依据。其次，朱熹特别强调前一阶段是后一阶段的基础，实际上是将“义”的学习规定为对前一阶段习惯化行为的进一步认定，而这与道德理性的广泛诉求是有距离的。因为道德理性不仅是对什么是道德的体认，也包括了对为什么这就是道德的判断反思。

① 《小学辑说》。
② 《朱子语类》卷七。
③ 《小学辑说》。

第五节 “善恶之辨”：严复的道德实践判断与教育

善恶之辨，至为难明。往往人所谓恶，乃实吾善，人所谓善，反为吾恶。

《严复集·〈群己权介论〉译凡例》

在朱熹“天理”理念笼罩世间万物的时候，群与群的差距至少在心理上显得微乎其微。在这种情况下，理清道德行为性与情的心理发生机制，划清道德判断理与欲的原则区别，在个体需求与群体需求之间寻找出公与私的最佳利益结合等，就成了朱熹解决的主要问题了。可是，当历史的时针指向严复所在的年代的时候，群际差异就成了心理不得不承认的实际问题。对于严复来说，当时他面临的思考主要有：（1）国际间的契约式“正义”是否可能？这是国群与国群之间的事实焦虑；（2）国群内部的民众是否可以实现契约式自由与平等？这是君主集权与民约分权的事实焦虑；（3）一种处于共同体目标的“友爱”与集权而非冷冰冰的契约式消极自由规定是否可能？这是理想与理论之间的焦虑。

严复用自由的积极含义规定了德性内容和道德的原则标准，在这种道德的理想设计下，人的“特操”完全发展，国群之间与国群内部的能够实现契约式公正。但是现实也让严复清楚地认识到：自由的消极含义是积极含义实现的前提条件，虽然它可能导致对他人权利的漠不关心；国群间首先是力气然后才可能有契约公正，虽然这极有可能导致翻版的强权主义；国家“保种自强”的存在自由远远高于个体的消极自由，虽然这带有为君主专制辨护的嫌疑。以上问题都是严复视线中的问题，在这些问题面前，严复是激进还是保守，是左右逢源还是顾此失彼，的确有些莫口难辨。但有一点可以肯定的是，在契约式理想与保种式现实面前，严复是想有机结合两者的。

一、国群内契约伦理的辨明

契约是自由人的契约，自由是契约下的自由，自由与契约向来为一事之两面。要使群体的契约得以成立，首先就是对个体自由的考虑。在比较了中西差异后，严复认为西方强盛的关键在于“于学术则黜伪而崇真，于行政则屈私以为公而已”，而能实现“真”与“公”的关键又在于个体“自由与不自由”①。基于这种认识，严复提出国群的伦理制度等应为自由而设，“唯天生民，各具赋畀，得自由者乃为全受。故人人各得自由，国国各得自由……而其刑禁章条，要皆为此而设耳”。这既是对法律的原则要求，也是对伦理的基本假定。从表面上看，“自由”是严复基于国内外形式的一种观察比较，但问题的实质是，严复一直都是在“天演”、“运会”的立场上思考这些基本概念的。“治化天演，程度愈高，其所得以自繇自主之事愈众。”②对于严复来说，西方列强鱼肉中华，并不能成为道德的榜样，但其之所以能有如此之霸道力气，这与他们群体在生物学意义上跟随了天演进化有关。就这一点，为了严复“保种自强”的积极借鉴。还有，尽管列强在国群之间丧失道义，在利用契约规则来达到“以力胜”的目的，但就他们国群内部而言，他们又是在真正契约意义下享受了自由权利的，这既是他们在伦理

① 严复：《论世变之亟》，载王栻主编：《严复集》（第1册），北京：中华书局，1986年，第27页。

② 严复：《〈群己权界论〉译凡例》，载王栻主编：《严复集》（第1册），北京：中华书局，1986年，第133页。

意义上片面地追随天演的结果，也是中国国群需要吸取经验的地方。

尽管这极有可能导致一种消极意义上的自由，严复还是认为它存在极其必要，这种必要性不仅是经验能观察到的，也是学理上可以琢磨的：首先，自由对于个体而言，能让主体理性为自己的行为承担道德责任，这也是成就积极自由的前提条件。“自繇云者。乃自繇于为善，非自繇于为恶。特争自繇界域之时，必谓为恶亦可自繇，其自繇分量，乃为圆足，必善恶由我主张，而后为善有其可赏，为恶有其可诛。又以一己独知之地，善恶之辨，至为难明。往往人所谓恶，乃实吾善，人所谓善，反为吾恶。此干涉所以必不可行，非任其自繇不可也。”① 其次，自由是群体自强的前提条件，是天演天择的必然要求。因为，“不自繇则善恶功罪，皆非己出，而仅有幸不幸可言，而民德亦无由演进。故惟以自繇，而天择为用，斯郅治有必成之一日”② 最后，推其及至，自由只要不妨碍别人就没有理由限制它。“夫泰西之俗，凡事之不逾于小己者，可以自由，非他人所可过问。”③

为了在国群面前维护个体的优先性，严复在《天演进化论》中明确表示个体自由对于国群自由的优先性：“是故治国是者，必不能以国利之故，而使小己为之牺牲。盖以小己之利而后立群，而非以群而有小己。小己无所利则群无所为立。”为了介绍他的这种观点，严复还有意做了两种比较：首先是生物

① 严复：《〈群己权界论〉译凡例》，载王栻主编：《严复集》（第1册），北京：中华书局，1986年，第134页。

② 严复：《〈群己权界论〉译凡例》，载王栻主编：《严复集》（第1册），北京：中华书局，1986年，第133页。

③ 严复：《〈法意〉按语》，载王栻主编：《严复集》（第4册），北京：中华书局，1986年，第994页。

与人的比较。生物有时为了保全生命牺牲某个器官，但“社会无此独重之特别主体也”，个体不应该为国群做此牺牲。其次是国与民优先性观点的比较。有人认为“国立所以为民，此重人道之说也；而谓民生所以为国，此重公义之说也。由前之说，而后政平；由后之说，而后国固。两者皆是，不可偏非，视时所宜，用之而已。”但严复并不这么认为，他“察古今历史之事实，乃往往毁无数众之权利安乐，为一姓一家之权利安乐，使之衣租食税，安富尊荣而已。”① 也就是说，国群优先往往成了统治者的私利优先，严复坚决反对这种观点。

然而自由的多少不仅取决于个体德性的成熟程度，也取决于群体内其他人生存与发展所可能许可的程度。这一点在个体还不具备契约式公德的时候尤为重要，因为他们往往错误地把自由理解为滋事生非或者任意行为，从而忘记了自由是契约许可的自由、是群体中的个体行为。如维新期间，“自由之说常闻于士大夫。顾竺旧者既惊怖其言，目为洪水猛兽之邪说。喜新者有恣肆泛滥，荡然不得其义之所归。”② 这些都不符合自由的契约式含义，所以，严复把自由放到群体中来考虑，把《自繇论》翻译成《群己权界论》，强调“学者必明乎已与群之权界，而后自繇之说乃可用耳”，从而牢牢地把握了自由的群体契约本质。

群己之辨就是群体内部的人我之辨。行为之所以具有道德意义，那是因为它具有人群的特点。如何在人我之间合理取舍，才能符合契约式道德判断的需要，这的确有些让严复“至为难

① 严复：《天演进化论》，载王栻主编：《严复集》（第2册），北京：中华书局，1986年，第315页。

② 严复：《〈群己权界论〉自序》，载王栻主编：《严复集》（第1册），北京：中华书局，1986年，第131－132页。

明”。为了让国民学会在群己之间合理地进行自由与利益的权衡，严复拿西方的历史来说明问题。他说：“古欧之民主，其存立必小己与大群之利害，得调燮而平均。故其局之散也，恒由小己奋其私，各立于独不相下，而害大群之公义。当此之时，则必有专利之霸权兴焉……浸假而大群小己之利害又过于不平……而国会之制，乃以众治救独治之末流，而底于今日之治制。”① 严复的意思是说：古代欧洲民主制度的崩溃，起因于个人对群体的侵害；而近代欧洲民主制度的兴起，则起因于群体对个人的侵害。所以，真正的道德生活就是在契约的指导下保持人我之间的利益平衡。

二、国群间契约伦理的辨明

契约所要实现的绝对不只是群体内部的平等自由问题。如果国群之间无法实现对等看待，那么这种国群内的自由平等也只是出于想象。这就是严复写《〈民约〉平议》批评卢梭的天赋权利的主要原因之一。在严复的心目中，契约所依持的是人类之公理，而不是哪个群体的局部同意。然而，实现该人类之公理的契约需要有两个前提条件：其一是群体内部一种积极的契约公正的实现，其二是群体之间能实现至少是消极意义上的契约式公正。也就是说，严复不自觉地把国群作为“群”的基本单位。他认为社会契约之不能，其中很重要的理由就是国群之间的契约无法真正实现。他的论证是从正反两面提出来的。从正面讲，在国群之间，想把契约权利建立在“人类之公许”的基础上，没有任何经验可以例证。即使是作为理想，这种理

① 严复：《述黑格儿惟心论》，载王栻主编：《严复集》（第1册），北京：中华书局，1986年，第217页。

想也值得疑惑。正所谓“凡人得一权利，必待一切人类公许而后成，此不独于事实为难见，即在理想，亦有可疑”；从反面讲，现在国际间所有的和约都是出于力气而非出于公理，是一种交易而非契约。正所谓“夫和约亦约也，犹交易然。所售者，和平而争息也。而受约者，以土地为之代价。……约固在也，力实成之。”①

正是因为出于对现实国群关系的考虑，所以严复没有盲目地鼓吹天赋人权和社会契约，而是从他一贯的天演理论来解读这种国群之间的关系，解读“以力胜”的合理之处。严复把国群作为基本单位，把国群争斗置于“物竞天择”的范畴内，说“民民物物，各争有以自存。其始也，种与种争，及其成群成国，则群与群争，国与国争。而弱者当为强肉，愚者当为智役焉。”②“物竞有进群之用，故兵争亦有进群之用”③、“国与国而竞为强”④。在严复的理念中，国群之间的争斗不仅是物种进化的被动的自然历程，其争斗本身也使国群趋强，从而赋予了国群竞争的道德目的善。

既然国群之间的竞争具有道德趋善的含义，那群体内部就该积极利用这种道德趋善性，保种自强。正是从这一点出发，严复提出了一直让人费解的“己轻群重”的理念。这一理念之所以让人费解，原因就是解读者往往从群体内部出发，认为严

① 严复：《〈民约〉平议》，载王栻主编：《严复集》（第1册），北京：中华书局，1986年，第339－340页。

② 严复：《原强》，载王栻主编：《严复集》（第1册），北京：中华书局，1986年，第5页。

③ 斯宾塞著，严复译：《群学肄言》，北京：商务印书馆，1981年，第145页，译者注。

④ 严复：《〈女子教育会章程〉序》，载《严复集》（第2册），北京：中华书局，1986年，第252页。

复的意思是为了国家的生存，国家成员就必须放弃自己的某些利益。这恰恰是与严复的原意背道而驰的。在正确理解严复原意之前，我们有必要区分好自由的积极含义和消极含义。对于严复来说，他一向积极倡导个体积极自由，并把这种自由与保种强国进行了有机的结合。说“己轻群重”并不是要求个体让渡他的积极自由，相反，他需要个体放弃自由的消极意义，而积极地把特操与群体结合起来，把个体发展与国家民族命运结合起来。从词义本身来说，任何自由都是属于个体的；所谓国群自由，指的是国家作为一群体存在与强大的可能性。当严复把国群存在与强大的可能性与个体“特操”有机结合的时候，“己轻群重”就成了个体的消极自由为积极自由让路。严复不是没有意识到这一点，所以他在遗嘱中都不忘叮嘱，“事遇群己对待之时，须念己轻群重。”① 己轻群重的意义在于“盖惟一群之中，人人以损己益群，为性分中最要之一事，夫而后其群有以合而不散，而日以强大也。”②

“己轻群重”、“自强保种”都是趋善的过程，善在国群间存在的真实含义仍然是契约伦理的理性诉求。当严复猛烈地批判卢梭天赋自由的时候，他忘记了他自己也在为这种国群间的契约公正做出理论假设。在《天演论》的翻译过程中，严复在斯宾塞和亚当·斯密学说中各抽出一条原则。斯宾塞的是“人得自由，而以他人之自由为界”的平等原则；亚当·斯密的是“大利所存，必其两益。损人利己非也，损己利人亦非；损下益上非也，损上益下，亦非”的互利原则。严复把两原则组合，

① 严复：《遗嘱》，载王栻主编：《严复集》（第2册），北京：中华书局，1986年，第360页。

② 严复译：《天演论》，载王栻主编：《严复集》（第5册），北京：中华书局，1986年，第1388－1389页。

用来说明国群间的“持其平而与之直”的契约伦理主张。[①]

通观严复在对待国群契约伦理的复杂与紧张，不难得出如下结论：严复认为有一来源于天演运会的超越性的公理的存在。该公理基于契约平等的道德理性，而非基于利益权衡的私厢授受；该公理是一切人际交往的基本理念，但在中国民族内部和中西民族之间是缺乏这种公理存在的；在国群间实现该契约伦理的基本前提是认识到实现契约伦理的前提缺乏。为满足该契约伦理的前提，中国民族就该奋起自强。但严复也深深地意识到，基于贫弱的公理契约期待是难以实现的；但富强后的国民是否还会有公理契约的期待呢？严复似乎无法回答这个问题。

三、有机共同体与契约伦理的辨明

从上文分析看来，国群内与国群间的契约伦理更多的是一种主张。至于这种主张能否成为现实，严复无法保证。因为严复清楚地认识到。契约伦理的前提是自由，但契约和自由所依赖的公共理性却只是一种期待，远不是严复所能看到的未来。或许是对契约伦理无期的担忧，或许是对契约伦理途径的一种探索，或许是他对契约伦理的一种反动，也或许是想作为契约伦理的一种补充，或许兼而有之，等等，严复提出了一种友爱共同体的主张。这种“友爱共同体”就是一般人所言及的严复的“社会有机体”和导致“己轻群重”思想的理论。社会有机体是社会学的说法，放到伦理学中就是“友爱共同体”。亚里士多德对友爱与公正做过比较，说“若人们都是朋友，便不会需要公正；而若他们仅只公正，就还需要友爱。”[②] 正是基于友

① 严复译：《天演论》，载王栻主编：《严复集》（第5册），北京：中华书局，1986年，第1348－1349页。

② 亚里士多德著，廖申白译：《尼各马可伦理学》，北京：商务印书馆，2003年。第229页。

爱的考虑，严复话语中的群就常常在契约伦理和友爱伦理之间漂移。

值得注意的是，当严复为了说明人与人的权利不可让渡的时候，他用生物体结构来做反证；但为了说明友爱的必要，严复同样也用植物器官的分工来证明。“根干以吸土膏也，支叶以收炭气也……翕然通力合作，凡以遂是物之生而已。”植物的生存需要各器官的通力合作，而植物之“其积功累勤与人事之经营裁斫异，而实未尝异也。”所以，人就该积极地友爱互助。“一物之完而不毁、坚而难破也，必其中质点爱力至多……今中国之质点，亦可谓无爱力矣。以此而当外洋，犹以腐肉齿利剑也。”[①] 可见，在严复的心目中，友爱伦理是生存强大的必要条件。

严复在《天演论》的翻译过程中，阐述了友爱的五大原则。在《天演论》按语中他写道：“所谓去其所傅者，最为有国者所难能。能则其国无不强，其群无不进者。此质家亲亲，必不能也；文家尊尊，亦不能也；惟尚贤课名实者能之。……斯宾塞群学保种公例二，曰：凡物欲种传而盛者，必未成丁以前，所得利益，与其功能作反比例；既成丁之后，所得利益，与功能作正比例。反是者衰灭。其《群谊篇》立进种大例三：一曰民既成丁，功食相准；二曰民各有畔，不相侵欺；三曰两害相权，己轻群重。”[②] 归纳起来，大致有五方面：（1）尚贤而非亲亲尊尊；（2）优待未成年人的原则。尽管他们贡献小，但是所得利益应当多；（3）按劳取酬的原则。即成年人所得利益

① 严复：《拟上皇帝书》，载王栻主编：《严复集》（第1册），北京：中华书局，1986年，第73－74页。

② 严复译：《天演论》，载王栻主编：《严复集》（第5册），北京：中华书局，1986年，第1357页。

应与所作贡献相一致；（4）公民享有的自由权利不可侵犯；（5）群体利益高于个体利益。[①]

可见，严复不仅把友爱伦理置于天演进化的本体照应之中，也把它与契约伦理紧密结合。严复知道，国民如果没有自由和公德等特操能力时，其所谓契约民主只能是无知的多数人的暴政；而如果执政者有着公德心和践行公德的执政能力，同样能实现契约精神的理想目的。正是出于这一考虑，严复反对在当时的中国实行契约民主统治，但他又把整个中国当成一个群体单位，以为通过好皇帝集权就能实现契约所期望的目标。这一点与其说体现了严复的保守性，不如说体现了其游离在道德理想与现实之间的紧张与冲突。

四、国民自治与公共理性的习得

"是故富强者……必自民之能自利始，能自利自能自由始，能自由自能自治始。"[②] 严复认为，自治是自由自能自利以及国家富强的保证。那么如何实现国民自治与自治能力的培养呢？接受自由与契约知识当然是很重要的，只有明白了行为意义和操作方式后，道德主体的行为才具有道德意义。然而契约伦理或者说与之相匹配的道德理性的最终成熟却需要到实践中才能体悟得到。严复当然明白这个道理，所以他一直强调政治参与和公民自治。在"以英、法、德、意之政体，变中国之政体"宣告无望的时候，严复又提出了一个折衷方案："窃谓居今而为中国谋自强，议院代表之制，虽不即行，而设地方自治之规，

① 本归纳后四条参考了俞政《严复的社会伦理思想》中的相关论述。参见：俞政：《严复的社会伦理思想》，载《史林》，2004 年第 3 期，第 29 页。

② 严复：《原强》，载王栻主编：《严复集》（第 1 册），北京：中华书局，1986 年，第 14 页。

使与中央政府所命之官，和同为治，于以合亿兆之私以为公，安朝廷而奠盘石，则固不容一日缓者也。”[①]“具体的方法就是实行地方自治，群策群力，使民众在积极参与中提高智力德力能力，将散漫的一己自由转化为国群的公民自由（Liberty of citizen）。”[②] 也就是说，自治能力和道德理性的养成最终需要落实到生活中去，但具体生活本身并不是目的和依据。地方自治能力所依据的是出于契约的道德理性，而非地方的利益或者国群的利益考虑。

严复认为地方自治是“愈愚”的办法。所谓“愈愚”，就是祛除愚昧，增长人的道德理性。具体方法是这样的，通过对地方事务的参与，个体就能自主，个体自由就会具备“特操”的含义而与国群命运联系在一起了。当个人自由能成为国群自立的条件时，人人都会留意于“种之强弱，国之存亡”的问题。随之，个体就能发展自己的道德理性，按照契约的精神来修养自己，最后达成“斯民也，固斯天下之真主”[③] 的道德境界。看起来，这秉承的是严复一贯的假设：只有通过经验积累才能实现对真理的把握，但恰恰相反的是：在道德认知上，严复的确主张任何真理的把握都是归纳的结果；但这并不等于严复认为契约伦理的实现靠的也是由局部到整体、由经验而超验的道路。在道德实践的过程中，严复始终把握的是契约伦理的超验假设，而不是哪一局部的经验总结。之所以通过地方自治来促成契约伦理的最终实现，其原因首先是在更大的范围内已

① 严复：《〈法意〉按语》，载王栻主编：《严复集》（第4册），北京：中华书局，1986年，第985页。

② 周昌龙：《严复自由观的三层意义》，载刘桂生等编：《严复思想新论》，北京：清华大学出版社，1999年，第79－80页。

③ 严复：《辟韩》，载王栻主编：《严复集》（第1册），北京：中华书局，1986年，第36页。

经被经验证明无法实现，只有采用由局部到整体的策略才能实现全体人类的道德生活；其次是因为中国范围内的民众大都缺乏契约伦理的知识准备。从他们身边做起来，让他们切身体会契约伦理的运作方式，这种做法也是符合发展心理学依据的。

本章小结

道德的原则律令一旦形成，它就必须到实际生活中来体现它的存在。实践层面的道德判断需要解决的主要是小群与大群、我群与他群的复杂性群际关系。“义”、“权”、“义（宜）”、“辨”等核心词汇的含义随着时代情境的不同而发生转换，但究竟我在与哪个群体共享道德生活？我能与哪个群体共享道德生活？我该与哪个群体共享道德生活的问题却一直是道德理性在道德实践时所需要考虑的。

康德似乎不管这个，在他看来，剩下的事情无关紧要，其主要原因是道德在任何具体的生活中都是一条绝对的原则的履行，所以再也不需要道德理性的作用了。康德的影响不可谓不小，一些国内学者也纷纷为这一说法摇旗呐喊。在他们看来，如果认为道德的绝对律令在实践中还需要道德理性的判断的话，那就等于：（1）用经验和主观感受的标准作为道德判断的依据。（2）中国的传统伦理讲究道德的实践判断，那它就不是基于道德理性的先验判断，而是基于感情、亲情的血亲伦理。这种认识实在有些武断。因为强调道德的实践判断并非不承认道德的原则判断所产生了绝对律令。恰恰相反，正是因为一贯地坚持道德的原则判断成果，所以产生了这种原则性律令该在什么群体范围内实现的实践判断问题。也就是说，道德的实践判断并不是对道德的先验原则本身产生质疑而逢场作戏，而是因为不知道在怎样的群体范围内实现道德的先验原则而产生了实践判断的需要。之所以国内有些学者认为中国的传统伦理没有道德理性的主观参与，那只是因为他们拿康德作为正确标准来衡量中国的传统思想。因为康德的原则律令产生于人类（他人与我），所以他的判断成了道德理性的判断，而因为中国的原则律令产生于家族（以血亲为基础的国内认同），所以中国思想家的判断就成了道德情感的运用了。这实在有些片面。实际上，我们且不说近代中国人伦有了普遍平等权利的先在观念，单说古代伦理本身也存在一种绝对的原则式标准。只不过中国传统伦理的原则标准看起来比康德的原则标准使用的群体范围小了一点而已。

其实康德在道德原则律令后也绝非没有考虑到实践的问题。如他对理性的私下运用的考虑。就道德“应该”而言，一切都应该是普遍存在的，而不应该存在私下运用的问题。康德之所以让它存在并不是他自相矛盾，而是他把私下运用本身置于公开运用的指导之下。实际上什么东西是私下的，是公开的，本没有一条绝对的标准，一切私下的都有可能应该是公开的。怎么办，这自然牵涉到道德理性的判断问题。

以上的说法都是一种纯粹的学理考虑，它是建立在成熟的道德理性的基础之上的。当我们如是说，就应该注意到，作为未成年人，当他们在接受道德熏陶，培养道德理性，养成道德判断习惯的时候，教育者就应该考虑到他们道德理性的发展，而不能一味地强调适宜、权衡、判断等理性的运用的问题了。也就是说，道德教育应该考虑到未成年人的心理发展特点，在理性未充分成熟之前，一些习惯的养成、规则的学习都是有必要的。之所以有必要一方面是因为经验规则本身是在一定的群体范围内符合道德的原则性要求的，另一方面是因为该习惯的养成、规则的学习本身并不否定理性的引导力量。

1. 道德实践判断的教育并不排斥早期的习惯养成教育。相反，主体在不断地将规则运用到具体生活中，体会到讲道德的理由。但这种赞同是有限度的，这种限度有三：一是这种习惯或规则的习得仅仅停留在生活方便的限度内。人为的生活规矩很多，有些规矩是处于安全的需要，有些规矩是出于正常生活的需要。这些规矩都是正常生活所必须的。二是这种习惯或规则的习得不能靠非理性的方式强调。也就是说，这种教育目的不能通过命令、威胁、惩罚等方式获得，而应该诉诸榜样示范、鼓励表扬的力量。三是在可能理解的程度上，让学生知晓，榜样和表扬之所以成立，那是因为它们是符合道德的榜样和行为。与这种限度相反，道德教育经常出现的问题是：（1）一些缺乏生活实质内容的，为了礼仪而礼仪教育教育常常充斥了儿童的生活空间；（2）为了道德的美好愿望，不道德的灌输、强制、惩罚、训斥手段经常被利用。这样的教育实质是蒙蔽了学生的理性发展，没有为学生的道德判断预留空间。

2. 拓展主体的生活时空。尽管道德本身是先验的判断，但道德理性的形成离不开人的生活经验和社会环境。“道德所具有的使人理解社会环境的科学手段，处在日常生活经验的水平上，存在于每个人的日常活动中。人类的道德经验是独一无二的历史‘实验室’，在这里可以找到社会发展和人类完善的最富有前景的、最人道的途径。”① 道德教育就是要拓展人的生活时空，使人的生活脱离狭隘的当时当地情境，处于更为广泛的生活世界当中。这样，他就可能摆脱狭隘的血缘和地域局限，从

① 季塔连柯主编，黄其才等译：《马克思主义伦理学》，北京：中国人民大学出版社，1984 年，第 100－101 页。

更广阔的人类关系中来追问和践行道德。主体的生活时空非仅仅是一种经验形式的时空。经验形式的时空完全从属于知觉和经验，它同思想或者理念形式存在的时空观念相对立。在道德范畴中，作为理念形式存在的时空就是一种道德自然的表达方式。这样的自然观念，超脱了具体的经验，从一种绝对完美和正确的秩序中来思考和现实的道德生活。金生鈜把这种存在论意义上的道德自然称为"自然好"。他说："'自然好'的理解是对所有的道德主张、道德观念、道德习俗、道德原则质疑的基础，因为'自然好'意味着永恒和完美的生活秩序，这是超历史、超社会、超习俗、超宗教的、超群体的，这样的秩序是不可见的，但却是可思的。'自然好'为道德及道德教育提供着永远可思的根本标准。"①

道德教育要拓展主体的生活时空也包括拓展学生的时间经验。目前，道德教育中有一种回归传统、经典读诵的道德教育思潮。这种思潮看似在拓展学生的时间经验，其实不然。因为单纯的背诵所出现的结果有二：一是毫无意义的机械记忆。没有意义也就没有时间意义；二是做脱离现实生活情境的意义理解。这种教育并没有拓展学生的时间，而只是主观上把学生的时间换了个位置，从现实的时间换到了经典论述者所在的时间里。现在与传统之间没有有机的对接。如果学生真的按照这种思路展开自己的生活，那将会形成一种分裂的时空观和人格。所以说，这样的拓展是背离道德形成的哲学要求的。

3. 揭示主体道德实践的群际冲突。也可能有人反驳说，背诵经典、回归传统实际上是站在现在的角度提出来的，证据就是传统经典读本并非原本照抄，而是根据现时代的精神，"取其

① 金生鈜：《规训与教化》，北京：教育科学出版社，2004 年，第 313 页。

精华，去其糟粕”而选编出来的。这种回答是个引子，它引出了道德教育促进主体道德判断、实现道德形成的第二个问题：道德教育需要帮助揭示主体道德实践的群际冲突。

现在的道德教育很少是揭示道德冲突的教育。任何美好的教育设计都容易在这里出现问题：(1)“取其精华，去其糟粕”式的经典教育就是这类的典型。所有的传统故事，所有的道德戒律都是在一种不容质疑的教材里体现的、有系统教学计划中筹备的、有组织的时间和空间中安排传授和背诵的。(2) 缺乏道德冲突的道德教育模式其实都是一种“知性德育”模式。这种德育在内容上就是知识德育、思维德育和知化的德育[①]，在形式上就是过度理想化（缺乏与现实的冲突）的德育、过度政治化（缺乏与国家范围外群体冲突）的德育。这种模式把事先设计好的一定群体范围内道德原则、行为规范和世界观告诉学生，仿佛它告诉的就是学生希望听到的、愿意听到的、并且能够言听计从的东西，仿佛学生是不能经历冲突、不能承担冲突所带来的焦灼压力、没有理性思考能力的接受器，仿佛学生就是那反季节的蔬菜，它们的生存空间除了温室（学校）就是厨房（固定好的群体范围）。这是当代中国道德教育的主要困境。解决困境的努力就在于向学生揭示道德实践的群际冲突，明确道德的先验原则在不同的群体有着不同的实践效果。当学生明了事实后，教育者通过他们在实际生活中的权衡与判断，促进学习者道德理性的最终形成。

① 高德胜：《知性德育及其超越——现代教育困境研究》，北京：教育科学出版社，2003 年，第 21 页。

结论

道德是复杂的存在。我们无法彻底地用语言表述它，因为语言决定了它无法清楚和完整地表达道德的实践存在；我们也无法彻底地用行为表现它，因为行为决定了它无法正确和完全地表达道德的心灵存在。道德是人际的存在，孤单的人尽管有一腔的德性诉求，他也无法成为道德的人；道德又是灵魂的存在，不是出于本身理性召唤而出于任何外力约束的都无法彰显德性。道德是实践的存在，任何高尚愿望和美好设想都要具体化到人与人的日常生活和交往中；道德又是超验的存在，道德的原则性要求无法在生活经验中总结出来。

道德的复杂性存在于道德理性的三层次中，表现于道德判断的不同范式中。道德是如此复杂的存在者，但我们的道德教育往往把复杂的问题简单化。表现有二：一是忘记了道德理性存在的三层次，从而笼统地一把抓；二是担心道德判断的范式事实会成为“道德相对主义”并消解道德，所以排斥道德的复杂性存在。

这里所说的教育就不仅仅是未成年人的学校教育，而指以整个国家为单位的道德倡导与宣传。这两者的区别是明显的，如果仅仅是前者，那它更多的就只是具有道德发展心理学的意义，至于道德，那是成人能够把握且已经把握的实在了；如果是后者，则除了心理学的内涵外，更多的是道德哲学的要求。

此时的道德不是固定的实在，而是道德主体的道德理性所不断生成与发展的存在。

一、道德理性要求道德正位的道德教育

前面已经充分地论证并描述了道德理性的三种存在形态。但我国目前道德教育往往使这三种形态混淆错位而难以真实开展。具体表现就是：（1）取消自然与道德的差距，将自然道德化；（2）消解道德的合理存在实质，将缺德道德化；（3）解除道德的实践存在方式，将经验道德化。而这一切都是因为忽视了道德理性的存在及其三种存在形式。

（一）道德理性排斥自然道德化的教育

在哲学意义上，自然是人们对整个世界存在的一种整体抽象，是对世界本来是什么样子，将朝什么方向发展的一种宏观把握。人类意识通过自然展示的时空组合和转换，将尽可能地理解包括宇宙在内的存在条件、存在历史和存在结局。在人类意识面前，自然最终是有秩序和善向的客观实际状态，人类的思维和行动如顺其自然，将会实现美好生活的愿望。在通常的学术术语中，学者们把人类对自然的这种理解和体认状态叫做信仰。“信，诚也。从人言”；“仰，举也，从人，从印”[①]。一切信仰总归都是对某种自然状态的体认与信奉，它与信念的相关性就是：两者都有信的成分，但后者主要是针对具体事物的，是人们在实践活动中产生，并对人的思考和行动有导向作用的一些尚未实现和证实的客观状态和观念等的经验确信；而信仰则是对宇宙人生总体性和普遍性的观念和态度，它反映着人类对自我及其处境的整体认知和评价，是人类通过思维和行动超

---

① 《说文解字》。

越自我、超越有限性的先验活动。

与本文主题相关，自然信仰的道德理性作用方式有两个方面的特点：

（1）道德理性的个体性。信仰是通过理性来完成并且是对理性认同的非理性表达，它是理性的非理性存在方式。①当个体信仰自我理性所体认到的自然时，他将按照这种自然来决定自我的人生态度、价值取向和道德准则，来判断自我行为的目标价值、手段合理性和道德意义。正因为如此，自然本身就需要不断地接受个体理性自身的拷问。该拷问可能具备两种形态：一是个体对已经形成的自然观念进行理性论证，试图把信仰尽可能地建立在理性基础上，排除非理性的难以经受推敲的想象和假设；二是个体对已经形成的自然观念的非理性成分进行质疑，以至于怀疑、动摇和推翻前期自然假设，或者是灵魂的无家可归，或者是重新选择新的自然信仰。离开了主体理性，信仰就成了迷信，道德理性的个体性正是道德自然经历时间变化的主要原因。

（2）道德理性的群体性。“约略而论，信仰是指特定社会文化群体和生活于该社群文化条件下的个体，基于一种共同价值目标期待之基础上，所共同分享或选择的价值理想或价值承诺。”②也就是说，人们对自然的理解总是具有群体性。任何理解都需要建立在理性普遍性的基础上，这有两个方面的原因：首先是因为人们的道德理性发展程度总是与他的群体生活相关。尽管对自然本身的理性是纯理性抽象的，但群体生活一直都在

① 高兆明：《论社会转型中的道德信仰危机》，载《浙江社会科学》，2001年第1期，第106页。

② 万俊人：《现代性的伦理话语》，哈尔滨：黑龙江人民出版社，2002年，第143页。

充当理性抽象和生活实践的经验映照；其次是因为个体理性都喜欢寻求自然理解的普遍性。这种普遍性不是建立在众意而是建立在公意的基础上，因为他相信自己拥有别人所同样拥有的普遍理性。道德理性的群体性正是道德自然保持区间稳定的主要原因。

通过上面的分析，我们理应得出如下两点结论：

（1）道德自身无信仰。所有的信仰都是对自然的理性认识，对自然存在的实然体认，而不是对一种道德应然的顶礼膜拜。道德是为配享美好生活的一种内在承诺和行为秩序，它是“应该如此”的理性表达。人们总是希望从自然的事实存在中推导出应该的道德生活，即希望有一种抽象事实来充当道德生活的终极根基，从而使道德成为自然而然的样子，而不为人为的主观设定。自然恰如其分地充当了这种角色，人们能从自然的美好特性中寻找到人生价值和社会方向的目标、基础和动力，从而在一定程度上影响了人们对美好生活、道德生活的理性设计和实践追寻。然而，道德本身却是无法信仰的。人们对道德只能是一种信念期望，期望通过如此的道德行为来配享美好生活，道德无法单独实现美好人生与和谐宇宙，所以它也无法成就信仰。

（2）自然本身无道德。自然是人们生命价值和意义的承担者，是主体道德理性发挥作用的最终依据和动力，是道德主体坚守道德立场、持续道德生活的关键。然而，自然的存在形式和作用方式随着道德理性的变化而不断地发生变化，这是理性本身的怀疑批判本质之所在。这也就是说，自然虽然对道德具有终极的支持意义，但自然与道德本身的联系是松散的，各种完备性学说和世俗宗教的自然理解多种多样，但它们对道德的支持力度和范围却都是尽可能的多。我们不能把哪一种自然理解专利化，认为惟有它才是成就道德的唯一正确终极。

当我们做如是结论的时候，现实的道德教育往往把信仰本身当成道德，把自然道德化。有意无意地认为惟有一种自然理解、惟有一种终极信仰才具有道德价值，排斥并隔绝学习者对其他自然理解的了解和信仰。这种现象在全球各地都存在，信仰基督教的人认为惟有上帝才能最终拯救人类，信仰佛教的人也认为惟有西方极乐世界才是人生的最终归属。作为信仰，它本身并无对错之分，但一旦把自然本身道德化，认为只有在某一自然理解支撑下的道德才是唯一的充满美好和正义的道德，这就有些违背理性自由了。现实的道德教育似乎遗忘了这一点。他们往往舍弃自然与道德之间的区分度，把道德与信仰合一，认为现实存在道德信仰的危机，消除这种危机的办法是重塑或回归某一种道德信仰。其实，道德危机的根源并非是什么道德信仰的危机，而是某一被倡导的信仰不能被个体理性接受后所产生的道德解释力的危机。所以，现实的道德危机并非是某一种终极理解的缺失，而是在它缺失后没有主体理性所愿意理解和接受的自然出现。

所以，道德自然的教育应该从两方面着手：一是开放自然理解。向学习者提供开放而不是封闭的各种可能的自然理解材料，相信学习者的道德理性能形成自己的自然判断；二是合理地解释各种自己理解的道德内涵。不能为了说明某种自然理解的先进性而用欺瞒、歪曲等种种方式达到蒙蔽学习者的效果。任何自然理解都是一种理想的终极表达，它不能也无法用经验事实来证明，惟有理性抽象才是判断理解合理与否的标尺。如是说，终归是开放道德理性的自由，让道德主体凭借自己的理性判断，选择自以为是的自然理解并以之支撑自己的道德生活。

（二）道德理性否定缺德道德化的教育

由于对上述自然道德化的失望，人们往往把这种现象称为高标道德（或称道德高标）。这反映了人们等同了道德终极基础与道德本身的关系，以为道德本身具备不同的层次，其中的最高层次就是普通人做不到的高标准道德要求。特别是在中国的特殊背景下，高标道德就是与共产主义奋斗目标相适应的“毫不利己专门利人”、“个人的事再大也是小事，集体的事再小也是大事”、“心中只装着人民，惟独没有自己”，等等。这种高标道德“使人感到做一个有道德的人似乎就是做一个处处吃亏、事事损己的人，使人感到个人与他人、与集体的利益总是相互排斥、难以两全的。”① 有学者猛烈地批判这种高标道德，认为“若干年前‘毫不利己、专门利人’的绝对道德高标，使当代中国人的道德水准发生了有史以来最大最彻底的滑坡，几乎滑到了中华民族最近两千年历史的最低道德底谷，以至于在这一口号停止使用的二十年之后，还无法恢复到文明社会的正常水平，很多国人更沦为‘利己必损人’乃至‘损人不利己’的道德败类。”②

既然道德教育的目标过高且实现不了其预期效果，于是“底线”德育就顺势被提出来了。在把品德“底线”“规定为是保证受教育者品德健康发展的最低品德水准，道德情境中自觉恪守的无法再降的最低原则要求；也是危困情境中抵抗诱惑克制欲望无路再退的最后价值信念与道德防线”的基础上，有学

① 扈中平：《对我国道德教育虚伪性的批判》，载《Sohu 教育频道 · 对话的逻各斯》。http：//learning. sohu. com/20050214/n224293348. shtml 2005 年 2 月 14 日 11：29。

② 张远山：《寓言的密码：轴心时代的中国思想探源》，上海：复旦大学出版社，2005 年，第二十四章《反道德的道德高标——子贡赎人》，B22/7. 512。

者把“底线”教育定义为“从学生品德‘底线’的实际出发，提升与巩固品德的最低水准及最后防线，阻止与防预品德‘底线’的下滑与后退，以保障学生品德最低限度的健康发展与自主提升的教育”。[①] 一时间，“底线教育”、“德育底线”等如雨后春笋般在教育实践界被反复提到和运用。[②] 有学者甚至认为，在对假大空的高标道德清算的工作还没有结束的时候，“现在又出现了一个新问题：道德教育基本上到了一个没有底线的程度。……比如说上海、北京，在修改道德教育的有关法规文件的时候（比如说《中学生守则》、《小学生守则》），把勤劳、节俭等要求都删除了，这样可能真的会出现道德沦丧的状态。”[③] 教育领域的“底线德育”的提出显然是对伦理学界关于“底线伦理”、“普世伦理”、“全球伦理”等的倡导分不开。[④] 国内对底线伦理进行系统研究的首推何怀宏，有学者总结了他关于底线伦理的含义，“就底线伦理的性质而言，它首先是与传统等级社会中精英道德相对的现代平等社会的普遍道德；其次，它是相对于人生理想的基础道德；再次，它是相对于世界观理论体系的优先性和独立性的道德。”[⑤]

① 白中军：《“底线”教育：学校德育的新模式》，载《当代教育科学》，2004 年第 5 期，第 9 页。

② 2005 年 12 月 25 日 20：56，在 GOOGLE 搜索约有 22700 项符合“底线德育”的查询结果，基本上都是 2001 年至现在的。

③ 檀传宝：《道德教育基本上到了一个没有底线的程度》，载《Sohu 教育频道·对话的逻各斯》。http：//learning. sohu. com/20050216/n224310519. shtml 2005 - 2 - 16。

④ 当然，也有学者认为“底线伦理”、“普世伦理”、“全球伦理”等不是一回事情，对它们做了区分。详见：余晓菊：《全球伦理不等同于底线伦理》，载《道德与文明》，2003 年第 3 期，第 36 - 39 页。

⑤ 陈泽环：《底线伦理·共同信念·终极关怀：论当代社会的道德结构》，载《学术月刊》，2005 年第 3 期，第 60 页。

“高标道德”与“底线伦理”的提出，往往导致了潜意识地将道德本身区分为三五九等。在中国这种特殊国情下，就是承认“存在着既有先进分子接受、执行的高层次的共产主义道德，也有广大群众接受、执行的普遍层次的社会主义道德，也有一些人道德觉悟低、甚至连起码的社会公德也不遵守。”① 对于最后一种人，对他们只能讲“底线伦理”，即解决“人起码是什么样态，因而绝对不能做什么”这一问题的否定性规范，而不是一种解决“人应该是怎样的，应该朝什么状态发展”的肯定性规范。② 如此的划分与其说是道德的层次区别，不如说是对人的身份区分。因为在他们的预先设想中，人与人性是三五九等的，总有一些人处于道德的特殊位置。虽然如此划分给普通人或底线人预留了晋升的可能，但身份等级差别始终是存在的。

如此或显或隐的道德层次论都是对道德的原则性存在的背离：首先，值得关注的是，不管是高级道德的确定者，还是道德高标的反对者、道德底线的倡导者，他们论证命题的依据都一致是“做得到还是做不到”：大部分人做得到的就是一般道德，很少有人做到的就是最高道德。也就是说，区分的标准是来源于生活经验，而非道德的先验判断。道德在这种区分面前不是应该如何，而是事实上只能如何。可道德说到底是对现实非道德状态的否定或部分否定，而非与现实的妥协；它是“应然状态”而非“实然状态”。道德层次论显然违背了道德的该基本内涵。其次，这种区分的最核心问题在于忽视了主体道德

① 章海山、张建如：《伦理学引论》，北京：高等教育出版社，2002 年，第 119 页。

② 陈泽环：《底线伦理 · 共同信念 · 终极关怀：论当代社会的道德结构》，载《学术月刊》，2005 年第 3 期，第 60 页。

理性参与道德判断的可能：一切为他人的就是高标道德；既为他人又为自己的就是一般道德；不损人而利己的就是底线道德；损人利己或不利己都是缺德。这些都是道德先知规定好的，道德实践者只需要绝对不损人，做到利己时利人，争取损己利人就行，而无须道德理性的先验判断。最后，如此道德层次论违背了道德的前后一贯的原则：在完全相同的情境下，以你愿意被对待的方式对待他人。也就是说道德终归是一种公正律令，尽管我们对它的解读存在着范式区别，但不同的解读都是对公正的解读，而非其他。公正不仅包括对他人的公正（对他人公正不等于一切为了他人），也包括对自己的公正（合理地考虑自己的利益追求和价值实现）。道德只有尽可能地满足两个方向的公正，而不只是损己利人的要求。

道德的原则标准只能是唯一的，一切与之相反或相背的都是假道德，都是主体道德理性的蒙蔽，也就是缺德。按照道德理性的原则判断，现实道德教育经常把缺德道德化，甚至对它的批判也只不过是从一种缺德状态走向了另一种缺德状态。我们应该承认，在道德主体身上，存在着道德理性的三种形式，那就是为实现道德自然根基判断、道德原则标准判断和道德实践群际判断的道德理性三形式。但这绝对不意味着这三种形式规定了在现实生活中应该存在三类道德人：一些人因为浸淌于道德自然的探询与追求从而过的是与众不同的高尚生活；普通人因为一种可能的利己利他行为而过大众生活；剩下的就是需要被道德教育的对象。总之，道德教育不应该把缺德道德化，背离道德的原则标准，放弃道德理性的判断。

（三）道德理性反对经验道德化的教育

国内道德教育通常有一种假设：道德于外表现为利人，于内表现为一系列的良好德性。这样，只要一个人声称他是凭良心做事并伴随着一系列的美德表现（如爱国、勤劳、简朴等）时，我们就认为他是一道德人，从而获得别人的尊敬和同情。这是一种典型的经验道德化的体现。经验道德化就是将一两种良好的美德德目和规则行为要求看作是道德本身，以为道德的原则律令就是没有任何条件地对某种道德规范（如《中小学生守则》）的遵守，由此忽视了道德在实践过程中的复杂性存在，废止了道德理性的实践判断。

最近互联网上关于韩桂芝的新闻报道举不胜举，[①] 在压倒一切的形容韩桂芝腐败、奢侈、骄横等新闻报道中，本研究惊奇地发现有一篇报道很温情地述说了韩桂芝的“德性”表现。该报道的大致内容是[②]：2005 年 12 月 6 日上午 8 时 30 分，62 岁的韩桂芝被两名女法警带进法庭。她身着藏蓝色西服套装，外穿一件黑色长呢子大衣，头发乌黑光洁，神态平静。由于韩桂芝涉案金额巨大，收受贿赂笔数较多，法院特别预先安排了长达四天的开庭审理计划。但由于韩“非常配合”，认罪态度良好，对被指控的所有内容都表示认罪，原定四天的庭审只用两天就完成了所有程序。韩桂芝出生贫寒，她在农村长大上学。韩桂芝的两个儿子都是在大兴安岭长大、上学。那时的大兴安岭条件非常艰苦，像韩这样的干部，觉得对子女有所亏欠，对孩子大都过分溺爱。韩桂芝所有的受贿卖官，几乎都以她的三妹妹韩玉芝和长子陈泓播作为中间人。韩桂芝被“双规”后，很快就全部坦白了自己的问题，而且几乎“想把所有事情都揽

① 2005 年 12 月 25 日 22：56，在 GOOGLE 搜索约有 236,000 项符合“韩桂芝案”的查询结果。

② 段宏庆，吴小亮：《黑龙江两贪官北京受审　近期将作出审判结果》，载《财经》，2005 年第 1 期。http：//www. qglt. com. cn/bbs/ReadFile？ whichfile = 12049399&typeid = 14 2005 - 12 - 22 21：23：07.

到自己一个人身上”。

从这篇报道来看，韩桂芝具备一些良好的行为规则和美德表现：如神态平静、认罪态度良好、出生贫寒、生活条件非常艰苦、溺爱孩子、想把所有事情都揽到自己一个人身上，等等。如此的报道都只是为了突出一个主题，那就是所谓知情人说的：“韩桂芝是比较注重家庭的，正是这点毁了她，也毁了她整个家庭。”这种报道好像在说韩桂芝的所有错误都是为了成就家庭美德。如果有道德上的错误，那错的只是过程，而目的却是无比的正确。如此报道的翻版就是某某为了大家舍小家，连家里房子烧了，妻子病了，自己患癌症了还坚持在岗位上。如“浙江推荐的全国优秀护林员候选人方亲仁的主要事迹就包括：以场为家的方亲仁一心扑在护林上，爱场胜爱家。连妻子生病病倒了，老家威坪 100 平方米的住房和家什全部化为灰烬都没回家”①、“《人民日报海外版》报道的舍将生命吐血花的张学林的事迹有：舍“小家”，为“大家”，张学林经历了妻离子散的严峻考验；医院确诊为“贲门癌”晚期，在医院回家的路上还首先在工地上坚持了 4 个小时才回家，等等。②

当然，国内也有学者对这种片面的美德德目或者行为规则的称赞提出了质疑。扈中平就概括了“有病不看型、不回家过节型、不顾家人型、发扬风格型”等四种虚伪的职业道德，其中有两种（不回家过节型、不顾家人型）直接与本论点有关。扈中平引证国外的例子来揭露该道德价值观的虚伪：“1991 年，

---

① 淳安县富溪林场：《让平凡的人生在护林线上闪光——淳安富溪林场护林员方亲仁事迹材料》。http：//www. zjly. gov. cn/flower2005/details. jsp？ id = 15780 2005 – 8 – 15。

② 高文祁：《张学林：舍将生命吐血花》，载《人民日报海外版》（2003 年 12 月 22 日 第二版）。http：//www. ssky. cn/news/html/2005/06/20050630224256 – 1. htm 2005 – 6 – 30 22：42：56。

在联合国部队加紧准备攻打伊拉克之前，形势异常紧张，时任美国国务卿的舒尔茨频繁前往中东地区穿梭访问、斡旋，力图通过政治和外交途径迫使伊拉克无条件从科威特撤军。一次，舒尔茨刚抵达中东某国，获悉90高龄的老母突然去世，舒尔茨当即中断访问，回国向母亲告别。之后，又迅即返回中东。试想，舒尔茨当时担负着什么责任？他的访问和斡旋关系到一场战争能否避免，关系到千百万人的生命，但时间毕竟还没紧急到他不能回国数小时，因此美国人民并不会就此指责舒尔茨，如果他不回国为生他养他的老母奔丧，反而可能引来非议。"①然而，在道德理性面前，类似的引证反驳没有多大的意义，因为这只是用一种事实来反驳另外一种事实，人们完全可以说这是两种文化和价值观的不同，而非道德真与假的区别。

在家庭（小家）道德与职业（大家）道德之间，作为一个道德人到底该作如何取舍？爱家庭、爱工作等都是一种社会认可的规则行为，敬业、尊老爱幼也是美德的必要组成部分。这种取舍不仅表现在家庭与职业之间，还表现在小集体与大集体之间、国家与地方之间、国家与国际之间等等。表面上看起来，偏废任何一方都可能得出不道德的评论。而实际上，这是道德理性在道德实践的过程中所必须经历的群际判断。在道德的群际选择和实践判断面前，盲目地提倡美德德目的形成和鼓励一种规则行为的遵守，是没有道德意义的。只有激发学习者思考并明确"我该与哪个群体共享道德的时候"，一系列的经验式美德德目和规则式行为才具有道德意义。

由此可见，对主体道德理性的认可是道德教育真实开展的

① 扈中平：《对我国道德教育虚伪性的批判》，载《Sohu 教育频道·对话的逻各斯》。http：//learning. sohu. com/20050214/n224293348. shtml 2005 年 2 月 14 日 11：29。

前提条件。主体道德理性在三个层面上发挥作用，但它们都有一共同的特征，那就是不以某一既定的规则、规范、价值观作为自己的实践标准。一切事件和行动的道德意义只有在主体道德理性的判断中才可能赋予，这不仅是“道德一定是自律的”的绝对要求，也是道德产生的心理条件。

二、道德判断坚持道德相对的道德教育

然而，道德教育者有一种担心，那就是如果赋予了主体以道德理性的话，主体是否有能力来进行遵从道德的判断？他们会不会按照自己的主观需要，随意地更改对道德的解释，从而消解了道德和道德教育？既然有了道德判断，那么不同区域文化之间、同一文化的不同时代之间、每个人之间都具有不同的道德判断范式的存在，而这会不会导致道德虚无主义？作这种担心的大有人在，他们把主体道德判断的背景理论叫做道德相对主义，并对之进行了强烈抵制。这种担心是对道德判断的恐惧。他们认为，主体不具备成熟的道德理性，不能形成道德共识，所以道德教育应该是某种固有价值观的灌输，而非道德判断能力的发展。

在对这种担心作出评论之前，首先该澄清道德相对主义的基本主张及其可能。在此基础上，道德判断是否会带来道德虚无和道德教育消解的问题就一目了然了。

（一）道德相对主义的种类

道德相对主义的理论基础是文化相对主义。文化相对主义大致有三种存在形式[①]：描述的相对主义、标准的相对主义和

① 这是美国人类学家斯毕罗（Melford E·Spiro）的观点，转引自：王晓升：《道德相对主义的方法论基础批判——兼谈普遍伦理的可能性》，载《哲学研究》，2001 年第 2 期，第 26 页。

认识的相对主义。描述的相对主义是建立在文化的多样性和可变性的基础上的。它认为文化是多样的，而人的社会和心理特征是由文化决定的，文化的多样性就决定了人的社会和心理特征的多样性，从而也决定了道德的多样性。标准的相对主义在认可描述的相对主义的基础上认为，文化是多样的，所以一切价值和标准是文化地建构起来的，那么在人类社会就不存在普遍的价值标准。既然不存在普遍的价值标准，那么对于任何行为方式、任何习俗，就不能用这个文化之外的善恶标准来评价，而只能按照这个文化自身的标准来评价。认识的相对主义则不仅承认文化是多样的，承认人的社会和心理特征是由文化决定的，而且更加激进，甚至认为不存在人类思维和人性，反对人类心理统一性的概念。

从描述的相对主义、标准的相对主义到认识的相对主义，文化之间的通约性从有到无，主体理性从价值理性共识、逻辑理性共识到没有理性共识。由此，也就导致了道德的实践相对主义、道德的价值相对主义和道德的绝对相对主义三种可能性。

认识的相对主义必然推导出道德的绝对相对主义观点。绝对的道德相对主义认为，不同的人、人群、民族和社会都有不同的道德。"对于个人来说，道德是一种口味，各有所好；对于社会来说，道德是一种习俗，各有不同。……无所谓绝对的对和错，无所谓绝对的善和恶，无所谓绝对的道德和不道德。不必强求人人有一样的口味，也不必强求人人有一样的道德。强求道德的一致性，反而是不道德的。"① 按照这种观点，道德教育根本没必要开展，这也正是道德教育者对道德判断和道德理

① 黄向阳：《道德相对主义与道德教育》，载《全球教育展望》，2001 年第 6 期，第 6 页。

性排斥的主要原因。

标准的相对主义必然推导出道德的价值相对主义观点。道德的价值相对主义虽然认为不存在普遍的价值标准，但他们并不否认各种价值之间有逻辑理性上的认识的可能。也正是因为这种逻辑上理性共识的存在，各种文化之间价值的差异性才会被认识和比较。道德的价值相对主义承认各文化之间的道德价值是相对的，在不同群体文化之间，道德不存在谁高级谁落后的水平之分，道德评价在群体之外无法开展。尽管如此，道德的价值相对主义者认为同一群体文化内部是可以进行道德评价的。也就是说，在道德的价值相对主义者的眼中，道德终归是习俗的产物，道德评价终归是习俗有无而非是非的评价。

描述的相对主义必然导致道德的实践相对主义观点。道德的实践相对主义虽然认为道德判断在不同文化之间、在同一文化内部的不同个体身上都具有范式的差别，从而道德具有多样性和可变性的特征。但它又承认不同文化之间的道德现象是可以通过逻辑理性来认识和比较的。不仅如此，它还承认不同文化之间的道德主张都具有某种价值的普遍性。在道德的实践相对主义者看来，任何人、任何文化群体尽管宣称自己的道德是最绝对永恒的并试图实现普遍化，但他们的道德都是道德的绝对永恒在不同人、不同文化群体身上的具体体现。主体理性因为受到自身经验、群体文化的影响，它永远都只能是在靠近道德，在进行道德的具体化、个别化，而不能一劳永逸地拥有道德。

（二）道德相对主义的可能性

传统的道德相对主义主张基本上都是出于经验的理由。如观点一："我们的时代是一个强烈地感受到了道德模糊性的时代，这个时代给我们提供了以前未享受过的选择自由，同时也把我们抛入了一种以前从未如此令人烦恼的不确定状态"[①]，社会需要共同认可的普遍性道德作为人际关系调节器；观点二："从根本上取消或拒绝权威，陷入任何一种相对主义，反对有关'正确答案'的整个思想，同样偏离了教育，因为推理观、学习观、认识观、真理观及教育观本身都与此思想相联系"，教育也需要道德来论证自己的合法性；观点三："可以随心所欲地确定我们的信念和价值观，即认为游戏的规则是可以（尽管并不总是这样）随心所欲而定的"[②]，道德不能成为唯我的手段，等等。而这里说的道德相对主义可能性，并不是出于经验的需要，而是出于自身逻辑的询问：以上三种道德相对主义主张是否有存在的合理性？

按照道德的绝对相对主义观点，我与他人是孤立的，我理解他人的可能性在逻辑上被否定了。然而学者们至少提出了两种理由来反驳这种观点：（1）黄向阳认为，道德的绝对相对主义在逻辑上自相矛盾，一方面把道德见解相对化，另一方面又将相对主义的观点绝对化。当他们把道德价值看成是个人偏好或者文化偏好而要求别人认可的时候，他们忘了认可偏好本身就包含了逻辑的可通性，认识的可能性；[③]（2）王晓升认为，道德的绝对主义在使用"理解"、"知道"等文化互译词的时候，"理解"、"知道"是在形而上学意义上的，而非日常生活中的。"我们日常生活中所说的'知道'，如同知道电脑的使用特性一样，是在主客体关系意义上所说的'知道'。我们知道

① ［英］齐格蒙特·鲍曼著，张成岗译：《后现代伦理学》，南京：江苏人民出版社，2003 年，第 24 页。

② ［英］约翰·威尔逊著，蒋一之译：《道德教育新论》，杭州：浙江教育出版社，2003 年，第 25、39 页。

③ 黄向阳：《道德相对主义与道德教育》，载《全球教育展望》，2001 年第 6 期，第 6 页。

其他文化的道德标准、我们理解其他人的道德价值观，就是在这个意义上说的。……在这个意义上我们不需要从其他人的观点理解其他人，因为从我们自己的观点就能够理解其他人。”①

也就是说，道德的绝对相对主义观点无法成立。因为不同文化和不同个体之间的互通性建立在人所具有的逻辑理性的基础上。只要是人，具有人的一般思维和理解能力和生活方式，那么他就能够被别人理解和理解别人。这似乎证明了道德的价值相对主义的部分观点：价值无法通约，但逻辑可以达成理性共识。然而作为人，他不仅因为人的生活方式而具备逻辑理性共识的可能外，他还因为人共有的实践理性而具备价值上的共同点。这种价值共同点不仅表现在人处理自己与自然的关系中，也表现在处理自己与他人行为的选择上。后者就是期望能被当作人来认识和对待，这就是人类的道德理性，尽管习俗、爱好、认识千差万别，但人作为人来对待的原则要求是一致的。可见，道德的价值相对主义也无法成立。

道德的实践相对主义是在坚持道德普遍性的基础上提出道德的相对性的。所谓普遍性，那就是它不仅坚持认为人与人之间是能够相互认识的，还坚持认为只要是人，具备人的一般理性能力，那他就有被别人当作人看待的公正道德期望。也就是说道德的普遍性存在不仅是消极意义上的我能够理解他人的道德诉求，更是积极意义上的我和他人都有“作为目的而不是手段”的原则性要求。所谓相对性，那就是不同的人，不同的文化群体，因为历史积淀不同、面临的生活情境不同而表现出来的对道德的原则性理解不同、对道德的终极基础的信仰不同、

① 王晓升：《道德相对主义的方法论基础批判——兼谈普遍伦理的可能性》，载《哲学研究》，2001 年第 2 期，第 30 页。

在道德实践中的判断取舍不同。也就是说，道德的实践相对主义是在坚持道德的原则律令的基础上而表现出来的理解和行为的不一致性。

道德的实践相对主义的观点不仅符合逻辑的推演，在实际生活中也能为经验所证明：(1)尽管不同文化、生活情境下的人所表现出来的道德不一致，但他们无一例外地宣称自己的道德主张是最公正的道德主张，并试图使之普遍化；(2)尽管不同的文化群体有不同的道德原则性解读，并认为自己的解读就是水平最高的理解，但他们往往都共享一些基本的美德主张和行为规范。如不偷不抢、诚实勤劳等等。

(三) 道德判断坚持道德的实践相对主义

之所以说道德判断坚持道德的实践相对主义，是因为道德判断坚持道德的普遍性。这种道德的普遍性表现三个方面：首先，作为道德的原则判断，它始终坚持将“公正”作为道德的唯一标准。尽管对公正的解读千差万别，存在着群体文化和个体经验间的差异，但毫不含糊的基本认识是，惟有公正的才是道德的；其次，道德判断始终把道德的应然表达置于道德自然的当然之中。尽管对道德终极价值的理解千变万化，但每一种理解都把道德看作是自然而然的；第三，道德判断始终坚持道德实践的普遍性与情境性的权衡判断。道德理性追求自我理解的道德原则普遍化，但它同时也明白抽象原则具体化的过程也就是经验化的过程。道德判断从来不把某种经验规则当成道德本身，而主张在不同的情境中，具体化地识别道德。

之所以说道德判断坚持道德的实践相对主义，是因为道德判断坚持道德实践的相对性。这种相对性不仅是道德在地理意义上的不同文化区域和经验个体之间的相对性，也是道德在同一文化群体和经验个体的不同历史时期的相对性。群体间的相对性本质是个体间的相对性，它起源于不同道德主体在理性判断时的主观差异。这种差异性体现在对道德原则的具体化理解不同、对道德自然的信仰不同、对具体化实践中的判断不同。这种不同首先是在个体身上发生的，但由于个体总是在一定的生活群体内部，或者说某些道德先知的道德理解总是具有群体文化和生活经验的代表性，所以就表现出不同群体文化和时代情境下的所具有的道德判断范式区别。

之所以说是范式区别，首先是因为对道德的原则判断呈现出典型的范式特点，这是范式的核心轴。这种范式特点就是由柯尔伯格提出的不同文化之间和个体的不同年龄阶段所呈现的，本论文所揭示的在我国历史的不同文化阶段由道德理论家所阐述的观点主张。它外在于一种合理的公正关系的描述，内在于理性主导行为的可能性规约。其次，它主张对道德终极和次极的理解，即对道德主体为什么要过一种道德生活，道德生活配享的美好生活到底是什么样子等问题的理解，置于个体的道德理性中。这样，道德个体的理性判断可能因为文化背景和生活经验的相关性、因为道德生活本身就是一种群体生活而在一定的群体范围内呈现出大致相同的范式理解。但这决不意味着主体就该与该群体成为生活共同体，因为这只是主体选择不同的范式理解来建构道德或生活共同体的问题，而不是主体放弃道德终极和次极追求，放弃有意义生活的问题。最后，道德个体虽然有具体的生活情境，但在一个时代、一种文化背景下，这些具体的生活情境又会表现出某种一致性。道德的自然判断和实践判断的范式特点是以道德的原则判断为核心的，这不仅是因为道德的原则判断方式是另外两种判断方式的基础，也是因为在道德的视野内，道德的原则存在是其他理解存在的前提条件。

之所以说道德判断坚持道德的实践相对主义，是因为道德判断始终坚持道德主体的理性参与。什么是道德，为什么要道德，如何才是道德的，等等，诸如此类的根本性问题，都必须在道德主体的理性判断中才可能存在。道德判断之所以如此地依赖于道德理性，这是因为：（1）道德理性追求道德判断的普遍性。追求道德判断的普遍性，是任何道德主体的一致追求。道德理性至少在主观上不会服从于自己的个人需要，而唯我地理解道德，工具化地看待道德；（2）道德理性因为受主体生活情境的影响，因而会在作用时无意识地表现出群体性的经验特征。这些群体性的特征正是道德具有相对性的原因。

总之，任何道德主体都是在生活情境中的，所以他对事物的理解必然带有特殊性，对道德的判断具有情境性；而任何道德主体又都共享作为人所特有的道德理性，所以他具备对道德的普遍性的追求和可能性。道德判断是道德的实践相对主义，它不会消解道德和道德教育，而只能更加正确地接近对道德的真实理解。

三、道德教育应成为公共理性的教育

既然道德教育是以促进道德理性发展为核心目标，而道德理性在道德判断过程中又会表现出一定的范式特征。那么一个问题也就该在结论中回答了：现今我国的道德教育应该促进主体发展什么样特征的道德理性？这个问题分开来又可以分成若干小问题。如，什么力量在促进道德判断的范式转换？现今我国这样一个比较固定的文化群体，应该提倡什么样特征的道德判断范式？该道德判断范式对教育而言，提出了什么样的道德理性发展要求？本研究认为，公共理性应该作为道德理性的主要内涵，应该成为我国现今道德教育的主要培养目标。

(一) 公共理性的内涵

罗尔斯对公共理性有一个完整表述。这种理性之所以是公共的，表现为以下三种方式：作为自由和平等公民的理性，它是有关公共的理性；其主题关怀是有关基本政治正义问题的公共善，这些公共善的问题可以分作两类，即宪政根本要旨和正义基本问题；而其本质与内容的公共性则由公共推理表现出来，这种推理过程是通过一组有关政治正义的合理性概念进行理智地思考去满足互惠标准。①

公共理性的对应概念是私人理性或者非公共理性，而这又是与（非）公共或私人领域、（非）公共或私人生活等概念无法分开。柏拉图在《理想国》中首次提出了私人生活和公共生活中的两类理性，“任何人凡能在私人生活或公共生活中行事合乎理性的，必定是看见了善的理念的。”② 如同柏拉图，康德也将理性分为私下和公开的两种运用。他说：“而我所理解的对自己理性的公开运用，则是指任何人作为学者在全部学者在全部听众面前所做的那种运用。一个人在其所受任的一定公职岗位或者职务上所能运用的自己的理性，我就称之为私下的运用。”③ 值得一提的是，虽然哈贝马斯没有明确地提出“公共理性”这一称谓，但他在《公共领域的结构转型》中对“公共领域”和“私人领域”的划分也基本上延续了康德的观点。哈贝马斯言下的公共领域有政治公共领域和批判公共领域之分。罗尔斯说，像哈贝马斯所言的（批判型）公共领域，恰恰就是我

① 罗尔斯著，时和兴译：《公共理性观念再探》，载《公共理性与现代学术》，北京：三联书店，2000 年，第 2－3 页。

② 柏拉图著，郭斌和、张竹明译：《理想国》，北京：商务印书馆，1986 年，第 276 页。

③ 康德著，何兆武译：《历史理性批判文集》，北京：商务印书馆，1990 年，第 24－25 页。

所说的非公共领域[1]。看来，哈贝马斯的政治公共领域才基本具备罗尔斯“公共领域”的基本条件。也就是说，是否是公共领域，其决定权取决于是否从政治正义的角度来考虑问题。政治正义观念是公共理性所赋予的，如果没有政治正义的观念，那这种理性就是非公共理性（世俗理性或宗教完备性学说）。

“理性”是罗尔斯“公共理性”概念的下位概念。他是这样来阐述的：“政治社会和每一个理性和合理的行为主体——无论该行为主体是一个个体，还是一家庭或联合体，甚或是多政治社会的联邦——都具有一种将其计划公式化的方式，和将其目的置于优先地位并做出相应决定的方式。政治社会的这种行为方式即是它的理性，而尽管是在一种不同意义上，它实施这种行为的能力也就是它的理性，它是一种根植于其成员能力的理智能力和道德能力。”[2] 如果我们把这段话对比于休谟关于理性的描述——为求达到我们的目的而采用的最有效的手段；对我们目的和目标获得合乎合理的信念，[3] 那么至少可以做出四个结论：首先，理性可以简单称为“目的合理、手段有效”，这一点休谟和罗尔斯观点一致；其次，罗尔斯并不同意休谟把正义行为解释为一种人为道德的做法，而认为人类自身在自然意义上具备了运用公共理性的理智能力和道德能力；第三，与休谟主要从道德心理学的角度介入理性的分析相反，罗尔斯把理性局限到了实践理性的层面进行分析；第四，休谟把理性当成了情感的奴隶，教化问题最终成了个性改变的问题，而不是

① 罗尔斯著，时和兴译：《公共理性观念再探》，载《公共理性与现代学术》，北京：三联书店，2000 年，第 54 页。

② 罗尔斯著，万俊人译：《政治自由主义》，南京：译林出版社，2000 年，第 225 页。

③ 休谟著，关文运译：《人性论》，北京：商务印书馆，1980 年，第 451－452 页。

诉求于严格的理性训练；而罗尔斯却把公共理性作为政治正义的一部分，理性的目标在于公共善。教化问题终究成了政治生活的问题。公民只有在立宪民主政体的生活实践中才能实现公共理性的发展。

总之，公共理性在罗尔斯的观念中是一种政治理性，它是人与生俱来的、基于公民自由与平等的、通过公共生活实现的、主要运用于根本的正义问题的基本理念。

（二）公共理性成为道德理性的可能与必要

那么，如此特征的公共理性如何能成为一种道德理性呢？我们发现，罗尔斯的公共理性观念与现实和理论设想之间的差距主要体现为以下几个方面：（1）表现在对矛盾性质的关注上。罗尔斯列举了造成公民不和的三种主要矛盾。它们分别是源于完备性学说之间争执的矛盾；源于地位、社会分层或职业差别的矛盾，以及源于民族、性别或种族差别的矛盾；源于判断力担当的矛盾。罗尔斯认为政治自由主义主要关注第一类矛盾，从而，公共理性也主要是为解决第一种矛盾所提出的。但在我们的视野中，似乎后两类矛盾才是迫切需要解决的矛盾。这主要是因为视野和矛盾显露的原因。宗教、哲学等矛盾在国内因为各种原因不能成为正视的矛盾，或者说，这种矛盾没有得到足够的显露，以至于难以构成我们视野的主要风景。但事实告诉我们，信仰问题造成的冲突对人类社会的灾难更具毁灭性。此外，我国正处于社会结构转型期，第二类矛盾日益显露出它的破坏性。我们所呼吁的公共理性，更多的是要求社会公民担负起在第二类矛盾前的公正角色。（2）表现在对公共理性的内涵的把握上。对于我国国民来说，是否具备处理问题的理性，或者是否愿意按照理性来处理矛盾，是我们处理矛盾的最大障碍。所以，我们可以说，在罗尔斯那里，公共理性的着重点是“公共”，也就是他期望一种基于公共认同（并非大众认同）的理性；而我们似乎更愿意探讨公共的“理性”，我们希望公民能用理性来解决公共的问题。(3) 表现在对政治的制度性建设与公民德性养成的关注点的区分上。正是因为上述的不同，所以罗尔斯要求的公共理性是制度性的公共理性。他认为公民都具备理性沟通的能力和愿望，需要解决的主要是产生公共理性的制度问题。而我们似乎更关注个人如何发挥运用公共理性的问题上。也就是说，我们更希望能有一种教育，或者说启蒙，从而使社会中的个人愿意且能够以公共理性处理互相间的矛盾。罗尔斯谈公共理性的前提是在秩序良好的社会里，所以，他在没有否认一般公民具备公共理性的前提下，把公共理性的话语局限到公共政治论域中。这一论域分为三个部分，那就是法官、政府官员、公共机关的候选人及其竞选者的话语。而我们似乎更愿意看到一般公民所具备的公共理性和其他能发挥公共理性的场所。

但两者的重合点也是明显的：(1) 政治的制度设计与道德的德性要求向来难以分离。罗尔斯的政治制度设计本身就包含了一种公民的道德期望，那就是“公民们通过他们所能够做到的去保证政府官员信守诺言，以此来履行自己的公民性责任并对公共理性观念提供支持。就像其他的政治权利和政治责任，这种公民性责任也是一种内在的道德责任。”[①] (2) 公共理性可以是一种道德理性期待。在罗尔斯的政治设计里，公共理性是政府官员及公共机关的候选人等人所运用的理性，而这有个基本的前提条件，那就是：公民要互相视对方为社会合作体制中

① 罗尔斯著，时和兴译：《公共理性观念再探》，载《公共理性与现代学术》，北京：三联书店，2000年，第5页。

的自由与平等公民，愿意按照他们认为是最合理的公正原则来为彼此提供平等的合作条件；而且，假使其他公民也愿意接受那些条件，即使是在特殊情况下损失自身的利益，他们也同意根据那些条件去行动。也就是说，一旦他真诚地按照关于公正的最合理原则解释去行动，那他就在道德意义上承诺了公共理性。(3) 公共理性作为道德理性与道德理性的其他表述范式的最大区别就是：它是基于全人类的道德共同体来理解个人德性与人际道德关系的。正如金生鈜所言："公共理性并不是一种超越个人的道德'大我'，它仅仅是在个人的道德能力和理性能力基础上形成的能够保证公共生活合作正常开展的一种方式。这种方式是由个人的理性和道德在自由发展中而构成的，它不排斥公民个人在追求个人的美好生活的观念和道德价值取向中的自由。"也就是说，公共理性作为道德理性并没有放弃一种共同体的美好生活愿望，只是把这种共同体放大到了我们日常生活视野很难感知到的全体人类；公共理性作为道德理性也没有放弃一种终极善的理性追求，而只是认为每个理性成熟的人都能够且愿意判断和选择终极善。公共理性的确是在保护一种消极的自由权利，但这种保护是为了主体更好地实现积极的自由权利。因为"公民具有的理性的道德能力也意味着，在个人生活和社会合作中，他能够通过符合社会正义的手段追求这些目的，追求自己理性认定的美好生活，并为此承担责任。"①

把公共理性作为一种道德理性在当今中国提出来，不能不说是一种现实的经验需要。我们坦然地承认，公共理性是一种先验设计，它的存在不应该是基于经验的；但我们也有必要认识到，公共理性也是追寻公正而产生的理性，它是一定时代和

① 金生鈜：《德性与教化》，长沙：湖南大学出版社，2003 年，第 306 页。

区域内的人对公正的一种追寻和模拟，因此它的必要性就应该能从时代特征中体现出来。本研究认为，把公共理性作为一种道德理性，在当今中国至少有两个方面的经验考虑：（1）从国际来看，“五百年的国际关系史往往就是一部战争史，或至少是一部战备史”[①]，两场世界大战和不停的地区冲突无疑是地球人类生命的绞肉机。它迫切地要求我们致力于全球化场景中的民族共同体生存界域的合理拓展，呼吁全球人类的契约式公正。从道德理性来看，如果说近两千年来的工作是将其支点从家族转向国家，那么现在我们就该把这支点开始由国家转向全球人类的虚拟组织；（2）就国内而言，虽然和谐社会作为一种社会构想得到了广泛的认同，但地区差异、民族差异、城乡差异、性别差异、身份差异等等依然存在并在某种程度上有加剧的趋势，这实际上是加剧了公民的不平等；尤其是个人生命权（如煤矿透水事故频频发生）、财产权（如强制房屋拆迁）、选举权（如公民选举往往是分派而不是选举）、隐私权（如强制手机实名制）等等往往得不到法律的有效保证，这实际上是对公民自由的严重侵害。虽然导致这些不平等和不自由的直接责任者是公职人员，但它们的思想土壤却在每位民众身上都或多或少地存在着。公共理性正是基于对公民自由与平等的基本假设、对最广泛的人类共同体的基本构想而成为当下中国道德理性的基本要求的。

（三）公共理性的道德教育内涵

将公共理性作为道德理性，对于道德教育而言，它至少意味着：

---

① 肯尼迪著，王保存等译：《大国的兴衰：1500—2000 年的经济变迁与军事冲突》，北京：求实出版社，1988 年，第 64 页。

（1）关于普遍人性的原则理念的发展。公正在道德上说到底是一种抽象应然要求。对于道德教育而言，公共理性的应然要求表现为两个方面：一是对一种公正的原则性描述。公共理性将每个人都看成是目的而不是手段，是一种灵魂的存在者。即相信有一种普遍的人性存在于世界的你我之中，每个人都是平等的自由的存在。二是对公共理性所要求的内在德性的描述。即正义感与善观念的能力，以及公民必须具备的理性判断能力。基于这样一种原则要求，公共理性相信反思平衡是接近与认识它的唯一途径。学习者在具体的公共领域中，只有把从内心体验到的公共理性置于生活经验到的非公共理性的上位，通过反思平衡，逐渐使非公共理性服从于公共理性的要求，赋予公共事物相同的价值判断和道德判断的时候，这样的教育才能达到预期目的。

（2）关于道德自然的理性判断能力的形成。在罗尔斯那里，公共理性或一种政治正义观念的提出是建立在原初状态的理论设计下的。在"无知之幕"后的原初状态中，"首先，没有人知道他在社会中的地位、他的阶级出身、他也不知道他的天生资质和自然能力的程度，不知道他的理智和力量等情形。其次，也没有人知道他的善的观念，他的合理生活计划的特殊性，甚至不知道他的心理特征：像讨厌冒险、乐观或悲观的气质。再次，我假定各方不知道这一社会的经济或政治状况，或者它能达到的文明和文化水平。"在这种原初状态下，只有普遍的人性存在。罗尔斯的原初状态在道德意义上是一自然状态的存在，因为他的原初状态就只是为了证明"他们必须选择这样一些原则，即无论他们最终属于哪个时代，他们都准备在这些原则所导致的结果下生活。"[1] 我们也可以这么说，相对于以公

---

① 罗尔斯著，何怀宏等译：《正义论》，北京：中国社会科学出版社，1988年，第136页。

参考文献

1.《春秋繁露》。

2.《汉书》。

3.《论语》。

4.《四书集注》。

5.《严复集》。

6.《朱熹集》。

7.《朱子语类》。

8. 柏拉图著，郭斌和、张竹明译：《理想国》，北京：商务印书馆，1986 年。

9. 鲍曼著，张成岗译：《后现代伦理学》，南京：江苏人民出版社，2003 年。

10. 彼得斯著，邬冬星译：《道德发展与道德教育》，杭州：浙江教育出版社，2000 年。

11. 汤姆·L. 彼切姆著，雷克勤译：《哲学的伦理学》，北京：中国社会科学出版社，1990 年。

12. 伯林著，胡传胜译：《自由论》，南京：译林出版社，2003 年。

13. 曹刚：《论道德理性》，载《唐都学刊》，2003 年第 2 期。

14. 曹永国：《自然与自由：卢梭与现代性教育困境》，南京：南京师范大学教育学原理专业博士毕业论文，2005 年。

共理性为范式特征的道德的原则判断而言，原初状态就是道德的自然判断结论。罗尔斯原初状态的道德根基直接挑战了其他宗教或习俗学说关于人生终极的理论假设。对此，道德理性所主导的道德判断坚持的立场是这样的：各种完备性学说完全可以从自己的立场出发证明公共理性所认可的普遍人性的假设，但道德理性和普遍人性的成立并不依赖于它们。也就是说，各种完备性学说在公共理性教育中如果能出现的话，那是因为它们符合了普遍人性的原则要求而已。如果是这样，公共理性绝对不允许公共学校提供某种唯一的终极信仰和自然认识。相反，各种宗教和习俗的观点和材料应该能同时呈现在学习者面前，由学习者自己的理性来进行选择。

（3）公共理性运用于实践判断的理性成熟。公共理性绝对不只是一种较强的理性，具备确定性、客观性等原则要求，它同时也是一种较弱的理性，即在公共理性的原则要求下，“容忍、尊重别人的观点，乐于倾听”，“以避免教条主义、自卫心理和义愤”，即避免错误地把出于经验的非公共理性思考当成了公共理性的立场。公共理性在教育实践中应通过一种协商，以出于公共理性的态度（并非事实）自由地对话和争辩，明确公共理性的实践场合和文化背景，从而在学习者心中确立起道德原则运用于具体场景下的道德正确的判断。公共理性的实践特点对教育提出了要求，那就是教育者永远都不能以强制的方式让学习者接受某种观点，而要在逐步养成学习者公共理性原则要求的时候，也让学习者学会分析道德事件的具体文化背景和群体特征，让学习者在道德的普遍原则要求下，进行具体情境的实践判断。

15. 陈来：《古代宗教与伦理》，北京：三联书店，1996 年。

16. 陈来：《朱熹哲学研究》，北京：中国社会科学出版社，1987 年。

17. 陈其荣：《自然哲学》，上海：复旦大学出版社，2004 年。

18. 陈瑛：《中国伦理思想史》，长沙：湖南教育出版社，2004 年。

19. 陈泽环：《底线伦理·共同信念·终极关怀：论当代社会的道德结构》，载《学术月刊》，2005 年第 3 期。

20. 杜维明：《论儒学的宗教性》，武汉：武汉大学出版社，1999 年。

21. 邓小军：《儒家思想与民主思想的逻辑结合》，成都：四川人民出版社，1995 年。

22. 蒂洛著，孟庆时等译：《伦理学：理论与实践》，北京：北京大学出版社，1985 年。

23. 丁大同：《略论道德本体与沉默理性》，载《天津社会科学》，1995 年第 2 期。

24. 约瑟夫·弗莱彻著，程立显译：《境遇伦理学》，北京：中国社会科学出版社，1989 年。

25. 弗兰肯纳著，黄伟合等译：《善的求索——道德哲学导论》。沈阳：辽宁人民出版社，1987 年。

26. 甘绍平：《应用伦理学前沿问题研究》，南昌：江西人民出版社，2002 年。

27. 高德胜：《知性德育及其超越——现代教育困境研究》，北京：教育科学出版社，2003 年。

28. 沟口雄三著，甘绍平译：《中国前近代思想之曲折与展开》，上海：上海人民出版社，1997 年。

29. 郭本禹：《道德认知发展与道德教育》，福州：福建教育出版社，1999 年。

30. 华友根：《董仲舒思想研究》，上海：上海社会科学院出版社，1992 年。

31. 哈佛燕京学社，三联书店主编：《公共理性与现代学术》，北京：三联书店，2000 年。

32. 黑格尔著，梁志学、薛华等译：《自然哲学》，北京：商务印书馆，1980 年。

33. 帕特丽夏·怀特著，朱红文译：《公民品德与公共教育》，北京：教育科学出版社，1998 年。

34. 黄克武：《自由的所以然——严复对约翰弥尔自由思想的认识与批判》，上海：上海书店出版社，2000 年。

35. 霍尔巴赫著，管士滨译：《自然的体系》，北京：商务印书馆，1999 年第二版。

36. 金春峰：《汉代思想史》，北京：中国社会科学出版社，1997 年。

37. 金观涛、刘青峰：《新文化运动与常识理性的变迁》，载《二十一世纪》一九九九年四月号第五十二期。

38. 金生鈜：《德性与教化》，长沙：湖南大学出版社，2003 年。

39. 金生鈜：《规训与教化》，北京：教育科学出版社，2004 年。

40. 金永植著，潘文国译：《朱熹的自然哲学》，上海：华东师范大学出版社，2003 年。

41. 卡西尔著，甘阳译：《人论》，上海：上海译文出版社，1985 年。

42. 查尔斯·L. 坎默著，王苏平译：《基督教伦理学》，北京：中国社会科学出版社，1994 年。

43. 康德著，何兆武译：《历史理性批判文集》，北京：商务印书馆，1990 年。

44. 康德著，苗力田译：《道德形而上学原理》，上海：上海人民出版社，2002 年。

45. 柯尔伯格著，魏贤超等译：《道德教育的哲学》，杭州：浙江教育出版社，2000 年。

46. 匡促联，曾钊新：《论道德判断》，载《中州学刊》，1996 年第 2 期。

47. 匡亚明：《孔子评传》，济南：齐鲁书社，1981 年。

48. 拉蒙特著，马俊峰译：《价值判断》，北京：中国人民大学出版社，1992 年。

49. 李德顺，孙伟平：《道德价值论》，昆明：云南人民出版社，2005 年。

50. 林安梧：《儒学与中国传统社会之哲学省察》，上海：学林出版社，1998 年。

51. 梁漱溟：《中国文化要义》，上海：学林出版社，1987 年。

52. 刘桂生等编：《严复思想新论》，北京：清华大学出版社，1999 年。

53. 刘惠恕：《中国政治哲学发展史》，上海：上海社会科学院出版社，2001 年。

54. 刘泽华主编：《中国传统政治哲学与社会整合》，北京：中国社会科学出版社，2000 年。

55. 刘智峰主编：《道德中国》，北京：中国社会科学出版社，2001 年。

56. 拉思斯著，谭松贤译：《价值与教学》，杭州：浙江教育出版社，2003 年。

57. 刘清平：《儒家伦理：道德理性还是血亲情理》，载

《中国哲学史》，1999 年第 3 期。

58. 刘清平：《血亲情理与道德理性的鲜明反差——孔子与苏格拉底伦理观之比较》，载《孔子研究》，2001 年第 1 期。

59. 刘泽华等著：《公私观念与中国社会》，北京：中国人民大学出版社，2003 年。

60. 卢梭著，李平沤译：《爱弥尔》，北京：商务印书馆，1978 年。

61. 鲁洁：《回归生活——“品德与生活”“品德与社会”课程与教材探寻》，载《课程·教材·教法》，2003 年第 9 期。

62. 鲁洁：《人对人的理解：道德教育的基础——道德教育当代转型的思考》，载《教育研究》，2000 年第 7 期。

63. 罗尔斯顿著，刘耳、叶平译：《哲学走向荒野》，长春：吉林人民出版社，2000 年版。

64. 罗尔斯著，万俊人译：《政治自由主义》，南京：译林出版社，2000 年。

65. 罗尔斯著，张晓辉译：《万民法》，长春：吉林人民出版社，2001 年。

66. 罗尔斯著，何怀宏等译：《正义论》，北京：中国社会科学出版社，1988 年。

67. 麦金太尔著，龚群译：《伦理学简史》，北京：商务印书馆，2003 年。

68. 麦金太尔著，万俊人等译：《三种对立的道德探究观》，北京：中国社会科学出版社，1999 年。

69. 约翰·密尔著，程崇华译：《论自由》，北京：商务印书馆，1959 年。

70. 埃德加·莫兰著，陈一壮译：《复杂性理论与教育问题》，北京：北京大学出版社，2004。

71. 牟宗三：《心体与性体》，上海：上海古籍出版社，1999 年。

72. 莱茵霍尔德·尼布尔著，蒋庆等译：《道德的人和不道德的社会》，贵阳：贵州人民出版社，1998 年。

73. 钱杭：《血缘与地缘之间》，上海：上海社会科学院出版社，2001 年。

74. 钱穆：《中国思想通俗讲话·湖上闲思录》，桂林：广西师范大学出版社，2005 年。

75. 任建东：《道德信仰论》，北京：宗教文化出版社，2004 年。

76. 任剑涛：《伦理王国的构造：现代性视野中的儒家伦理政治》，北京：中国社会科学出版社，2005 年。

77. 商戈令：《道德价值论》，杭州：浙江人民出版社，1988 年。

78. 石里克著，陈维杭译：《自然哲学》，北京：商务印书馆，1984 年。

79. 唐君毅：《文化意识与道德理性》，桂林：广西师范大学出版社，2005 年。

80. 唐文明：《与命与仁：原始儒家伦理精神与现代性问题》，保定：河北大学出版社，2002 年。

81. 史华兹著，叶凤美译：《寻求富强：严复与西方》，南京：江苏人民出版社，1996 年。

82. 斯特劳斯著，彭刚译：《自然权利与历史》，北京：三联书店，2003 年。

83. 汪文学：《传统人伦关系的现代诠释》，贵阳：贵州民族出版社，2004 年。

84. 万俊人：《寻求普世伦理》，北京：商务印书馆，2001 年。

85. 万俊人：《人为什么要有道德》，载《现代哲学》，2003 年第 2 期，第 3 期。

86. 万俊人：《现代性的伦理话语》，哈尔滨：黑龙江人民出版社，2002 年。

87. 汪晖：《现代中国思想的兴起》，北京：三联书店，2004 年。

88. 王炳照，阎国华主编：《中国教育思想通史》，长沙：湖南教育出版社，1994 年。

89. 魏长领：《道德信仰与自我超越》，郑州：河南人民出版社，2004 年。

90. 王海明：《新伦理学》，北京：商务印书馆，2001 年。

91. 王晓升：《道德相对主义的方法论基础批判——兼谈普遍伦理的可能性》，载《哲学研究》，2001 年第 2 期。

92. 王永祥：《董仲舒评传》，南京：南京大学出版社，1995 年。

93. 威尔逊著，蒋一之译：《道德教育新论》，杭州：浙江教育出版社，2003 年。

94. 韦伯著，于晓等译：《新教伦理与资本主义精神》，北京：三联书店，1987 年。

95. 吴锐：《中国思想的起源》，济南：山东教育出版社，2003 年。

96. 吴国盛主编：《自然哲学》，北京：中国社会科学出版社，1994 年。

97. 约翰·希克著，王志成等译：《信仰的彩虹：与宗教多元主义批评者的对话》，南京：江苏人民出版社，2000 年。

98. 休谟著，关文运译：《人性论》，北京：商务印书馆，1980 年。

99. 杨慧林：《追问“上帝”——信仰与理性的辩难》，北京：北京教育出版社，1999 年。

100. 杨向奎：《自然哲学与道德哲学》，济南：济南出版社，1995 年。

101. 张岱年：《中国古典哲学概念范畴要论》，北京：中国社会科学出版社，1989 年。

102. 张荣明：《权力的谎言——中国传统的政治宗教》，杭州：浙江人民出版社，2000 年。

103. 亚里士多德著，廖申白译：《尼各马可伦理学》，北京：商务印书馆，2003。

104. 杨国荣：《善的历程：儒家价值体系的历史衍化及其现代转换》，上海：上海人民出版社，1994 年。

105. 余治平：《唯天为大：建基于信念本体的董仲舒哲学研究》，北京：商务印书馆，2003 年。

106. 张立文：《朱熹评传》，南京：南京大学出版社，1998 年。

107. 张岂之、陈国庆：《近代伦理思想之变迁》，北京：中华书局，1993 年版。

108. 张瑞璠主编：《中国教育哲学史》，济南：山东教育出版社，2000 年。

109. 赵明：《近代中国的自然权利观》，济南：山东人民出版社，2003 年。

110. 周昌忠：《生活圈伦理学》，上海：上海社科出版社，1997 年。

111. 周书灿：《中国早期国家结构研究》，北京：人民出版社，2002 年。

后　记

距博士研究生毕业已然四年了。在这四年中，我一直都有修改和重写博士毕业论文的冲动，但更多的时间却是忙于道德教育的实证研究，完成单位任务和家庭事务。别人的博士论文出书，都有“本书是在博士论文的基础上修改完成的”的表白。想起这样的表白，我一直都有愧于导师金生鈜教授和给我提出指导意见的各位专家。

金老师曾语重心长地告诉我，博士论文要好好修改。参与我论文评审和答辩的各位专家也希望我能在修改本里认真回答下述问题：(1) 关于道德判断的四原则和三层次的“假设”从何而来？四个人物的思想是验证假设的根据，还是提出假设的基础？(2) 人们的道德选择、道德行为、道德意见和道德感受大都是随境而生，随心而发的。关于道德判断与道德教育关系的学理的复杂建构和解释如何去面对和回应现实生活中的这种“率直”和“简单”呢？(3) 论文需要更多的关注道德教育和道德教育的实践，以增强其“教育学的意味”。

在我看来，前两个问题的答案绝非博士论文的修改所能完成的，它需要专门著作讨论。而第三个问题，我最近四年的研究似乎一直在做出回答，我把这些研究成果集结在一起，以为用《道德教育的时代话题》作为题目即将出版。

博士论文的完成是与导师金生鈜先生的悉心关怀和指导分

不开。论文从选题、提纲、论证和最后的修改完成，金老师都付出了大量的心血。记得为了让我把论文的关键词“道德推断”换成“道德判断”，由于我的顽固，金老师和我的讨论就不下五次。每次讨论中，金老师不只是围绕论文主旨提出指导，还给我举了很多围绕关键词所发生的学术案例，要求我从平易词中找寻研究的起点，这让我倍受感动。叶澜教授、石中英教授、吴康宁教授、王坤庆教授、周作宇教授、张新平教授、冯建军教授等曾给予了具体的指导，其他师友也贡献了不少的宝贵意见，在此一并表示深深的感谢。

博士毕业后，我来到安徽师范大学教育科学学院工作。大学特别是学院的各位领导和老师给了我很多的关心和帮助。尤其要感谢教务处处长，前任教育科学学院院长朱家存教授。在我心目中，他首先是我的兄长，老师，然后才是我的领导。他帮助我在芜湖安家落户，在学院里融入集体，并为我提供了很多学术资源和研究基础。两门省级重点学科（教育学原理、课程与教学论）的负责人王守恒教授和周兴国教授为我创造了很多学术条件，并为本论文的出版提供资金支持，在此表示感谢。

这是我个人的第一本专著。它的出版，让我更加思念我的硕士生导师，西南大学的徐辉教授。硕士研究生就读期间，徐老师和家人就非常关心我、鼓励我，给我创造了很多学术锻炼的机会。硕士毕业已经六年了，徐老师仍然在给我提供学术空间，让我做副主编，让我做合作者，促使我快步成长。谢谢徐老师！

是为后记！

专家评语

这是一篇论题鲜明、体系严谨、视野广博、观点具有创新性的优秀博士学位论文。虽然心理学界和教育学界关于道德判断的研究已经有过，但大都停留在科学研究和经验研究的层面上，鲜有上升到哲学层面上的。虽然道德教育理论界也有论者呼吁要重视教化学生的道德理性，但能予以系统理论的论者不多。该论文站在哲学的立场上，对道德判断、道德理性与道德教育之间的关系进行了系统的、深入和充分的理论论证，重新诠释了中国传统的道德教育思想范式，指出“道德教育应成为公共理性教育”的见解，在很大程度上是对已有道德教育理论研究的一个贡献，是对道德教育哲学研究的一个贡献，在伦理学或道德哲学领域也颇有新意。论文提出的道德理性的三层次与道德判断的范式有很大的创新性与解释力，构成了论文的基本理论框架，显示了作者极好的理论秉赋与较大的从事理论研究的潜质。论文对中国思想史上孔子、董仲舒、朱熹、严复等四位道德判断及建立于其上的德育方法的分析也别具一格，逻辑严谨。结论部分有关“道德实践相对主义”也颇有新意。

石中英教授（北京师范大学教育学院）

论文的选题有较强的理论意义和现实意义。论文以当前的道德教育为“排斥主体性的道德教育”为背景，提出了主体道德理性存在的三个层次的观点，并以此观点为线索，系统梳理了中国传统道德教育思想，独立提出了四种不同的道德判断范式，并提出，在当今历史条件下，公共理性作为道德理性的主要水准，并由此产生分层的道德判断，应为道德教育的选择。论文融中西学理于一体，篇幅精致，理论发掘有深度，能系统提出自己的独立见解。表达清楚，资料翔实。

王坤庆教授（华中师范大学教育学院）

辛治洋的博士论文从道德教育的实效性问题出发，对道德教育中具有重要地位的道德判断问题进行了细致的分析论述，选题具有重要的理论依据和实践指导意义。论文在对道德理性和道德判断进行深入的理论分析的基础上，提出了道德理性的自然、原则和实践三个层次及君子、系统、契约和文理四种判断的范式假设。通过对中国历史上具有重要思想地位的四个人物（孔子、董仲舒、朱熹、严复）的研究，分别找到了四种判断范式的“原型”。文章贯通古今，沟远论史，构思超卓，工程浩大，表现了极好的理论旨趣和本土思想挖掘意识，所呈观点，具有进一步讨论发挥的基础性意义。

周作宇教授（北京师范大学教育学院）

辛治洋同志的博士学位论文以“道德判断与道德教育”为研究论域，采用思辨研究方式，主要运用历史与逻辑、分析与综合、具体与抽象相统一的方法，较深刻地和具有说服力地论证了道德理性在主体道德品质形成和发展中的基础属性和作用。论文提出，现行的道德教育及其改革思路之所以实效不彰，盖因为忽略了道德乃是道德主体通过自身的道德理性在道德判断的过程中逐渐形成的这一事实。道德教育的核心问题是主体道德理性的形成和发展问题。道德理性需要道德学习活动的牵引和培育，它只能在不断追问“什么是道德，如何讲道德以及为什么要讲道德”的道德判断过程中逐渐发展和成熟起来。鉴于道德判断可区分为道德的自然判断、道德的原则判断与道德的实践判断三个类别，由此孕育和形成了主体道德理性的三个层次，即主体道德理性的自然层次、原则层次与实践层次。虽然论文所依据的材料主要取自于中国的传统文献，但论文基于中国传统道德教育思想范式所做的有关道德理性形成和发展的这一研究却具有很强的针对性和时代性。论文观点明确，理论体系较严密，论证较系统深入。论文表明作者掌握了宽厚的基础知识和扎实的教育学专业知识。论文的文字表达准确，资料引证翔实，学风严谨，课题研究的难度较大，工作量饱满。论文表明作者具备了很好的独立从事教育科学研究的能力。

张新平教授（南京师范大学教育科学学院）